KB041061

요컨대, 여행자이자,
마녀였습니다.

In short, She is a
traveler and is also a witch.

재의 마녀 일레이나

마법사의 최고위인 『마녀』소녀

홀로 관광 유람 여행을 만끽 중

비올라

자칭 미소녀 고고학자

세계를 여행하는 우수한 학자지만

성격에 문제가 있다

아빌리아

「신앙의 도시 에스트」의

치안을 지키는

정통 기사단 간부

암네시아

잠들면 기억을 잃고 마는 소녀

「신앙의 도시 에스트」를 향해 여행을 하고 있다

©Azure

아트리

수몰 구획의 마도사

혈기 왕성한 소녀지만 예의 바른 일면도 있다

유리

어느 스파이 조직의 마도사

하드보일드한 여성이 되기 위해 분투 중이다

우후훗—

두 소녀를 태운 빗자루가 봄의 평원을 나아갔습니다.

비틀비틀 위태롭게 좌우로 흔들리며 나아갔습니다

©Azure

마녀의 여행 4

THE JOURNEY OF ELAINA

CONTENTS

◆ ‥‥‥‥‥‥‥‥‥‥‥‥‥‥‥‥ ◆

마녀의 여행
THE JOURNEY OF ELAINA

4

Shiraishi Jougi
시라이시 죠우기

Illustration
아즈루

그곳은 커다란 나무들이 무성하게 자라난 폐허였습니다.

건물이었던 것은 이미 본래의 모습을 잃고, 무너지고 꺾이고 부서져 있었습니다. 그것들을 뒤덮듯 나무와 이끼가 자라나 하늘을 향해 쭉쭉 뻗어 있었습니다.

물소리가 들립니다.

발밑은 물에 잠겼고, 걸음을 내디딜 때마다 파문이 부드럽게 퍼져나가 수면이 흔들렸습니다.

과거 사람이 존재했던 도시는 자연이 머무는 곳이 되어 있었습니다.

지금 **저희들** 이외의 인기척은 느껴지지 않습니다.

"——읏차."

물에 잠긴 지면을 어느 정도 걸은 저는 무너진 민가 안에서 빙글 몸을 돌리고 앉았습니다. 빗자루를 옆에 세워두고서.

반딧불이 둥실둥실 제 주변을 날고 있다는 것을 그제야 깨달았습니다.

"엄청난 곳에 와버렸네."

지친 몸을 쭉 펴면서 그녀는 말했습니다.

"앞으로 얼마나 더 가야 내 고향이 나오려나."

"……그러게요."

하루일까? 이틀일까? 어쩌면 몇 달이 걸릴지도 모릅니다.

그녀의 고향은 그렇게나 멀어서, 마치 희미한 안개처럼 존재가

3

공허했습니다.

"…………."

그녀는 도시였던 이곳을 둘러보았습니다.

희고 부드러운 머리카락이 물기를 머금은 바람에 흔들렸습니다. 기분이 좋은 걸까요? 그녀의 입가가 살짝 누그러진 듯 보였습니다.

그러나 눈동자는 어딘가 쓸쓸함을 띠고 있습니다.

"……여기, 옛날에는 사람이 살았겠지?"

"뭐, 폐허니까요. 그랬겠죠."

"여기 살던 사람들은 다들 어떻게 됐을까?"

"…………."

도시는 이 정도로 풍화되어버렸습니다.

"적어도 백 년── 아니, 훨씬 오랜 시간에 걸쳐 자연으로 돌아갔을 테니, 분명 여기 살던 사람들은 전부 죽었을 테죠."

"그런 말을 하는 게 아니잖아. 정말이지. 감수성이 부족하네."

"…………."

그 자손은 살아 있을까, 그런 뜻으로 말한 거로군요. 그렇군요. 헷갈리게.

"전쟁으로 여기를 떠나야만 했다든가, 아니면 조금 더 평화적인 흐름으로 고향을 져버리게 되었든가, 거기까지는 알 수 없죠. 어떻게 되었을까요?"

"……살아남았다면 좋았을 텐데."

그녀는 시선을 돌려 그 끝에 있는 폐허를 바라보았습니다.

그리고.

"잊힌다는 건, 슬픈걸."

그렇게 바람에 섞여 지워지고 말 정도로 자그마한 목소리로 중얼거렸습니다.

어딘가 불안하고, 너무나도 약한 목소리였습니다.

"그건 문제없을 거라고 봐요."

제가 답하자 그녀는 아주 조금 눈을 크게 뜨고 이쪽을 돌아보았습니다.

그녀의 비취색 눈동자를 바라보면서 저는 말했습니다.

"그게, 여기는 이렇게나 멋진 곳이잖아요? 시원해서 피서지로 딱이에요."

"…………."

"분명 지금은 사람이 살고 있지 않아도, 언젠가 누군가가 살게 될지도 몰라요. 어쩌면 관광지로 유명해질지도 모르고요. 아니, 그게 아니라도, 어쩌면 이미 숨겨진 명소로 알려져 있을지도 모르죠."

그러니까 괜찮아요——라고, 저는 말했습니다.

그리고.

"여기에 사람이 찾아오고, 잊히지 않는 한, 이곳이 진짜 폐허가 되는 일은 없을 거예요."

그렇게도 말했습니다.

그 말에 그녀는 눈을 감았습니다.

"——나는 잊을 테지만."

그리 말하면서. 포기한 듯 웃으면서.

"…………."

그녀의 이름은 암네시아.

걸친 옷은 어딘가의 기사단복일까요? ——흰색을 바탕으로 한 로브 아래에는 마찬가지로 흰색을 기조로 한 옷을 입고 있었습니다.

희고 짧은 머리에는 카추샤가 하나.

그리고 그녀는.

하루마다 기억을 잃고, 자신의 이름조차 떠올리지 못하게 되는 이상한 저주에 걸려 있었습니다.

"그렇다면 기억을 되찾고서, 그다음에 떠올려 주세요."

저는 그녀에게 말했습니다.

"그럴게."

그녀는 담담히 고개를 끄덕였습니다.

"일레이나 씨도 잊지 말아줘."

그리고 그렇게 덧붙였습니다.

"당연하죠. 이런 광경, 한동안 잊지 못할 테니까요——."

저는 그리 답하고 시선을 기울였습니다.

그곳에는.

무너져 내려서도, 그래도 여전히 굳건하고 아름다운 채인 폐허가 그저 조용히 존재하고 있었습니다.

하드보일드한 나의 하루는 언제나 한 잔의 커피로 시작한다.

스파이 활동을 업으로 삼으며 어둠 속에서 살아가는 자에게 있어 졸음을 적당히 막아주는 커피는 그야말로 잠을 깨워주는 한잔으로 딱 알맞다. ……라고, 하드보일드 소설에 쓰여 있었으니까 아마도 그것은 사실이리라고 생각한다.

그리고 약에 절어 있는 모습도 하드보일드스럽다. 그런고로 나는 커피에 약을 한 방울 떨어뜨려 마셨다. 이것이 일과였다.

참고로 이 약이 무엇인지는 모른다. 무슨 통신 판매로 산 거다. 엄청나게 비쌌으니, 아마 건강에 좋을 것이다.

"우웨에엑…… 써."

이 쓴맛이 적당하게 졸음을 깨워주는 것이리라 생각한다. 아마도 그럴 것이다. 그런 내용은 쓰여 있지 않았지만. 커피는 엄청나게 쓰고 맛없고 진짜 진흙 같은 맛밖에 안 나지만, 이 진흙 같은 맛이 구역감을 불러와서 졸음 같은 건 어찌 되든 상관없게 만들어주는 것일 터다. 스파이물 소설에는 그런 기술이 없었고, 오히려 블랙커피가 맛있다는 둥 하는 이야기가 쓰여 있었지만 그건 분명 비아냥이라고 할까, 블랙 조크 같은 부류의 그런 게 틀림없다. 블랙커피니까 말이지!

"……우웨에에에에엑."

아무튼, 나는 오늘도 화장실에서 토한 다음 상쾌한 얼굴로 직장으로 향했다. 참고로 담배(막대 초콜릿)도 입에 물고서. 그야말로 하드보일드.

내 직장은 표면적으로는 카페인 스파이 조직이다. 인텔리전트한 분위기가 넘치는 가게 뒤에서는 피비린내 나는 항쟁이 벌어지고 있는 것이다. 그야말로 하드보일드이지 않은가.

"유리, 왔나? 오자마자 미안하지만, 네가 해줘야 할 일이 있다."

내게 그렇게 말한 것은 중후한 아저씨. 조직의 보스다.

이미 오래전 일이라 기억나지는 않지만, 버려진 아이였던 나를 주워다 키워준 것이 이 아저씨라고 한다. 나는 하드보일드니까 과거의 일 따위 잊어버렸지만 말이지!

"흠. 그건 나에게 어울리는 일이겠죠?"

머리카락을 쓸어넘기며 나는 말했다. 보스에게 이런 태도라니, 그야말로 하드보일드.

"너밖에 할 수 없는 일이다. ——이걸 봐."

보스는 미간을 찌푸리면서 파일을 책상 위로 던졌다.

"그리고 너는 언제부터 나한테 그런 말을 할 수 있을 만큼 대단해지신 거지?"

엄청나게 노려보고 있다.

나는 떨리는 손끝을 억누르며 파일을 펼쳤다. 내용은 극히 단순했다. 그러나 단순하기에 어려운 의뢰이기도 했다.

『허구의 마녀 암살 의뢰』

그런 이름이 붙은 의뢰에는 표적의 기본적인 특징과 암살 기한이 쓰여 있었다.

표적은 얼마 전에 이 나라를 찾아온 여행자인 마녀라고 한다. 이 마녀는 귀여운 외모를 하고 있지만, 글로 다 표현할 수 없을 만큼 성격이 나쁘고, 남을 속이는 데 일말의 주저도 없으며, 돈을 벌 생각에 빠져 온갖 사기적 수법을 구사하여 죄 없는 민간인부터 왕족에 이르기까지 모든 사람들에게서 돈을 등치는 사악하고도 악독한 자라고 한다. 이웃 나라들에서도 피해 보고가 이어지고 있으며, 이 나라에서 처리하지 못할 경우의 피해 예상은 소국 하나가 멸망할 정도라고 해도 과언이 아니라고 한다.

그렇게나 악독한 상대인 데다, 성가시게도 표적은 마녀다.

마도사, 마녀 견습생, 마녀 같은 마술사 칭호 중에서도 극히 드물게 재능을 가진 자만이 받을 수 있다는 최고위의 칭호. 나도 이 나라에서 태어난 지 벌써 16년이 됐지만, 지금까지 직접 본 적은 없다. 그 정도로 희소하고, 귀한 존재.

그 마녀가 사악한 자이며, 이번에 내가 처리해야 할 표적이라고 한다.

…………

"진짜입니까?"

"농담으로 이런 의뢰를 할 리가 있나."

"아니, 하지만…… 나, 고작 마도사인데……."

말하는 걸 잊었는데, 나는 마술사 중에서도 가장 하위다. 마녀

9

를 보석이라고 한다면, 나는 마치 지천으로 굴러다니는 돌멩이나 마찬가지인 인간이라 해도 좋다.

"그러나 너에게 맡길 수밖에 없는 일이야. 알고 있겠지만 우리 조직은 너를 제외한 전원이 남자다. 마법조차 쓸 수 없는 자가 훨씬 많지. 딱 잘라 말해서, 마법으로 승부하게 될 경우, 우리 조직 안에서 가장 생존율이 높은 건 너다."

"……그 말은 즉, 나만 할 수 있는 일이라는 뜻?"

그런 거지?

"방금 대놓고 그렇게 말했다만."

어이없는 듯 한숨을 내쉬는 보스.

나는 약간 긴장하면서 다시 한번 표적이 될 마녀의 특징을 확인했다──.

○

머리카락은 잿빛. 찻집 테라스석으로 불어온 여름 바람에 허리 언저리까지 자란 긴 머리카락이 부드럽게 나부꼈습니다.

눈동자는 유리색. 한겨울의 바다처럼 맑았고, 그 앞에는 삶은 달걀과 토스트와 블랙커피로 구성된 모닝 세트가 놓여 있었습니다.

그것은 검은 삼각 모자, 검은 로브를 걸친 여행자였습니다. 가슴께에는 마녀의 증거인 별을 본뜬 브로치가 있었습니다. 요컨대, 여행자이자 마녀였습니다. 나이는 대략 10대 후반 정도일까요? 아직 어린 티를 벗지 못한 생김새였고, 열심히 삶은 달걀 껍

데기를 까는 모습은 어머니의 일을 거드는 귀여운 여자아이처럼
도 보였습니다.

이윽고 귀여운 여자아이(마녀)는 삶은 달걀 껍데기를 다 벗기
고, 한숨 돌리듯 커피를 한 모금 꿀꺽 마셨습니다. 그녀는 커피라
는 것을 좋아했습니다. 블랙도, 적당히 우유를 넣은 것도, 설탕을
넣은 것도, 아무튼 그것이 일단 커피라고 한다면 뭐든 좋다고 여
기고 말 정도로 좋아했습니다. 심지어 커피 한 잔의 온갖 측면을
보기 위해 처음 몇 모금은 블랙으로 마시고, 다음에 우유와 설탕
을 조금씩 넣어가며 마시는 지경입니다.

커피는 좋은 것입니다. 그녀는 하아, 한숨을 내쉬면서 잔을 내
려놓았습니다.

참고로 삶은 달걀에도 까다롭습니다.

깨물고 입에서 뗀 순간 노른자가 후두둑 부서질 만큼 단단하게
익힌 게 제일이라고, 그녀는 생각하고 있었습니다. 그래야 소금
을 찍기 쉬우니까요. 그야말로 하드보일드.

"……좋은 아침이로군요."

그렇게.

그런 느낌으로 여행 중의 휴식을 절찬 만끽 중인 마녀는 대체
누구인가.

그렇습니다. 저입니다.

"…………."

찻집 테라스석에서 주변을 둘러보면, 이 나라의 경치를 감상할
수 있습니다. 길에 늘어선, 흰색 칠이 된 벽으로 통일된 건물들.

지면에 깔린 벽돌은 부채꼴 모양을 그리며 펼쳐져 있었습니다. 그 위를 오가는 사람들은 장을 보거나, 담소를 나누거나, 혹은 저처럼 구경을 하고 있었습니다.

극단적으로 치안이 나쁜 것도 아니고, 그렇다고 해서 멋들어진 경관인 것도 아닙니다.

그저 이 나라 사람들의 일상이 펼쳐져 있을 뿐입니다.

그런고로 저도 그 일상 속에 녹아들어 휴식을 만끽하고 있는 것입니다.

"저기, 손님…… 혹시 괜찮다면, 사인이라든가 해주실 수 있을까요?"

커피를 마시며 그럼 이제부터 무얼 할까 같은 생각에 빠져 있을 때였습니다. 갑자기 제 쪽으로 다가온 웨이트리스분이 커피잔과 함께 색지와 펜을 가져왔습니다. "커피, 서비스로 드릴 테니까요"라는 말과 함께.

"사인이라니, 뭔가요……?"

저는 나름대로 의심스러워하는 기색을 내비쳤을 터입니다.

"저, 유명인도 뭣도 아닌데요?"

알고 계시겠지만, 별 다를 바 없는 여행자입니다.

그러자 웨이트리스분은 살짝 흥분하며 말했습니다.

"저, 마녀를 보는 게 처음이에요! 옛날부터 저는 마녀를 무척이나 동경했거든요. 그래서 오늘, 당신을 보고 감동했어요!"

머리 뒤에서 둘로 나눠 묶은 옅은 갈색 머리카락이 흔들렸습니다. 불쑥 몸을 내민 그녀의 푸른 눈동자는 저를 들여다보고 있었습니다.

"그러니까, 저기, 혹시 괜찮다면, 가게에 장식하고 싶어요. 부탁해요!"

"……뭐, 딱히 상관은 없지만요."

저는 펜을 들고 색지에 술술 이름을 적었습니다. 숙소 카운터에서 하는 그런 대강대강인 사인이지만.

"여기요"라며 제가 종이를 돌려주었더니, 웨이트리스분은 그것을 소중한 듯 끌어안으면서 "고맙습니다! 그 커피 꼭 마셔주세요. 제가 애정을 담아서 끓인 거니까요!"라는 말을 남기고 자리를 떠버렸습니다. ……이미 마시던 게 있습니다만.

대체 뭐였을까요?

묘하게 수상한 웨이트리스였다는 기분이 안 드는 것도 아니었습니다. 그보다, 애정을 담아서 끓인 커피라니, 뭔가요? 보기에는 전혀 다를 게 없는 평범한 커피입니다만.

마녀가 이렇게 정중한 대접을 받는다는 점에 있어서는 나쁜 기분이 들지 않지만, 뭔가 기묘한 기분입니다.

"여어, 마녀 씨. 귀여운데. 지금 혼자야? 괜찮으면 나랑 차 한 잔 안 할래?"

조금 전 웨이트리스분이 준 커피를 손에 든 순간이었습니다. 이번에는 경박해 보이는 남자가 제 맞은편 자리에 앉았습니다.

"…………."

마녀가 이렇게 경박한 취급을 받는다는 점에 있어서는 나쁜 기분만 드는군요. 혹시 여자에게 함부로 작업을 거는 남자의 온몸의 모든 구멍에서 피가 뿜어져 나오는 저주라도 만든다면 세계가 조금은 평화로워질까요?

"죄송합니다제가지금좀바빠서요."

한숨을 내쉬며 저는 이번에야말로 웨이트리스분이 애정을 담아 끓였다고 하는 커피를 입에 가져다 댔습니다.

커피를 즐기는 방법은 다양합니다. 예를 들면 앞서 말했던 대로, 블랙으로 마신 다음에 우유와 설탕을 조금씩 더해가며 즐기는 법. 혹은 마지막까지 블랙으로 마시며 즐기는 법. 아무튼 한 잔의 커피에는 무한의 가능성이 감춰져 있다고 해도 과언이 아닙니다.

그리고 무한하게 펼쳐진 즐거움을 가진 커피를 앞에 두고 가장 먼저 해야 할 일은, 향기를 맡아 가슴 속을 커피 일색으로 물들이는 것밖에 없다고 저는 생각합니다.

"이런 가게보다 훨씬 맛있는 커피를 파는 가게, 내가 알거든? 어때? 지금 같이 갈래?"

"…………."

커피 향기를 머금고 피어오른 김이 경박한 남자의 향수 냄새와 경박한 남자의 그야말로 경박한 언동이라는 혐오감밖에 들지 않는 것들과 블렌드 되어 가슴 속으로 떨어졌습니다. 질 좋은 커피 향기가 순식간에 구정물 냄새로 바뀐 것 같은 기분이 들었습니다. 토 나와.

"절대로 이 가게보다 맛있다니까! 진짜로! 나, 이래 봬도 그거거든. 커피에 꽤 정통하거든, 진짜."

"……어라?"

남자를 무시하며 잠시 향기를 즐기던 저는 묘한 사실을 깨달았습니다.

커피와 그리고 눈앞에 있는 정체를 알 수 없는 폐품이 풍기는 폐기물 냄새에 섞여서 약품의 향기가 풍겨왔던 것입니다. 커피와 잘 어우러진 듯하면서도 명백하게 찻집에서는 날 리 없는 자극적인 냄새였습니다. 아주 살짝이지만.

시험 삼아 남자와 거리를 두고, "아, 잠깐! 날 무시하다니 너무하지 않아?"라는 소리를 지껄이고 있는 오물에게서 나는 냄새를 차단했어도 그 향기는 분명하게 커피 안에서 피어올랐습니다.

저는 그 후로 한동안 냄새를 맡고, 그 정체를 머릿속을 뒤져 찾아보았습니다.

"……아."

그리고 깨달았습니다.

이건 독.

마시면 구토감이 위장 아래서부터 솟구친다고 하는 무시무시한 효능을 감추고 있는 독입니다. 성가시게도 커피에 섞었을 때만 그 실력을 발휘하는 무서운 물건입니다. 이런 걸 마셨다간 틀림없이 많은 사람들이 보는 앞에서 토사물투성이가 될 겁니다.

과연 저 같은 마녀를 동경했다는 건 무슨 뜻이었을까요? 애정을 담아 만들었다는 건 무슨 뜻이었을까요? 애정이라는 건 토사물 범벅이 되는 것이었을까요?

그러나 주변을 둘러보아도 조금 전 그 웨이트리스 씨의 모습은 어디에도 없었습니다. 가게 안에도, 인파 속에도, 어디에도 그녀는 없었습니다.

"............."

혹시 누군가가 저를 노리고 있는 것일까요?

오싹하고 안 좋은 예감을 느낀 저는 그대로 찻집을 나서기로 했습니다.

"아, 잠깐! 나랑 데이트는?"

"죄송하지만, 급한 일이 있어서요. 그리고 저 바쁩니다. 이미 예정이 있거든요."

거짓말이지만 말이죠.

그리고 저는 짐을 정리하면서 말했습니다.

"이 커피 드리겠습니다. 제가 마시던 거지만. 저, 커피는 잘 못 마셔서요."

그렇게 남자에게 독이 든 커피를 떠넘기고 도망쳤습니다.

그렇게나 마음속으로 주저리주저리 떠들어대고 커피를 못 마신다고 하는 건 너무 뻔뻔한 거짓말이 아닌가 하는 생각은 저도 했습니다. 허나, 남자는 순순히 받아주었습니다. 심지어 헤벌쭉한 표정이었습니다.

"뭐? 마시던 거? 진짜로? 러키!"

"네에, 드세요."

거짓말이지만 말이죠.

"예의 마녀 건은 어떻게 됐지?"

내가 직장으로 돌아오자, 보스는 역시나 떨떠름한 얼굴로 가만히 자리에 앉아 있었다.

웨이트리스 차림 위로 수수한 검은 로브를 걸친다고 하는 하드보일드 감이 감도는 모습이 된 나는 로브를 젖히며, 갈색 트윈테일을 기운차게 흔들면서 대답했다.

"당연히. 마녀는 이 손으로 처리했어! 지금쯤 그 여자는 사람들이 보는 앞에서 얼굴이 새빨개져서 죽어 있을 거야!"

완벽한 작전이었다.

예의 그 허구의 마녀가 거리의 찻집에서 느긋하게 아침 식사를 즐기고 있기에, 나는 사인을 받아 가게에 장식해두었던 것이다. 유명인도 뭣도 아닌 주제에 사인을 찻집에 둔다는 것은 이 세계에서 가장 부끄러운 행위임이 틀림없다. 아마도 허구의 마녀는 지금쯤 구멍이 있다면 들어가고 싶을 만큼 수치심에 휩싸여 숨이 끊어졌을 것이다. 그야말로 구멍 따위 찾아볼 수 없는 책략.

그리고 나는 마녀를 처리한 모든 과정을 매끄럽게 이야기했다.

마지막까지 잠자코 귀를 기울이던 보스의 말은 이러했다.

"그래서, 너는 마녀가 얼굴을 새빨갛게 물들이고 있는 현장을 본 건가?"

"뭐? 볼 리가 없잖아."

보는 사람까지 부끄러워질 테니까.

“………….”

여기서 보스는 크게 한숨을 내쉬었다.

“너, 그러니까 잘 들어봐라. 우선은 말이지, 자신이 유명인이라고 오해받은 것만으로 마녀가 죽을 리 없지 않나?”

“죽잖아. 사회적으로.”

“아니, 물리적으로 죽이란 말이다. 그리고 그 마녀 말인데, 얼굴을 붉히지도 않았다.”

“뭐?”

“오히려 우리 조직의 멤버가 거기에 말려들어서 찻집에서 토했단 말이다.”

“뭐?”

어째서? 커피라도 마신 건가? 역시 커피는 독이야.

“……너 앞으로는 작전을 동료들한테 알리고 실행해라.”

“………….”

그 후로도 엄청나게 혼나며 그날은 끝이 났다.

맹렬하게 반성하고, 다음 날부터는 더욱 완벽한 작전으로 마녀를 처리하기로 맹세한 나는 밤새 새로운 작전을 구상했다. 이런 때 약을 넣은 커피를 즐기면서 도면(뭐라고 쓴건지는 전혀 모르겠다)을 펼치고 생각에 잠기는 것도 그야말로 하드보일드.

토했다.

작전의 기한은 일주일. 이 기간 안에 허구의 마녀를 처리하지 못할 경우에 관해서는 생각하지 않기로 하자.

우선 첫날에 큰 실패를 기록한 탓에 나는 그 후 닷새를 철저하게 사용하여 마녀 연구를 하기로 했다. 마지막 남은 하루에 끝장을 내주겠다. ……라는 작전을 보스에게 전했더니, "아, 그래"라고 답했다. ……얼음처럼 차가운 태도다.

감시 첫날.

오늘도 아침 햇살이 눈 부시다.

마녀는 느긋하게 아침부터 찻집에 있었다. 마치 "당신 같은 거 별로 안 무섭거든요? 자, 어디서든 덤벼보세요"라고 도발하는 듯했다.

경계를 하고 있는 것인지, 오늘 그녀가 주문한 것은 한 잔의 커피뿐. 게다가 일절 입을 대지 않은 채 그저 주문해놓았을 뿐이라, 그녀 앞에 놓인 커피는 점점 따뜻한 기운을 잃어갔다. 역시 커피 맛없지? 어제는 무리해서 마셨던 거지? 나는 다 알아.

찻집에서의 잠복은 밤까지 이어졌다.

지루한 시간은 졸음과의 싸움이었다.

그러나 이런 때야말로 침착해야 한다. 인내심을 갖고 기다려야만 진정한 승리가 찾아오는 법.

그래서 나는 잠복을 하면서 졸음을 깨기 위해 커피를 마셨다.

토했다.

밤이 깊어지고, 가게 문을 닫아야 할 때가 되어서 나는 가게에서 물러났다. 참고로 토한 건 직접 청소했다.

잠시 이틀째.

오늘도 아침 햇살이 눈부시다.

마녀는 느긋하게도 오늘도 찻집에 있었다. 매일 뻔질나게 찻집에 드나드는 건 대체 어째서일까? 혹시 내가 다시 덤벼들 때까지 기다릴 셈인가?

그러나 닷새 동안은 손을 대지 않겠다고 정했기 때문에, 나는 오늘도 잠복을 하면서 커피를 마시고 토사물투성이.

감시 사흘째.

"정말 싫다, 구토녀가 왔어. 구토녀." "토하는 아이야. 토하는 아이가 왔어." "봐봐, 꼭 커피를 주문하고 꼭 토한다니까." "확실히 토할 거야." "순도 100퍼센트 토야."

점원들이 멀찍이 떨어져 수군수군 이야기하는 소리가 다 들려왔지만, 하드보일드한 나는 이 정도의 비꼬는 말쯤은 익숙하다.

그래서 나는 오늘도 커피를 마신다. 벌컥 들이켰다.

오늘은 잔뜩 나왔다.

감시 나흘째.

오늘도 아침부터 토했고, 토하기 위해 찻집에서 토했다. 참고로 마녀는 오늘도 커피 한 잔을 두고 가만히 앉아 있었다.

저 여자가 여기서 움직이지 않는 한 내 구토 리프레인은 계속된다.

감시 닷새째.

아침부터 보스에게 호출을 받았다.

"너, 매일 찻집에서 뭘 하고 있는 거냐?"

그리고 그런 말을 들었다. 어라? 뭐지? 보스는 나를 스토킹이라도 하고 있는 거야? 라고 생각했더니 찻집에서 "댁의 부하가 우리 가게에서 매일 토사물투성이가 되어 곤란하니 어떻게든 해주었으면 한다"라고 불만이 접수된 모양이었다.

엄청나게 혼난 후 나는 찻집에 몰래 들렀다.

마녀는 오늘도 있었다.

닷새 동안 감시하고 안 것은 마녀가 매일매일 뻔질나게 찻집에 와서는 지나치게 무방비하게 아침부터 밤까지 멍하니 앉아 있는다는 사실뿐이었다.

아무튼, 빈틈투성이라는 것만은 확실했다.

이건 좋은 기회라고 보아도 괜찮지 않을까?

다음 날의 일이었다.

결국 나는 실행에 나섰다. 죽이라고 명령받았지만, 살인은 내 주의에 반한다. 그래서 안전하게 포획하기로 했다.

마녀는 오늘도 찻집에서 커피를 앞에 두고 느긋하게 앉아 있었다. 완전히 무방비. 한다면 지금이다.

나는 지팡이를 들고 그녀의 바로 뒤까지 닥쳐들어 "으랏차!" 하고 마법을 걸었다.

수갑 마법.

손가락까지 빈틈없이 쇠사슬로 묶는 타입의 수갑을 상대에게 억지로 채워 마법을 쓸 수 없게 하는 어마어마한 마법이다. 참고로 습득하는 데 일주일 걸렸습니다.

"하하하하하! 어떠냐? 이걸로 아무것도 못 하겠지? 꼴 좋다!"

찻집에서 소리 높여 웃으면서 허구의 마녀의 목덜미를 잡아당기는 나.

이대로 조직까지 끌고 가주지!

하지만.

"……저기, 당신 터무니없는 바보인가요?"

툭, 누군가가 어깨를 두드렸다.

"응? 넌 뭐야?"

뒤를 돌아보니, 거기에는 잿빛 머리카락, 유리색 눈동자를 가진 마녀의 모습이.

어라? 어라라? 어째서 내가 포획했을 터인 마녀가 서 있는 거지? 어찌 된 거지?

"온종일 찻집에 앉아 있을 뿐인 나무 인형이 저라고, 정말로 그렇게 생각한 겁니까?"

보니, 내가 잡은 허구의 마녀는 단순한 인형이었다. 마녀와 똑같은 차림을 하고 있을 뿐인 인형.

닷새 동안 줄곧 찻집에 다닌 게 아니라, 닷새 동안 줄곧 인형이 놓여 있었을 뿐이었던 것이다.

그런 속임수였던 것이다.

지금에서야 나는 그것을 깨달았다.

"멍청이 씨."

나를 향해서 마법을 펼치며 마녀는 말했다.

○

체재 첫날 누군가가 노리고 있다는 것을 느낀 저는, 곧바로 저를 노린 놈들에게서 저를 지키기로 했습니다. 다음 날, 개점 전의 찻집으로 가서 말했습니다.

"저기, 죄송합니다. 이 인형을 말이죠, 테라스석에 좀 놔둬 주실 수 있을까요?"

그건 제 모습을 완벽하게 흉내 낸 마네킹이었습니다. 얼굴 생김새부터 체형, 피부의 질감까지 쏙 빼닮았습니다. 저 정도의 마녀가 되면 이런 나무 인형 만들기는 간단한 일입니다.

"네? 이걸 말인가요? 아니, 그건 좀…….

점장님은 약간 당혹스러워하셨습니다. 그래서 저는.

"소개가 늦었습니다만, 저는 일레이나라고 합니다. 재의 마녀 일레이나예요."

그렇게 자기소개를 해드렸습니다.

"참고로 꽤 유명합니다."

가게 안 한쪽 벽에 장식된 사인을 손가락으로 가리키면서.

아마도 첫날 저에게 독이 든 커피를 마시게 하려 했던 누군가가 두고 간 것일 테죠.

대체 무슨 목적으로 사인을 두고 간 것인지는 알 수 없지만, 반대로 이용해주기로 했습니다.

"유명인사…….

점장님은 흐음흐음 하고 생각에 잠겼습니다.

"점장님, 생각해보세요. 여기에 사인이 있잖아요? 그리고 제 인형이 있잖아요?"

"네."

"이걸 테라스석에 두잖아요?"

"흐음."

"장사가 번창할 겁니다."

"하죠."

저와 점장님은 굳은 악수를 나누었습니다.

이리하여 가게에 인형을 두게 되었고, 저는 저를 관찰하는 토하는 아이(가칭)를 관찰하기에 이른 것입니다.

닷새 동안 줄곧 토사물투성이가 되어가며 제 모습을 살피더군요. 고생 많았습니다.

허나, 노고를 치하할 마음은 털끝만큼도 없습니다.

저는 마력 덩어리를 날려 그녀를 죽지 않을 정도로 날려버렸습니다.

날려버리고 나면 더는 쫓아다니지 않으리라 생각했습니다.

"그럼, 이걸로 한 건 해결이로군요."

인형은 회수할까 생각하기도 했지만, 지금 회수해버리면 손님을 끌어모으는 효과가 없었다는 오해를 받을 터이기 때문에 그대로 두기로 했습니다.

자, 그럼 이걸로 유유자적하게 찻집에서 커피를 마실 수 있을 테죠.

"아, 실례합니다. 커피 한 잔."

저는 마네킹 맞은편에 앉아 손을 들어 점원분을 불렀습니다.

똑같은 얼굴이 서로 마주하고 있는 저희 자리를 보고 깜짝 놀라면서, 점원분은 마네킹의 새 커피와 제 커피를 두고 갔습니다.

그리고 제가 커피 향을 즐기고 있을 때였습니다.

"자, 잠깐……! 아직 끝나지 않았어!"

쌕쌕 숨을 헐떡이면서 마도사 씨가 다시 나타났습니다. 트윈테일로 묶었던 갈색 머리카락은 헝클어져서 땀이 밴 얼굴에 철썩 붙어 있었습니다. 날려갔다가 뛰어 돌아온 것일 테죠.

"아, 안녕하세요."

저는 꾸벅 고개를 숙였습니다. 환영하는 건 아니지만 말이죠.

"당신, 혹시 그걸로 내가 포기할 거라고 생각한 거야? 안됐네! 나는 온 힘을 다해서 당신을 묻어버릴 때까지 포기하지 않을 거야!"

그녀는 그렇게 말하면서 지팡이를 꺼내, 들고, 저를 향해서 마법을 날렸습니다.

그것은 마력을 굳혔을 뿐인 변변찮은 희푸른 빛이었습니다.

"후우——."

저는 입꼬리를 싱긋 끌어올리고, 한 손에 커피 컵을 든 채 지팡이를 들었습니다.

"멍청하군요. 그런 게 효과 있을 리——."

그러나 그녀가 날린 마법은 저를 지나쳐 머리를 날려버렸습니다.

마네킹 쪽의.

"……그쪽이 아닌데요."

저는 이번에도 마력 덩어리를 쏟아내 그녀를 날려버렸습니다. 마네킹은 고쳐두었습니다.

그리고 그 이후로 말할 것 같으면, 그녀는 몇 번이고 몇 번이고 제 앞에 나타났습니다.

"안됐네! 나는 몇 번이고 되살아나거든!"

뭐, 날려버렸습니다.

"내 이름은 유리! 이 나라에서 스파이로 일하는 엄청 우수한 마도사야!"

이름을 대는 것이 지나치게 새삼스러웠고, 애초에 스파이라면서 눈곱만큼도 은밀성이 없었던지라 의문이 의문을 불러와 머리가 아팠기 때문에 일단 날려버렸습니다.

"이런. 어라라? 이 정도인가? 나를 쓰러뜨리고 싶다면 좀 더 강한 마법을 쓰라고!"

꽤 세게 날려버렸습니다.

"그보다, 뭐야? 마녀님 뭐냐고? 어째서 마네킹하고 같이 앉아 있는 건데? 기분 나빠서 토 나올."

날려버렸습니다.

"나, 당신을 쓰러뜨려야만 해! 얌전히 당하라고, 이 극악무도한 마녀!"

날려버렸 이하 생략.

"……저기, 한 방이라도 좋으니까 맞아주지 않을래? 진짜로 한 방이면 되니까! 응? 부탁이야!"

날려버 이하 생략.

"……이이이이이이이! 죽."

날려 이하 생략.

"내 힘 전부를 이 한 방에 담."

이하 생략.

"아직 기술 이름을 외치는 도중이었잖아."

생략.

"……………………훌쩍. 우으으으."

너덜너덜해진 그녀는 결국 눈물을 뚝뚝 흘리며 제 앞에 나타났습니다.

"……마녀님 미워."

그리고 자신의 스커트 자락을 꽉 움켜쥐었습니다.

"눈물 닦을래요?"

"안 울었는걸."

그리 말하며 유리 씨는 제가 건넨 손수건을 받아 들었습니다.

"울고 있잖아요."

"안 울었는걸."

그리 말하며 유리 씨는 제가 건넨 손수건에 코를 풀었습니다.
당신, 무슨 짓이야?

"……그거, 그냥 가지세요."

"……고마워."

"……또 해보겠어요?"

"……집에 갈래."

©Azure

그리고 그녀는 터덜터덜 돌아갔습니다.

애수가 감도는 뒷모습이었습니다.

●

"해고다."

평소처럼 직장으로 향한 나에게 보스가 던진 것은, 겨우 그것뿐인 짧은 말이었다.

"잠깐……. 농담이지?"

그 말을 믿을 수 없어 나는 어색하게 웃었다. 그러나 보스가 나를 바라보는 눈은 냉혹 그 자체.

"진담이다."

"…………."

"알겠나? 이번 의뢰는 우리나라만이 아닌, 타국에서의 요청도 있었다. 그러나 너는 실패했다. 그게 어떤 의미인지 아나? 그 자그마한 머리로 생각해봐."

"……죄송합니다."

"사과하고 넘어갈 만한 문제가 아냐. 네가 실패한 탓이 내 조직의 평판이 땅에 떨어졌다. 덤으로 찻집에서 그렇게나 큰 소동을 일으켰잖아. 네가 져야 할 책임은 무겁다."

"……어느 정도로?"

"이 정도다."

들어 올려진 보스의 손이 내 쪽을 향했다. 거친 손을 감싸고 있

29

는 검은 장갑에는 한 자루의 권총이 들려 있었다.

그것은 내 머리를 겨누고 있었다.

"……농담이죠?"

"진심이다."

분명한 살의가 향해지고 있다는 것을, 나는 피부로 느꼈다.

"그, 그런……!"

나는 떨리는 목소리를 억누르느라 필사적이었다.

"그런 거 말도 안 되잖아! 딱 한 번, 중요한 임무에 실패했을 뿐이잖아? 어째서 죽어야만 하는데?! 나, 쭉 이 가게에서 일해왔어—— 아직 미숙할지도 모르지만, 그래도, 다음에는 실패하지 않을 테니까! 그러니까, 저기……."

"지금 당장 나가라. 그렇게 하면 직접 손을 대지는 않겠다."

"내 이야기를——."

"내가 하지 않아도, 아마도 이 나라에 있는 많은 인간들이 너를 노릴 거다. 나라 밖으로 도망치는 게 제일일 테지. 하지만 주변 나라에도 네 실패가 알려졌다. 아무도 모르는 멀고 먼 곳으로 가지 않으면, 너는 아마도 살해당할 거다."

"…………."

"나도 가능하면 딸이나 다름없는 너에게 손을 대는 건 피하고 싶다. 부디 내가 모르는 곳에서 죽어주지 않겠나? 그러니까 너는, 모가지다."

자신의 손을 더럽히고 싶지 않기 때문에, 목줄을 풀고 쫓아낸다. 그 후에는 길바닥에서 죽든 말든 전혀 관여하지 않는다. 그런 뜻이리라.

"지켜주지는, 않는구나."

겨우겨우 짜낸 말은 그것뿐이었다.

"당연하지. 스파이란 그런 거다. 쓸모없어지면 아군이라도, 유능하다 해도 처리한다. 물론 너라고 해도 그건 달라지지 않아."

"…………"

아무런 말도 하지 못한 채 그저 그 자리에 못 박혀 있는 나에게 보스는 말했다.

"최대한 조심해라. 나라 밖으로 나갈 때까지 죽임당하지 않도록."

그것이 보스가 해준 마지막 말이었다.

○

유리 씨가 저를 포기하고 돌아간 그다음 날.

저는 평소의 그 찻집에 있었습니다. 아니, 오늘은 딱히 올 예정이 없었습니다만, 뭐랄까, 하드보일드한 삶은 달걀 맛이 그리워진 것이지요.

테라스석에서 둘러보는 거리의 모습이 나름대로 마음에 들었기 때문에, 오늘도 마찬가지로 평소 앉는 자리에 앉으려고 했습니다.

"——홀쩍. 당신 탓이니까. 나, 당신을 평생 원망할 거야."

하지만 아무래도 먼저 온 손님이 있었나 봅니다.

"……당신이 의뢰대로 당해줬다면 나는 조직에서 쫓겨나지 않앉을 텐데. 쭉 스파이를 계속할 수 있었을 텐데. 마녀 미워."

유리 씨였습니다.

두 눈에서 눈물을 뚝뚝 흘리며, 그녀는 제 마네킹과 마주 앉아 원망을 주절주절 늘어놓고 있었습니다. 허무하지 않은 겁니까?

"정말 싫어…… 어째서 이렇게 된 거야……?"

그녀는 의자 위에서 무릎을 끌어안고 웅크리고 있었습니다. 무릎 위에 놓인 삼각 모자가 애처로울 정도로 꾸깃꾸깃하게 찌부러져 있었습니다.

"당신이 아직 미숙하기 때문이지 않은가요?"

저는 그녀의 머리에 툭 손을 올려두었습니다.

"무슨……!"

저를 돌아보고, 맞은편에 앉은 마네킹을 다시 보고, 몇 번이나 시선을 왕복시킨 후에 그녀는 서둘러 눈물을 닦더니 "따, 딱히 울지 않았거든!" 하고 소리쳤습니다.

"아, 그런가요……."

손수건 또 빌려줄까요?

"뭐야? 나를 비웃으러 온 거야?"

"아뇨, 이곳의 모닝 세트를 먹으러 왔을 뿐이에요. 당신도 그런 거 아닌가요?"

"…………."

그녀는 제게서 휙 고개를 돌렸습니다.

"……맞거든."

"아직 주문은 안 한 모양이네요."

테이블 위는 텅 비어 있었습니다.

"……지금부터 할 거거든."

"그럼 제 것도 부탁드려도 될까요?"

"그게 뭐야? 싫어."

"아뇨, 제 몫이 아니라 맞은편에 앉아 있는 제 거 말이에요."

"……할게."

"그거 다행이네요."

저는 마네킹을 휙 치우고 그녀의 맞은편에 앉았습니다.

"…………."

유리 씨는 말없이 저를 노려보았습니다.

"당신한테는 사주고 싶지 않아."

"거짓말은 좋지 않은데요?"

저는 키득 웃었습니다.

"사주면, 도움이 될 만한 이야기를 들려줄게요."

"……뭔데?"

"주문할게요."

저는 손을 들어 웨이트리스분을 부르고 "늘 먹는 모닝 세트 두 개"라고만 말했습니다.

웨이트리스분이 돌아올 때까지 저희는 서로 침묵의 시간을 보냈습니다. 저는 그다지 신경 쓰이지 않았습니다만, 그녀는 그 시간이 괴로웠던가 봅니다.

"……뭐야?"

모닝 세트가 앞에 놓이는 중에, 조금 전보다도 날 선 말투로 물었습니다.

"조직에서 쫓겨난 모양이네요."

언제까지고 본론으로 들어가지 않는 빙 에두른 뜬구름 잡는 대화는 끝내기로 하고, 저는 곧바로 달걀을 테이블에 가볍게 두드리면서 이야기했습니다.

"어제가 저를 쓰러뜨려야 하는 기일이었나요?"

"어떻게 그걸 아는 거야? 당신, 어디서 들었어?"

"당신이 여기에 앉았을 때부터였을까요?"

"처음부터잖아."

"여러 사람 면전에 대고 일의 내용을 중얼중얼 이야기하는 건 좋다고 할 수 없겠네요. 당신 스파이에는 안 맞는 거 아닌가요?"

"…………."

입을 다물었습니다. 아마도 스스로도 어느 정도의 자각이 있는 거겠지요.

"그래서, 미숙하기 때문에 쫓겨나고 만 거군요. 안타깝네요."

"……당신 탓이거든."

"상대가 제가 아니었더라도 언젠가 그렇게 되었을 테죠?"

적어도 그 정도의 실력이라면.

"써먹을 수 없다고 판단된 시점에서, 언제든 당신은 쫓겨나지 않았을까요? 상대가 저든 누구든 마찬가지 아닐까요?"

언젠가 그렇게 될 운명이었다. 그런 겁니다.

그리고 저는 틈을 주지 않으려는 듯이 말했습니다.

"하지만 쫓겨났다고 해서, 어째서 그걸로 끝이라고 생각하는 거죠? 뭐든 받아들이기 나름이라고는 생각하지 않나요?"

예를 들면 한 잔의 커피라고 해도, 블랙인 채로도 맛있다고 느끼는 사람이 있는가 하면 우유나 설탕을 더하는 사람도 있습니다.

혹은 토사물투성이가 될 정도로 싫어하는 아이도 있습니다만.

아무튼, 그러니까.

"한 잔의 커피라도 마시는 사람에 따라 여러 가지로 맛이 바뀌는 법이에요. 어떤가요? 쫓겨난 지금의 상황도, 다른 방식으로 바라보는 게."

"……예를 들면?"

"그러네요…….”

저는 하늘을 올려다보며 잠시 생각하는 척을 한 다음, 삶은 달걀을 덥석 깨물었습니다.

"그러니까, 이런 건 어떤가요?"

그리고.

"이건 하산인 거예요."

그렇게 말했습니다.

──당신은 스파이 조직을 졸업하고, 더 넓은 세계로 나가라고 명령받은 겁니다. 반쯤 강제로 쫓겨나는 형태로 나라를 떠나게 되었지만, 하지만 훗날 지금보다 훨씬 우수한 마법사가 되어 돌아온다면, 그때는 무척이나 환영받을 거라고 생각하지 않나요?

──그런 삶의 방식, 멋있다고 생각하지 않나요?

그렇게 말했습니다.

"…………."

또다시 입을 다물어버렸습니다.

하지만 그녀는 조금 전처럼 어두운 표정은 아니었습니다.

"……멋있어, 하드보일드 같아. 괜찮을지도."

그리고 혼잣말처럼 중얼거리더니, 그녀는 서서히 안색을 되찾아갔습니다.

하드보일드를 엄청나게 좋아하는 사람인 겁니까?

"이런 데서 시간을 낭비할 여유 같은 거, 사실은 없는 거 아닌가요? 넓은 세계 속에서 여러 가지를 배우면 어떤가요? 당신에게 부족한 건 다양성이에요."

무엇보다 번번이 똑같은 마력 덩어리를 던져대기만 하면서 제게 이길 수 있다고 생각한 시점에서 꽤나 머리가 굳은 겁니다. 삶은 달걀 수준입니다.

저는 한 장의 봉투를 테이블에 올려놓고 자리에서 일어났습니다.

"뭐, 그런고로 이건 하산 축하 선물로서 당신에게 주겠어요. 1년 후 오늘, 그때 열어봐 주세요."

단단히 봉해진 봉투를 받아 든 그녀는 눈썹을 모았습니다.

"아마도 나, 바로 열어볼 거라고 생각하는데."

"아, 괜찮아요. 1년이 되기 전에 열면 안에 있는 편지가 불타 사라지도록 마법을 걸어두었으니까. 열면 큰 참사가 벌어질 거예요."

"전혀 괜찮지 않잖아……."

그러니까 열지 말라는 거 아닙니까. 무슨 말을 하는 겁니까?

"이 편지에는 여행의 마음가짐이라든가, 강한 마법사가 되기 위한 비결이 쓰여 있습니다. 아마도 1년 동안 제대로 수행을 한다면, 분명 그때는 도움이 될 거예요."

그리고 저는 테이블에 금화를 한 닢을 딱 올려두고 다시 마네킹을 앉혔습니다.

"그럼 이제, 이쪽의 저와 사이좋게 아침 식사를 즐기신 다음에 서둘러 나라를 떠나주세요."

그런 말도 했습니다.

마네킹 반대편에 앉은 채, 그녀는 깜짝 놀라 눈을 동그랗게 떴습니다.

"어라? 내가 사는 거 아니었어?"

저는 대답했습니다.

"거짓말이었는데요."

○

제가 이 나라에 오고, 그리고 유리 씨에게 독이 든 커피를 받아 마실 뻔했던 다음 날의 일입니다.

저는 카페에 있었습니다. 길을 걷고 있었더니 쓸데없이 껄렁한 남자(저에게 작업을 걸었던 그 사람)가 저를 불러세웠습니다. 이 남자, 또야? 그렇게 생각했습니다만, 전날과는 다르게 진지한 표정을 하고 있기에 어찌 된 일인가 싶어 고개를 갸우뚱거렸습니다. 그리고 결국 그를 따라가 보기로 했습니다.

그렇게 그를 따라서 오게 된 것이 이 카페인 겁니다.

"자네에게 부탁이 있네."

무척이나 중후한 아저씨가 카운터석 너머에서 팔짱으로 끼고 서 자신이 스파이 조직의 보스라고 말한 다음, 한층 더 심각한 안색으로 이야기를 시작했습니다.

"우리 스파이 조직에, 여자아이가 있다. 이름은 유리. 어제 자네에게 사인을 받은 그 아이다."

"네에."

"단도직입적으로 말하지. 부디 그녀를 이 나라에서 쫓아내는 걸 도와주지 않겠나?"

어째서요? 라고 물으려 했을 때는 이미 그의 이야기가 다시 시작되어 있었습니다.

"애초에 이번에, 우리는 그녀를 이 나라에서 쫓아내기 위해 이러한 계획을 세운 걸세."

남자가 카운터석에 던져놓은 것은 한 권의 파일 『허구의 마녀 암살 의뢰』라고 쓰인 물건이었습니다.

안을 살펴보라고 재촉하는 것 같았기에 저는 주저 없이 그것을 펼쳤습니다.

쓰인 내용은 저와 아주 비슷한 외모의 마녀가 저와 아주 비슷한 경력을 가졌고, 해를 끼치니 없애라, 라는 것이었습니다. 다른 점이라고 하면, 마녀의 이름 정도입니다. 저는 허구의 마녀 같은 뻔한 이름이 아니거든요.

"설마 잿빛 머리카락의 마녀가 이 타이밍에 이 나라에 오리라고는 생각도 못 했다. 오산이었지. 자네는 그러한 경력을 갖고 있지 않겠지만── 이번 의뢰에서는, 자네가 악역이 되어 있지.”

“…………”

“어째서 눈을 피하지?”

“아뇨, 딱히.”

저는 화제를 돌렸습니다.

“그래서, 어째서 이 마녀를 암살하기로 한 건가요?”

“이야기하자면 길어지네만──.”

심각한 표정의 그는 심각한 태도로 이야기했습니다.

옛날이야기였습니다.

그가 유리 씨를 주운 것은 그녀가 아직 태어난 지 얼마 안 되었을 무렵. 버려진 아이였다는 모양입니다. 유리 씨를 가엾게 여긴 그는 부모로서의 애정을 쏟으며 그녀를 키웠습니다.

유리 씨는 훌륭하게 성장했고, 솔직한 아이로 자랐습니다. 우직하다 해도 좋을 정도로.

그녀는 아버지인 그의 일을 존경했고, 아버지의 일을 돕게 되었습니다. 하지만 그녀는 절망적일 정도로 스파이에 맞지 않았습니다. 너무 착한 아이였던 겁니다.

“나는 말이지, 그 아이의 성장을 지켜보고 있을 수 없다네. 유리가 한쪽 발을 담그고 있는 이 세계는, 그 아이가 생각하는 것만큼 아름답지 않아. 진창처럼 더러운 세계야.”

그저 유리 씨에게 감추고 있을 뿐, 실제로는 사람을 죽이기도 하는 것일 테죠. 검은 장갑에 감춰진 그의 손은 분명 사람들 앞에 내놓을 수 없을 만큼 피로 물들어 있다── 그리고 그는 그 사실을 잘 알고 있을 터입니다.

"그래서 그녀를 떠나보내고 싶다는 건가요?"

"그렇게 되겠군. 그러니 허구의 마녀 계획을 세운 거지."

"…………."

그의 계획에 따르면, 허구의 마녀 암살을 유리 씨에게 명령하고, 그러나 처음부터 존재할 리 없는 마녀를 찾게 하여 임무에 실패하게 한 다음, 그런 그녀를 탓하며 내쫓을 셈이었을 겁니다.

하지만 제가 나타나 버리는 바람에 약간 성가신 사태가 되었다는 거군요.

과연, 그렇군요.

"즉, 솜씨 좋게 협력을 해서 그 나름대로 그녀를 혼쭐 내주어 무력감을 주지만, 그녀를 긍정적으로 만들어 괜찮은 느낌으로 나라에서 내쫓아 달라는 건가요?"

"그런 거다."

"꽤 어려운 문제를 저에게 떠넘기시는군요."

"마녀인 자네라면 가능할 테지."

"얕보지 말아주시지요."

완전 여유입니다.

하지만 한 가지 의문이 있습니다.

"어째서 이런 외모의 마녀를 암살한다는 계획을 세운 거죠?"

"…………."

그는 한동안 입을 다물었습니다.

"이야기하자면 길어지네만──."

"아, 이쪽 이야기는 간결하게 부탁드립니다."

"…………."

그는 또 입을 다물었습니다.

"옛날, 내가 아직 젊었을 때 말이지, 그런 모습을 한 마녀 암살을 의뢰받았던 적이 있었네. 하지만 너무나도 간단하게 내가 당해버렸지."

"호오."

뭐, 상대는 마녀니까요.

"그래서, 나는 반했지. 강하고 멋지고 아름다운 여성이었으니까."

"흐음."

뭐, 상대는 마녀니까 말이죠.

"그 마녀는 며칠 만에 사라지고 말았지만, 그때의 일을 잊을 수 없어서── 무엇보다 내가 처음으로 진 상대다. 그래서 이렇게, 의뢰에 적은 거지. 그 무렵의 일은 잘 기억하고 있다. 지금에 와서는 좋은 추억이야."

그는 검은 장갑을 문지르며 그렇게 말했습니다.

마녀의 외견 같은 건 딱히 어떻든 상관없었던 것일 테죠. 그저 단순히, 새로운 마녀를 머릿속에서 만들어내는 게 성가셨던 것 아닐까요?

그런 거로군요.

하지만.

"어째서 허구의 마녀인가요?"

제가 그렇게 묻자, 그는 자조적으로 웃었습니다.

"허구투성이인 의뢰니까."

●

그 후로 1년이 지나, 나는 예의 그 마녀와의 약속을 지키기 위해 여행지의 카페에서 편지를 개봉했다.

불타오르는 일 없이, 하지만 아주 약간 색이 바래 옅은 갈색이 된 몇 장의 편지지가 안에서 조심스레 얼굴을 내밀었다.

나와 비슷한 나이대의 여자아이가 썼다고 하기에는 꽤나 어른스럽고 거친, 마치 중년의 아저씨가 쓴 듯한 글자였다.

"……정말 거짓말뿐이야."

여행의 마음가짐이라든가, 강한 마법사가 되기 위한 비결이 쓰여 있습니다. 라는 건 거짓말이었다. 그런 건 전혀 쓰여 있지 않았다. 글자가 번질 때까지 읽었지만, 쓰여 있는 것은 나의 졸업을 축하하는 말과 가끔은 얼굴을 보여주러 오라든가, 남자가 생기면 죽여버리겠다든가, 하지만 손자 얼굴은 보고 싶다든가 하는, 자식을 끔찍하게 여기는 마음을 그대로 드러낸 아버지가 딸에게 보내는 편지 그 자체였다.

바보 같아.

"어라? 왜 그러나요? 승격 시험에서 또 떨어진 게 그렇게 쇼크였나요?"

옆에 와 앉은 검은 머리카락의 마녀가 성적이 안 좋은 아이라도 보는 듯 놀리며 웃었다.

"안 울었거든."

"힘들면 제가 상담에 응해줄 수 있는데요?"

"안 울었다니까. 정말이지."

나는 눈물을 훔치고 마녀의 어깨를 툭 쳤다. 전혀 아프지 않은지, 여전히 마녀는—— 사야 씨는 싱글싱글 웃고 있지만.

"하지만 아쉬웠네요. 이걸로 몇 번째죠?"

"다섯 번째."

"저는 훨씬 더 많이 떨어졌었으니까 괜찮아요."

"전혀 괜찮지 않지만……."

"하지만 뭐, 저도 옛날에는 그런 시기가 있었어요. 하지만 멋진 마녀님 덕분에 말이죠——."

"그 얘기 몇 번째야? 이제 질렸거든."

지금 나는 여러 나라를 여행하며 마법 공부를 하고 마법사 중에서도 상위의 존재—— 마녀 견습이 되기 위해 한창 공부를 하고 있는 중이다.

너무나도 좁디좁은 문이라 그렇게 간단히 통과할 수 있을 리 없었고, 그런고로 지금 이렇게 고학생처럼 몇 번이나 떨어져 풀 죽어 있는 중이다.

사야 씨와 만난 건 그런 생활을 하고 있을 때였다. 여행 비용을 벌기 위해 시험 감독 아르바이트를 하고 있던 그녀는 특히 성적이 나빴던 나를 불쌍히 여겼는지, 아니면 무언가를 느낀 것인지,

시험을 보던 사이에 어쩐지 내 주변을 어슬렁거리게 되어 있었다.

"나와 일레이나 씨가 만난 것도 이 나라였거든요. 그것참, 지금도 선명하게 기억하고 있는데——."

다닥다닥 지붕이 맞닿은 이 나라는 마법사만 존재할 수 있는 나라라고 한다. 그야말로 무사 수행에 딱! 만세!

라고 할까, 뭐든 상관없지만, 사야 씨의 이야기 속에 나오는 일레이나라는 이름의 마녀는 아무래도 외견적으로도 성격적으로도, 나에게 이것저것 가르쳐준 마녀와 아주 닮아 있었다. 하지만 그에 관해서 나는 대체 뭐라 이야기하면 좋은 걸까?

"——그래서 말이죠, ……응 어라? 유리 씨, 그 손수건, 뭔가요?"

"뭐?"

쉼 없이 이야기하던 사야 씨의 시선이 내 손수건에 머물렀고, 말도 멈추었다. 나는.

"이건—— 그러니까, 전에 얘기했었지? 내가 나라를 떠나는 계기가 된 마녀님이 준 거야."

"호오……."

그러자 그녀는 빤히 손수건을 바라보며 "아니…… 설마…… 하지만 이 느낌…… 응? 정말? 아니 아니 아니 아니…… 설마"라고 중얼거렸다.

사야 씨는 가끔 잘 모르겠다.

나는 그녀의 시선에서 도망치듯이 손수건을 편지 옆에 두고 커피잔을 손에 들었다.

"그 편지는?"

손수건을 쫓아가던 사야 씨의 시선은 편지로 옮겨갔다.

"이거? 우리 아빠한테 받은 거."

"흐응⋯⋯."

"⋯⋯어째서 의심하는 눈초리를 받아야 하는 건데? 말해두겠는데, 정말이거든? 거짓말 아냐."

"읽어봐도 될까요?"

"재미없을 텐데."

그렇지 않다고 웃으면서 그녀는 내게서 편지를 받아 들었다. 그리고는 "흐음흐음"이라든가 "응? 역시 이 냄새는⋯⋯?" 같은 말을 중얼거리며 편지를 읽거나, 혹은 봉투의 냄새를 맡았다. 무슨 짓이야?

그 옆에서 나는 블랙커피를 마셨다.

생각해보니 커피를 마시는 건 1년 만인 것 같다.

이런저런 일이 있었지만, 이렇게 고향의 맛을 때때로 떠올리며 여행을 한다는 건 나쁘지 않을지도 모른다.

언젠가 지금보다 훨씬 훌륭한 마법사가 된다면, 그때는 푹 삶은 달걀만큼 단단한 보스도 나와의 재회를 기뻐해 주리라.

여러 가지 일들이 있었지만, 이 이야기는 요컨대 이 한마디로 집약할 수 있었다.

가로되.

그야말로 하드보일드.

——거짓말이지만.

"어라? 봉투 안에 아직 편지지가 한 장 남아 있는데요?"

"뭐?"

그런, 말도 안 돼.

그리 생각했지만 사야 씨는 분명히 한 장의 편지를 봉투에서 슥 빼냈다. 진짜냐?

"⋯⋯⋯⋯."

"⋯⋯⋯⋯."

우리는 머리를 맞대고 함께 그 편지를 읽었다.

추신.

한 가지 잊은 것이 있어 추가로 이 편지를 넣는다.

최근 근처 찻집에 마네킹과 한테이블에 앉을 수 있는 서비스가 생겼는데, 이게 정말이지 최고로 최고로 최고다.

내가 하고 싶은 말은, 요컨대 이 한마디로 집약할 수 있다.

마네킹은 좋구나.

토했다.

사야 씨에게 마법을 가르치던 때의 일입니다.

"······으으. 설마 이 녀석이 섞여 있을 줄이야······."

사야 씨는 제 맞은편 자리에 앉아, 저와 함께 주문한 오늘의 런 치를 원망스런 시선으로 바라보고 있습니다. 우리는 싸다는 이유 만으로 단순하게 메뉴를 골랐습니다만, 아무래도 싫어하는 재료 가 들어 있는 모양입니다.

"버섯을 싫어하나요?"

저는 그녀의 접시를 들여다보며 물었습니다. 파스타에서 버섯 을 완벽하게 골라냈군요.

그녀는 파스타에서 소외되어 축 늘어진 버섯들을 힐끗 노려보 더니.

"정말 싫어요! 그게, 나무에서 자라나잖아요?! 즉, 이건 나무잖 아요?! 저는 나무를 먹는 습관 같은 건 없고, 나무 주제에 식감은 뭔가 물컹물컹해서 기분 나쁘고, 무엇보다 이상한 이 모양! 어쩐 지 기분 나빠요. 오히려 다들 이런 걸 어떻게 먹는 건지 이상해서 참을 수가 없어요!"

그렇게 말하면서 뺨을 뾰로통하게 부풀렸습니다.

과연, 그녀는 버섯에 대해 무척이나 불합리한 분노를 쌓아둔 것 같습니다.

"하지만 편식하면 마녀는 될 수 없는데요? 마녀 견습생이 되고 싶다면, 싫어하는 음식 정도는 참아내는 기량도 갖춰야 해요."

"……정말인가요?"

"정말이죠."

저는 손 근처에 놓인, 접시 위의 파스타 면 사이에 감춰져 있던 버섯을 하나도 남김없이 포크로 찔러서 그녀의 접시에 옮겨놓았습니다.

"그러니까 이것도 수행이라고 생각하고 전부 먹어주세요."

"앗, 잠깐……."

"힘내세요."

그리고 저는 버섯이 사라져 외양적으로는 약간 초라해진 파스타를 먹었습니다.

"……후아앙, 지옥이야……."

약 두 사람분의 버섯투성이가 된 파스타를 바라보며 사야 씨는 깊은 절망에 빠져들었습니다.

그 일이 있고 며칠 후의 일입니다.

"──저기, 저는, 이 카르보나라라는 걸 주문하겠어요."

사야 씨는 오늘의 런치를 주문하지 않게 되었습니다.

"일레이나 씨는 어떤 걸로 하시겠어요?"

"오늘의 런치는 뭔가요?"

제가 그렇게 묻자, 주문을 받으러 온 점원분이 "버섯 크림 파스타입니다"라고 대답했습니다.

"으엑…… 전에 그거랑 같은 거다."

떨떠름한 표정을 짓는 사야 씨를 무시한 채, 저는 "그럼 그 메뉴를 버섯 빼고 부탁드려도 될까요?"라고 점원분에게 물었습니다.

그러면 그건 그냥 크림 파스타 아닌가? 하는 표정을 지으며 점원분은 고개를 끄덕이고, 형식적으로 두 사람의 주문을 확인한 다음 자리를 떠났습니다.

"⋯⋯⋯⋯."

잠시 후.

"일레이나 씨, 버섯 싫어하시나요?"

"네, 정말 싫어해요. 나무에서 자라나는 데다, 식감도 모양도 전부 싫어요. 온몸과 마음을 다해서 버섯 전부를 부정하고 싶을 만큼 싫어요."

"⋯⋯⋯⋯요전에 저에게 잘난 척하며 말했던 건 뭐였나요? 정말이지⋯⋯."

그리고 부루퉁한 얼굴이 된 그녀에게 저는 큭큭 웃으며 대꾸해 주었습니다.

"마녀가 된 다음에도 편식하면 안 된다고 말했던가요?"

제 4 장

숲 안쪽에 있는 한 채의 숙소.

마치 성 같은 외관을 한 그곳에서 누군가의 비명이 울려 퍼진 것은 밤이 이슥한, 아름다운 초승달이 조용히 떠오른 무렵의 일이었습니다.

"꺄아아아아아아아아아아아아아아아아아!"

그 목소리에서 심상치 않은 상황이리라는 것은 간단히 상상할 수 있었고, 아마도 그 숙소에 묵고 있던 사람 모두가 같은 생각을 했을 겁니다. 서둘러 방에서 뛰쳐나온 저와 마찬가지로, 다른 방에서 허둥지둥 나와 복도를 달려가는 사람을 몇 명이나 발견했으니까요.

비명이 어디서 울렸는지는, 잠시 달리고서 알았습니다.

숙소의 라운지에 사람 무리가 생겨 있었던 것입니다.

사람 무리라고 해도, 이 숙소에 묵는 사람은 전부 합해도 양손으로 충분한 정도의 수밖에 없었기 때문에 매우 소규모였습니다만.

"어이…… 이거…….""이런 심한 짓을 하는 녀석이 있다니…….""제, 제가 봤을 때는 이미 이렇게 되어 있었어요……!"

거기서는 당혹스러움이 번져나가고 있었습니다.

저는 사람과 사람 사이를 비집고 무리 속으로 들어갔습니다.

"무슨 일인가요?"

누구에게랄 것 없이 그리 물은 직후에, 저는 거기서 무슨 일이 일어났는지 대강 파악했습니다.

라운지 한가운데. 카펫 위에 쓰러져 있던 것은, 이 숙소에 묵고 있던 여성 여행자였습니다. 이름은 마리 씨.

무척이나 아름답고 그러면서도 차분한 언행과 상냥한 성격과 지나치게 균형 잡힌 체형으로, 어느샌가 너무 귀여운 여행자로서 세간에 소문이 난 그녀(본인 왈)가, 지금은 그저 그 자리에 풀썩 쓰러져 있었습니다.

매우 비싸 보이는 새하얀 드레스와 핏기없는 안색. 한밤중의 숙소에서, 이 시간에 해야 할 것도 없을 터인데, 그녀는 어째선지 한껏 멋을 낸 모습이었습니다.

호흡은 없는 듯 보였습니다. 가슴께는 위아래로 움직이지 않았고, 인형처럼 굳어져 있었습니다.

수상한 점은 그것만이 아닙니다. 천장을 본 자세로 쓰러진 그녀의 옆에는 베어 문 자국이 있는 사과가 하나 굴러다니고 있었던 것입니다.

마리 씨의 입에서 검붉은 액체가 흘러나와 카펫을 약간 더럽히고 있었습니다.

아마도 그녀는 이 사과를 먹고서 숨이 끊어지고 말았다── 그런 것일 테죠.

"독 사과라도 먹은 걸까요……?"

이 숙소의 직원이 주저주저하며 주변 사람들을 둘러보았습니다. 아마도 제1 발견자일 테지요. 조금 전 비명과도 음색이 일치합니다.

"독 사과라고? 어째서 그런 게 이런 데 놓여 있는 건데?"

처음부터 직원을 의심하는 거무스름한 피부의 여행자. 통칭 까무잡잡 씨.

"아, 나는 그거거든! 조금 전까지 쭉 방에 있었거든! 진짜로!"

묻지도 않았는데 갑자기 알리바이를 증명하려 드는 수상한 씨. 이런 녀석이 제일 수상하다고 봅니다.

"이건…… 사과의 저주…… 신성한 사과를 함부로 한…… 벌을…… 받은 거야……."

고딕 롤리타 복장을 몸에 걸친 서브컬처 여자분은 마리 씨의 시신을 내려다보며 침을 뱉었습니다. 더러워.

"여러분, 진정하세요── 누구, 이 여자의 마지막을 본 사람은 없습니까? 그리고, 수상한 자를 본 사람은?"

이 숙소의 지배인분이 그 자리에 있던 전원을 향해 달래듯이 말했습니다.

"본 녀석 같은 게 있을 리 없잖아."

토해버리듯 말한 것은 술 됫병을 끌어안은 주정뱅이 여자 씨.

그러나 그녀가 말한 대로 이 자리에 있는 모두가 주변을 살필 뿐, 유익한 정보는 나오지 않았습니다. 바보같이 넓고 호화로운 데 비해 이 숙소는 숙박객도 종업원도 놀랄 만큼 적었습니다. 모두가 얼굴을 알고 있다고 봐도 좋은 상황에서 수상한 자가 있었다면 그 정보는 순식간에 퍼질 터입니다.

"……즉, 이건 사고, 라는 건가요? 우연히, 여기에 놓여 있던 독이 든 사과를 그녀가 무심코 먹어버렸다는──?"

저는 턱에 손을 대면서 자신의 말에 고개를 갸우뚱했습니다.

"아니…… 정말로 그럴까요? 빗나간 추측이 되겠지만, 실은 이건 살인 사건이나 사고도, 아무것도 아닌 게 아닐까요? 그런 보통 사실과 현상과는 다른 문제인 것일지도 몰라요."

주변에 있던 여섯 명의 시선이 일제히 제게로 향했습니다.

"이 녀석은 무슨 소리를 하는 거야?"라는 감정이 각각의 눈동자에서 날아들었습니다.

저는 그것들을 흘려넘기며 말을 자아냈습니다.

"이 땅에는 어떤 전설이 있다고 합니다. 아시나요?"

제 질문에 바로 반응을 보인 것은 서브컬처 여자 씨였습니다.

"……혹시, 사과 전설, 을 말하는 거야……?"

사과 전설.

그러하다며 저는 고개를 끄덕였습니다.

그러나 이 자리에 있는 대부분의 사람은 그 전설을 전혀 모르는지 고개를 갸웃거렸습니다.

이런 이런, 설명해야만 하는 겁니까?

그렇게 생각하고 있는데 서브컬처 여자 씨가 멋대로 설명을 시작해주었습니다.

"이 땅에서 난 사과를 먹은 자는 극히 드물게 영원한 잠에 빠지기도 한다는 전설이 있어. 그건 거슬러 올라가기를 3백 년. 숲에 사는 아름다운 소녀의 미모를 질투한 마녀가 사과에 독을 넣어서 소녀를 영원한 잠에 빠뜨렸대. 그러나 훗날, 마침 소녀의 시신 근처를 지나던 네크로필리아 왕자가 소녀의 시신을 보고 그 아름다움에 감동하여 그 자리에서 키스를 했더니 소녀가 어째선지 다시 살아나 버렸고, 네크로필리아 왕자는 『어? 살아 있는 여자한테는 흥미가 없어. 죽어서 다시 와』라며 침을 뱉고 떠나버렸대. 그 이후로 이 숲에서는 정기적으로 독 사과가 자란다나 봐. 그리고 그 독 사과는 어느 시대에나 아름다운 소녀가 먹게 되는 운명이라고 했어. 그리고 독 사과를 먹은 소녀는 언제나 반드시, 왕자님의 키스로 깨어나는 거야. 그런 전설이지?"

"아, 네."

특기 분야가 되면 묘하게 말이 유창해지는 서브컬처 여자 씨에게 약간 질린 저였습니다.

"……즉, 왕자님이 키스를 하면 그녀는 다시 살아난다고?"

까무잡잡 씨는 코웃음을 쳤습니다. 서브컬처 여자 씨의 이야기를 전혀 믿지 않는 것 같았습니다.

"그럼 내가 키스해서 깨워주지."

믿지 않는 것 같았지만, 아마도 그의 머릿속에서 번뇌가 이성을 차 날려버렸나 봅니다. 언동이 이상해지고 말았습니다. 거기에 더해 눈에 핏발까지 섰습니다.

"기다려! 내가, 내가 하겠어!"

수상한 씨도 눈에 핏발이 서 있었습니다만, 잘 생각해보니 이 사람은 처음부터 이런 느낌이었던 것만 같습니다. 수면 부족입니까?

"이런 이런, 자네들. 그만둬."

댄디한 지배인이 두 사람을 제지했습니다.

"내가 하지."

이런, 제지하려고 나선 게 아니었던가 봅니다.

"기다려. 사과 전설 이야기를 한 건 나. 즉, 입맞춤할 권리는 나한테 있어."

남자들 틈에 끼어든 서브컬처 여자 씨의 뒷모습에 저는 질리고 말았습니다.

"······남자는 정말 멍청해."

주정뱅이 여자 씨는 시신 바로 위에서 시끄럽게 말다툼하는 그들을 멀리서 지켜보면서 술을 마시고 있었습니다. 언쟁을 술안주로 삼고 있습니다.

"······한 사람 여자도 섞여 있는데요."

이 자리에서 유일하게 제대로 된 감성을 가진 직원분은 "돌아가고 싶어"라며 울었습니다.

결과적으로 마리 씨의 시신 때문에 숙소 안은 엄청난 패닉에 빠졌습니다.

모두가 꽥꽥 소리치며, 키스는 내가 하겠다느니, 술이 마시고 싶다느니, 돌아가게 해달라느니 하며 다들 외치고 있었습니다.

이건 이미 혼돈 그 자체.

······뭐, 이것도 저것도 발단은 전부 저에게 있지만.

일단 이곳을 장악하려면 어찌하는 게 좋을까요──라며, 저는 그들이 소란 떠는 모습을 바라보면서 생각에 잠겼습니다.

"그 시신에 접근하지 마!"

제가 사고의 바다에 빠져 있을 때, 갑자기 커다란 소리가 들려왔습니다.

이 자리에 있던 모두가 놀라 눈을 동그랗게 떴습니다.

"이건 틀림없는 살인 사건이다! 이 시신은 중요한 증거야. 가까이 가지 마!"

거기에는 트렌치코트를 입은 산뜻한 한 청년이 있었습니다.

그는 헌팅캡을 쑥 올리더니 소리 높여 이렇게 선언했습니다.

"이런, 소개가 늦었군—— 나는 명탐정. 이 살인 사건을 빠르고 분명하게 해결해 보이겠어."

………….

아, 이건 좀 성가시게 될 것 같다고 생각했습니다.

○

그럼 이야기를 진행하기에 앞서, 우선 살인 사건이 일어난 날의 일을 다시 떠올려보도록 하죠. 어쩌면 거기에 범인의 힌트가 숨겨져 있을지도 모르니까요.

사건의 발단은 그날 점심 무렵이었을까요?

"이런 데 숙소……?"

여행 중에 저는 숲속에서 숙소를 발견하고, 그러한 말을 하면서 그 성을 올려다보았습니다. 주변은 전부 나무뿐인 숲 안쪽에 있는 숙소였으니, 저는 그때 무척이나 수상쩍어하는 표정을 짓고 있었으리라 생각합니다.

사실 문을 열기 직전까지, 그 숙소가 이미 폐허가 되어 있을 거라고 생각했을 정도입니다. 어쩌면 공짜로 하루 묵을 수 있을지도 모른다고 기대했을 만큼.

"아, 어서 오세요!"

그런고로 직원분이 맞아주었을 때는 살짝 혀를 차기까지 했습니다. 뭔가요? 영업 중입니까?

"여기, 묵을 수 있나요?"

"물론입니다. 참고로 당신이 오늘 일곱 명째 손님이랍니다!"

"…………."

저는 숙소 안을 둘러보았습니다. 내부 장식도 훌륭한 것이, 마치 성 그 자체. 어쩌면 성을 그대로 숙소로 쓰고 있는 것일지도 모릅니다.

"이 넓은 숙소 안에, 손님은 일곱 명뿐, 인가요……?"

묵어야 할지 말아야 할지 나름 고민했습니다.

이런 곳에 있는 숙소니 경영이 순탄하지 않으리라 추측할 수 있었습니다. 그렇다면 손님 한 명 한 명에게서 뜯어내는 금액은 틀림없이 고액이 될 터. 즉, 여기서 쓸데없이 돈을 쓰게 될 가능성이 있었던 겁니다.

"…………."

여기는 선수를 쳐서 서둘러 나가 버리는 것인 제일일지도 모르겠습니다.

"죄송합니다. 저──."

"참고로 지금이라면 최고급 객실을 매우 저렴하게 제공해드릴 수 있습니다."

"묵겠습니다."

결국 하룻밤 묵기로 정해졌습니다.

분명 매우 저렴한 가격에 최고급 객실, 이라는 직원분의 말은 틀림없는 사실이었고, 안내된 방은 마치 왕족이 쓰는 것과 동등하거나 그 이상이었습니다. 부자의 상징인 샹들리에가 매달린 방에 떡하니 자리 잡고 있는 침대에는 의미를 알 수 없는 천장 장식이. 가구는 전부 쓸데없이 크고, 쓸데없이 장식되어 있었습니다. 그리고 의미를 알 수 없는 항아리가 의미를 알 수 없는 테이블 위에 놓여 있었습니다. 받아서 전당포에라도 가져가면 꽤 큰돈을 받을 수 있을 것 같습니다.

"하하. 이런 데 묵을 수 있는 겁니까?"

그야말로 비경이로군요.

저는 우아하게 저녁 식사 때까지 방에서 쉬었고, 배가 꽤 고파질 때까지 기다렸습니다. 이 숙소는 무려 저녁 식사까지 제공해 준다고 합니다. 저렴한 비용으로 극진한 대접을 맛볼 수 있는 것입니다.

어쩐지 꿍꿍이가 있을 것 같다는 예감이 강하게 들었습니다만, 뭐, 괜찮겠지요.

해가 기울어갈 무렵에 직원분이 일부러 제 방까지 찾아와 저녁 식사 준비가 되었다고 알려주었습니다.

그대로 직원분의 안내를 받아 식당까지 갔고, 거기서 처음으로 다른 숙박객과 얼굴을 마주했습니다.

가늘고 긴 테이블에 띄엄띄엄 앉아 있는 이들은 하나 같이 무언가 어둠을 안고 있는 사람들뿐이었습니다.

저는 여행자 차림의 여성 앞에 앉았습니다. 저녁 식사로 준비된 것은 수수께끼의 수프와 수수께끼의 샐러드와 수수께끼의 고기. 이렇게 말하면 수수께끼 같은 것들뿐이었지만, 먹어보는 의외로 평범했습니다.

"저기, 당신은 마녀야?"

샐러드를 오물오물 씹고 있으려니 갑자기 눈앞에 앉은 여성이 몸을 쑥 내밀며 물었습니다. 그 시선 끝에는 제 가슴께에 달린 별을 본뜬 브로치가 있었습니다.

"그런데요."

저는 가슴을 쭉 폈습니다.

"호오. 나보다 어려 보이는데, 대단하네."

눈앞의 여자는 여기서 테이블 너머로 손을 내밀어 왔습니다.

"나는 마리. 잘 부탁해."

"안녕하세요. 일레이나입니다. 여행하는 마녀예요."

우물우물하며 그녀의 손을 잡은 저는 매너 없는 나쁜 아이입니다.

인사를 마친 그녀는 서둘러 목소리 톤을 낮추고 말했습니다.

"그런데 마녀 씨 있지, 저쪽에 있는 남자들 중에 누가 취향이야?"

"네?"

"그러니까. 저쪽 자리에 남자가 네 명 모여 앉아 있잖아? 누가 취향이야?"

"…………."

마리 씨가 가리킨 곳에는 혼자서 꼼실꼼실 식사를 하고 있는 서

브컬처계가 좋아할 법한 여성(속칭 서브컬처 여자 씨) 너머에서 식사
는 미뤄두고 마구 마셔대고 있는 주정뱅이 여자 씨——의 너머에
서 넷이 사이좋게 식사를 하고 있는 남성의 모습이 있었습니다.

"제일 저쪽으로 앉은 까무잡잡한 피부색의 남자가——."

"네."

이름을 외우는 건 귀찮으니 까무잡잡 씨라고 부르기로 했습니
다.

"그리고 맞은편에 앉아 있는 게 이 숙소의 지배인으로, 이름
은——."

지배인님이로군요. 그렇군요.

"우측 앞쪽에 살짝 거동이 수상한 사람이——."

수상한 씨로.

"그리고 좌측 앞쪽의 산뜻하고 꽃미남에 성격도 엄청 좋아서
최고인 남자가——."

꽃미남 씨로군요. 그렇군요.

"누가 괜찮은 것 같아? 나는 꽃미남인 남자가 엄청 취향인데."

"…………."

이 사람은 어째서 갑자기 남자 찾기를 시작한 것일까요?

"저는 딱히. 전부 제 취향이 아닌데요."

"뭐어? 저 중에서라면 당연히 꽃미남 아냐? 다른 사람은 중년
의 열혈한이랑 수상한 사람이랑 아저씨밖에 없잖아. 결혼해서 행
복해질 수 있는 건 꽃미남이라고 생각해."

"…………."

"아, 말하는 걸 깜빡했는데, 나는 이상의 남자 친구를 찾는 여행을 하고 있어. 참고로 저쪽에 있는 꽃미남은 지금 내 남자 친구야."

"…………."

요컨대 남자 친구 자랑을 하고 싶었던 겁니까? 남자 친구 자랑을 위해 다른 남자 셋을 희생양으로 삼은 그녀의 못된 저의에 저는 질리고 말았습니다. 뭔가요? 자신을 돋보이게 하기 위해 못생긴 사람과 함께 행동하는 미인 같은 겁니까?

하지만.

"그런 것치고는, 저쪽 자리의 그는 남성들과 즐거운 듯 대화를 나누고 계신데요? 당신이 아니라."

우리의 시선 끝에서는 꽃미남 씨가 같은 테이블에 앉은 남성 세 사람과 사이좋게 식사를 하고 있었습니다. 보통, 사귀는 중이라면 여자 친구와 식사를 하지 않나요?

"그러니까…… 그게 문제야."

제 지적에 갑자기 안색을 흐리는 마리 씨.

"하아……."

아, 이건 이야기가 길어지겠구나 하고 일찌감치 깨달은 저는 어느샌가 한숨을 내쉬고 있었습니다.

짧게 좀 부탁드리겠습니다.

"저기 있지, 일레이나 씨. 어떻게 생각해? 그랑 사귄 지 이제 두 달이 되는데, 저 사람은 아무리 시간이 지나도 나한테 손을 대지 않는 거야. 은근슬쩍 그의 시선이 가슴이라든가 엉덩이로 향하고 있다는 건 느끼고 있거든? 그런데 전혀 손을 댈 기미가 없다니까. 지금 이때까지 키스는커녕, 손도 잡은 적이 없어. 이거 어떻게 생각해?"

"그런 주변머리 없는 남자랑은 헤어져 버려! 그러면 돼!"

방금 그건 제가 한 말이 아닙니다.

"…………." "…………."

어째선지 갑자기 우리 테이블에 앉은 주정뱅이 여자 씨가 됫병을 벌컥벌컥 들이키면서 대화에 난입했습니다.

거기에 더해 술 냄새와 서브컬처 여자 씨도 세트로 따라왔습니다. 이런 옵션 서비스 필요 없습니다만.

"……불순 이성 교제는…… 사과에 대한…… 모독……."

서브컬처 여성은 사과교나 뭐 그런 거에 몸담고 있는 겁니까?

마리 씨의 옆에 털썩 앉은 주정뱅이 여자 씨는 그녀의 어깨를 퍽퍽 두드리면서 "자, 그러니까 그거야! 마시면 잊을 수 있어! 일단 마시자! 응?" 하고 말했습니다.

그리고 "웨이"라든가 "휴우" 같은 수수께끼의 효과음을 내면서 그녀는 마리 씨에게 술을 따라주었습니다. 마리 씨도 처음에는 싫어하는 기색이었지만, 대꾸하기도 귀찮아졌는지 결국 마시기 시작했습니다.

십여 분 후에는 완전히 술기운이 오른 두 사람이 있었습니다.

"못 해 먹겠다고! 어째서 덮치지 않는 건데?! 내가 얼마나 틈을 만들고 있다고 생각하는 거야?! 빈틈투성이가! 됐으니까! 덮치라고! 오라고!"

폭발한 마리 씨.

"알지. 남자는 정말로 둔감해. 이쪽이 기다리고 있다고 말하지 않으면 모르는 거야?"

이하, 주정뱅이 두 사람은 들어본들 아무런 도움도 되지 않을 법한 대화를 펼쳤습니다.

"…………."

"…………."

"……당신, 사과에 흥미 있어? 이 지역 사과에는 어떤 전설이 있거든? 그게 뭐냐 하면 그건 무척이나 긴 이야기가 되는데——."

"…………."

참고로 주정뱅이 두 사람의 반대쪽에서는 묘한 종교를 권유받는 불쌍한 마녀가 있었다고 합니다.

그것은 누구인가.

그렇습니다. 바로 저입니다.

"——그래서 사과는 그야말로 사람에게 예지를 전해준 음식으로서 신성시 여겨지고 있는 거야. 그 유명한 학자도 사과가 머리 위에 떨어졌을 때 이 세계의 진리를 풀어낼 힌트를 얻었지. 그게 무슨 뜻인지 알겠어? 그래, 즉 사과가 사람을 이끈 거야. 이 세계는 사과에 의해 만들어진 거지. 월드 이즈 사과야. 나는 온 세상의 사과를 보며 다니는 여행을 하고 있는데, 그게 정말이지 죽을 만큼 즐거워서——."

"…………."

아마도 이때의 제 눈은 죽을 정도로 지루한 시간 탓에 죽은 사람이나 마찬가지가 되어 있었으리라고 생각합니다.

○

"……이상이 오늘 아침부터 지금에 이르기까지의 이야기입니다."

갑자기 나타난 명탐정 씨가 "우선 살인 사건이 일어난 날의 일을 돌이켜 보죠!"라는 말을 했기 때문에, 마지막으로 이 숙소를 찾은 제가 대표로서 이야기를 하게 되었습니다.

그런데 갑자기 나타난 이 명탐정 씨 말입니다만.

"당신 마리 씨의 남자 친구죠? 뭔가요? 그 코스프레."

"아니. 나는 명탐정. 피해자와는 아무런 관계도 없다."

"…………."

"나는 명탐정이다."

그런 설정입니다. 그렇군요.

귀찮아져서 그 이상 딴죽을 거는 건 그만두기로 했습니다. 괜히 긁어 부스럼 어쩌고라고도 하니까요.

"그래서, 그런데…… 명탐정 씨. 방금 이야기로도 알았겠지? 이건 사건 같은 게 아니라고. 그게, 그녀에게 원한을 품은 사람 같은 건 한 명도 없었잖아?"

수상한 씨는 내가 범인이다! 라고 말하는 듯한 수상한 거동을 하며 결백을 주장했습니다.

그러나 명탐정 씨는 고개를 저었습니다.

"그렇다고만은 볼 수 없지. 이 숙소에는 피해자와 함께 남자 친구도 묵고 있다고 하지 않았나? 미인 피해자에게 남자 친구가 함께하고 있었다. ……즉, 피해자를 마음에 두고 있던 자가 그녀를 원망하기에는 충분할 정도의 이유라고 할 수 있을 터."

아니 아니, 과연 그럴까요?

"그렇다면 살해당하는 건 남자 친구분 쪽이지 않을까요?"

"꼭 그렇다고는 할 수 없지."

명탐정 씨는 저를 약간 내려다보았습니다.

"『다른 남자와 사귀는 걸 보느니 그녀를 죽이겠다』고, 가해자가 판단했을 가능성도 있다."

과연, 일리가 있는 것도 같습니다.

그런데 여기서 주정뱅이 여자 씨가 갑자기 손을 들었다.

"그렇다는 건, 용의자는 남자로 좁혀졌다는 말이지? 나, 방으로 돌아가도 돼? 살인귀가 있을지도 모르는 곳에 언제까지고 있고 싶지는 않거든."

노골적으로 죽을 복선을 깔고 있군요.

"꼭 그렇다고도 할 수 없지."

어찌 되든 상관없지만, 이 대사를 말할 때의 그의 표정이 어딘가 자랑스러워하는 투라 어쩐지 화가 났습니다.

"서브컬처 여자의 눈을 봐."

그의 시선 끝에는 마리 씨의 시신 옆에 가만히 못 박힌 듯 선 서브컬처 여자 씨의 모습이 있었습니다.

"독 사과에 의한 영원한 잠에 빠진 잠자는 숲속의 공주…… 좋아…… 후후후…… 귀여워……."

그녀는 얼굴을 붉게 물들이고, 마치 전력 질주한 직후처럼 거친 숨을 몰아쉬며, 심지어는 침까지 흘리고 있었습니다.

수상한 씨의 수상함 같은 건 아무것도 아닐 만큼 수상한 그녀가 있었습니다.

"뭐, 뭐어…… 그러니까 말이지, 여자도 용의자가 될 수 있다는 거다."

아무리 명탐정 씨라도 질린 모양입니다.

"……저 정도면 저 여자가 범인이라고 해도 되지 않을까?"

주정뱅이 여자 씨의 술기운은 순식간에 확실히 깨버렸습니다.

결국 서브컬처 여자 씨가 너무나도 수상쩍었기 때문에 그녀를 심문하게 되었습니다. 다른 사람들을 우선 방으로 돌려보내고, "무슨 일이 있어도 절대 방문을 열면 안 됩니다"라고 주의를 주고, "절대로예요"라고 주의를 주고, "절대 열면 안 됩니다"라고 끈질길 정도로 주의를 주었으니 아마도 무슨 일이 있어도 그들은 방에 틀어박혀 있을 겁니다.

"당신 이름은?"

취조실로 준비된 식당에서 명탐정 씨는 맞은편에 앉은 서브컬처 여자 씨를 냉엄한 시선으로 바라보았습니다.

참고로 명탐정 씨의 옆에는 제가 동석하고 있습니다. 서브컬처 여자가 묘한 짓을 하려는 듯한 기척을 보일 때, 제가 있으면 간단히 제압할 수 있으니까요.

"——."

그녀는 자신의 이름을 중얼 답했습니다. 귀찮으니 여기서는 서브컬처 여자 씨라고 하겠습니다.

팔짱을 끼고, 명탐정 씨는 빤히 그녀를 응시했습니다.

"단도직입적으로 묻지. 그 독 사과를 준비한 건 당신인가?"

"……아니야. 나는 사과를 마음으로 신앙하고 있지만, 생사과는 갖고 다니지 않아……."

"거짓말 마. 이런 데 사과를 가져올 녀석은 당신 정도밖에 없을 거라고. 아니면, 그건가? 피해자가 일부러 독 사과를 스스로 먹었다고 말하고 싶은 거야? 그건 아니지. 그러니까 네가 범인이다."

이 무슨 난폭한 추리인가요? 명탐정이 들으면 어이없어할 겁니다. 이건 그야말로 명탐정이로군요.

"……아냐. 애초에…… 당신은, 착각을 하고 있어……."

"뭐라고?"

그러자 여기서 서브컬처 여자 씨는 숨을 스읍 들이쉬었습니다.

아아, 안 좋은 예감이.

"──우선, 나는 애초에 사과를 진심으로 사랑하고 경건하게 여기는 신자이기는 하지만, 그런 탓에 사과를 먹지 못하는 딜레마를 갖고 있어. 어째선지 알겠어? 그건 그저 사과는 나 같은 미천한 인간이 먹기에는 너무나도 신성하기 때문이야. 당신 신앙하는 종교는? 있어? 예를 들어 그 신의 우상을 먹으라는 말을 듣는다면 당신은 먹을 수 있을까? 못 먹겠지? 그러니까 그."

도중부터 흘려들었습니다만, 요컨대 그녀는 사과를 가지고 다니지 않는 모양입니다.

"……………." "…………."

이 사건에 있어서 가장 수상한 인물의 결백이 증명되고 말았습니다.

그 독 사과를 준비한 것은 대체 누구일까?

그것만 알면 범인도 자연스럽게 밝혀질 텐데 말입니다.

"크웃…… 그렇다면 누가 수상하다는 거야……."

서브컬처 여자 씨에게서 자백을 받아내지 못한 그는 크게 낙담했습니다. 하지만 그 직후에는 식당 테이블을 쓰다듬으며 눈을 빛내는 것이, 무언가가 번뜩인 모양이었습니다.

"잠깐 있어봐……? 그런가, 식당, 식사—— 그러고 보면 이 숙소에서는 식사를 제공하고 있지! 즉, 식당의 식사를 준비할 수 있는 인물이 제일 수상한 게 아닐까……?"

훌륭할 정도로 평범한 발상이었습니다.

뭐, 어차피 이 다음은 분명 숙소의 식사를 만든 분을 불러내 와서 취조할 셈일 테죠.

그리고 어차피 논파될 것이 당연합니다. 이 무슨 아무 도움 안 되는 명탐정인지.

그렇게.

사건 조사가 암초에 걸리고, 그리고 이 웃기는 명탐정 놀이에 제가 질리기 시작했을 무렵의 일이었습니다.

"꺄아아아아아아아아아아아아아아아!"

비명이 울려 퍼졌습니다.

어쩌면 이건 제2의 살인 사건이 일어났다는 조짐인 건——?

"…………."

어찌 되든 상관없지만, 직원분이 제1 발견자가 아니면 안 되는 지론이나 무언가가 있는 겁니까?

○

"제, 제가 봤을 때는 이미 이렇게 되어 있었어요……!" "이거 심한데……." "나, 나는 아냐! 나는 쭉 방에 있었거든!" "이게 사과의 저주……." "여러분, 진정하세요."

사람들 무리에 둘러싸인 가운데에는 새로운 피해자가 쓰러져 있었습니다.

새로운 피해자—— 주정뱅이 여자 씨는 지면에 누운 채 축 늘어져 있었습니다. 옆에는 술 됫병이 있었습니다. 맞은 상처나 다툰 흔적은 없었고, 입에서는 더러운 색을 띤 무언가가 흘러나와 있었습니다.

대체 어째서 이렇게 되어버린 것인가.

또다시 제1 발견자가 된 직원분이 상황을 설명해주었습니다.

"……저기, 저, 수상한 사람이 없는지 순찰을 하던 도중이었는데…… 여기를 지나칠 때 방에서 무슨 소리가 들렸어요……. 너무나도 격렬한 소리가 나서, 혹시 어쩌면 그녀가 습격을 받고 있는지도 모른다고 생각해서……. 하지만 이미 그녀는…… 우으으으……."

직원분은 울기 시작했습니다.

"상황을 정리하지."

명탐정 씨는 그런 그녀를 위로하는 일 없이 아무렇지 않게 무시. 이 녀석은 못된 녀석입니다.

"다들 피해자 주변을 봐. 됫병이 굴러다니고 있지? 게다가 주정뱅이 여자의 입에서는 질척한 액체가 토해져 있어—— 이 상황에서 말할 수 있는 건 하나밖에 없지. 그래, 맹독이다. 아무래도 이번 사건도 독 사과 사건과 같다고 보면 될 테지."

"…………."

아니 아니.

아니 아니 아니 아니.

"이건 그냥 술인데요."

옆에는 술 됫병. 입에서 흘러나온 건 토사물. 그리고 축 늘어져 있는 그녀.

간단하고 명료하게 말하자면 주정뱅이 여자 씨는 너무 마셔서 쓰러졌을 뿐이라는 겁니다. 의식 불명의 중태인 걸까요? 아뇨, 그녀는 평범하게 안정적으로 숨을 쉬고 있습니다. 코까지 골고 있습니다. 안 죽었습니다. 자고 있을 뿐입니다. 아마도 바닥에 굴러서 토하다 그대로 잠들었을 겁니다.

……이런 어른은 되고 싶지 않다고 생각했습니다.

"아마도 이 됫병에는 맹독이 섞여 있는 게 틀림없어!"

"아뇨 그저 만취한 겁니다."

"다들! 이 됫병은 중요한 증거다! 만지지 마!"

"그냥 만취한 거라고 말하고 있잖습니까 당신 바보인 겁니까?"

"할짝…… 이건 맹독!"

"그러니까 평범한 술이라니까요."

그보다, 당신은 어째서 맹독을 핥고 무사한 겁니까? 그리고 어째서 맹독 맛을 아는 겁니까? 그보다 중요한 증거를 스스로 못 쓰게 만들다니 대체 당신은 무슨 생각입니까?

뭐, 그건 평범한 술이지만.

"그것참, 소량이라 성분까지는 알 수가 없군…… 조금 더 마셔볼까…….."

술꾼 명탐정 씨는 그대로 됫병을 들고서 병나발을 불었습니다. 애처롭게도 술주정뱅이 여자 씨와 간접 키스입니다.

"……후후후. 역시 이건 맹독……!"

"그런 것치고 당신은 아무렇지 않네요."

"독에 내성이 있거든."

"…………"

이제 지적할 부분이 너무 많은지라 저는 말하는 걸 포기했습니다. 자, 마음대로 하십시오.

"……좋아, 그럼 다음은 독 사과를 먹어보지. 그것도 어쩌면 같은 독일지도 모르니까."

얼굴이 살짝 붉어진 명탐정 씨는 됫병 술을 마시면서 방을 나갔습니다.

주정뱅이 여자 씨만으로는 부족해서 마리 씨와도 간접 키스를 할 셈인 것이 틀림없다고 생각합니다.

…………

더는 싫어…….

"자아. 그럼 지금부터 독 사과를 맛보도록 하지."

라운지로 돌아온 명탐정 씨는 독 사과를 들고서 선언했습니다.

그러나 거기에 이의를 외치는 자도 많았습니다.

"아니, 잠깐 기다려. 처음에 그걸 발견한 건 나야. 즉, 그걸 먹을 권리는 나한테 있어."

까무잡잡 씨가 사과를 잡았습니다.

"자, 잠깐……! 내가 하지! 혹시 맹독이면 너희들 죽어버릴 거 아냐? 나는 괜찮아. 자살을 기도하고 있거든."

이유를 알 수 없는 소리를 하면서 수상한 씨도 잡았습니다.

"자아 자아, 당신들, 진정하게. 이건 최고령자인 내가 하도록 하겠네."

댄디한 지배인님도 사과를 잡았습니다.

"…………." "…………." "…………." "…………."

그리고 네 사람은 한동안 아무 말 없이 서로를 바라보았습니다.

"웃기지 마! 나는 명탐정이야! 내가 독 사과를 먹어야 해!" "너 말은 그렇게 하지만 간접 키스를 하고 싶은 것뿐이잖아! 까불지 말라고!" "마, 맞아! 너는 아까도 뒷병 마셨잖아!" "자자, 진정하시게. 내가 할 테니까." "아니, 내가." "내가." "내, 내가 할 거야!" "아니, 나다!"

휘휙, 자그마한 사과를 두고 싸우는 못난 남자들의 응수가 거기에 있었습니다. 아마도 이 세계에서 가장 저속한 말싸움일 겁니다. 틀림없습니다.

"신성한 사과에 무슨 짓을……."

그 꼴에 서브컬처 여자 씨는 분노했습니다.

"……더는 싫어…… 집에 가고 싶어……."

직원 씨는 또 울었습니다.

"……우웨에에에에에에엑."

참고로 이제 막 부활한 주정뱅이 여자 씨는 제가 등을 도닥여 주자 위 속의 그걸 토해내고 있었습니다. 아마도 눈앞의 참상에 구역질이 난 것일 테죠.

남자들의 싸움은 점점 격해지고 또 격해졌습니다.

우선 선수를 친 것은 까무잡잡 씨. 그는 갖고 있는 근육과 강한 마음과 까무잡잡한 피부를 충분히 살려서, 사과를 세 사람의 손에서 억지로 빼앗아 그대로 베어 물었습니다.

"윽!"

까무잡잡 씨는 쓰러졌습니다. 사과가 바닥에 떨어졌습니다. 참고로 간접 키스는 이뤄지지 못했습니다. 대신에 깨문 흔적이 두 개 생기고 말았습니다.

사과를 재빨리 주워 든 것은 수상한 씨.

"어, 어느 쪽이야……!"

두 개의 베어 문 흔적에 고민하더니 "그, 그래! 작은 쪽이 여자아이가 먹은 흔적인 게 틀림없어!"라며 작은 쪽의 흔적을 먹었습니다.

그러나 안타깝게도 까무잡잡 씨는 입이 작았습니다.

"그런……!"

그는 절망했고 다리가 풀렸습니다. 사과가 바닥에 떨어졌습니다.

"이게 무슨……! 어느 쪽이냐……?"

지배인님이 주워든 사과에는 결과적으로 크기가 같아진 두 개의 깨문 흔적이 있었습니다. 이래서는 구분할 수 없습니다.

"남자와 간접 키스를 하느니 나는 죽음을 택하겠어!"

고민한 결과, 지배인님은 새롭게 새빨간 부분을 베어 물었습니다.

"이래서는…… 의미가 없어……!"

먹은 후에 깨달았지만, 결국 지배인님은 쓰러졌습니다.

이리하여 라이벌 세 사람을 제거한 명탐정 씨는 독 사과를 던져버렸습니다.

"훗…… 어리석은 놈들. 전부 내 책략이었다는 걸 깨닫지 못하다니!"

아무래도 그는 취한 탓에 머릿속이 이상해졌는가 봅니다. 됫병을 전부 비워버린 그는 그것까지 던져버렸습니다. 주정뱅이 여자 씨는 또 토했습니다.

"으하하하하! 이걸로 사건은 내 차지다!"

라고.

여기서 명탐정 씨의 본성이 드러났습니다.

"마리는 아마도 잠을 깨우는 키스라도 하지 않는 한 일어나지 않을 테지? 그렇지? 서브컬처 여자!"

"……그래."

서브컬처 여자라고 불린 것에 약간 미간을 찌푸리면서도 그녀는 고개를 끄덕였습니다.

"즉, 그건 키스를 할 때까지는 뭘 해도 일어나지 않는다는 뜻! 좋았어!"

그는 아무래도 취하면 이상해지고 마는 모양입니다. 완전히 제정신을 잃은 명탐정 씨는 그녀의 옆에 앉았습니다.

그리고 그는 마리 씨의 옷에 손을 댔습니다.

"으아아." "……여기에, 우리가 있는 게…… 보이지 않는 거구나……." "우웨에에에에에에엑."

마리 씨는 아무리 시간이 지나도 그가 손을 대주지 않는다며 고민하기는 했었습니다만, 아마도 이런 형태로 손을 대는 건 전혀 바라지 않았을 테지요.

제지하는 편이 좋을 것 같습니다——.

"……에잇."

저는 지팡이를 꺼냈습니다.

그리고, 순간.

"만지지 마. 죽여버린다."

마리 씨는 일어났고, 매우 날카로운 오른쪽 스트레이트가 명탐정 씨의 얼굴에 처박혔습니다. 무언가가 부러지는 듯한 날카로운 소리가 들린 후, 핏방울이 흩날렸습니다.

명탐정 씨는 쓰러졌습니다.

"······최저야."

코피를 뚝뚝 흘리며 뻗은 명탐정 씨를, 그녀는 내려다보고 있었습니다.

"············."

그나저나.

결국 이 사건에 있어 열쇠가 되는 독 사과.

이걸 준비한 것은 대체 누구인가.

그렇습니다. 저입니다.

○

"저기, 일레이나 씨. 당신은 있지, 사과를 독 사과로 만들 거나 할 수 있어?"

식사 후에 마리 씨는 제 방까지 일부러 찾아와 그런 말을 했습니다.

"이 주변에 사과 전설이 있는데——."

그리고 이야기한 것은, 무려 로맨틱한 이야기.

나쁜 마녀에 의해 독 사과를 먹게 된 숲의 소녀가 영원한 잠에 빠지고 말지만, 왕자님의 키스로 눈을 뜨고 행복해진다는 이야기였습니다.

뭐, 실제로 왕자는 네크로필리아였던 것이겠지만요.

"그래서 있지, 그 전설을 흉내 내보고 싶거든!"

"네에······."

즉, 그녀의 이야기를 요약하자면.

"제가 준 사과를 먹고 영원한 잠에 빠져서, 남자 친구 씨에게 키스를 받겠다는?"

"바로 그거야!"

"귀찮은데요……."

"제발! 부탁해, 마녀님!"

"…………."

초식계 남자에게 그럴 마음을 먹게 하려면 다소 거친 방식은 어쩔 수 없는 일인 것일까요? 그러나 저에게는 아무런 이득도 없습니다만.

그런 얼토당토않은 짓을 신나서 받아들일 만큼 속이 넓지는 않습니다.

이건 가능한 한 냉정하게 그녀의 요청을 거절하기로 하지요.

"저기, 정말 죄송하지만——."

"도와주면 금화 한 닢을 줄 건데."

"하죠."

그리하여 저는 마리 씨의 작전에 가담하게 되었던 것입니다.

그러나 실제로 독 사과를 먹고 목숨을 잃었다가, 실제로 왕자님이라는 거한테 키스를 받아 눈을 뜬다는 형편 좋은 독 같은 건 저로서는 만들 수 없었던 데다 "잠든 동안에도 의식은 있게 해줬으면 해"라는 무리한 요구도 받은지라, "먹자마자 몸이 움직이지 않게 되지만, 마법을 풀면 원래대로 움직일 수 있게 된다"고 하는 마법을 사과에 걸기로 했습니다.

그리고 가능한 한 사람들의 눈에 띄는 라운지에서 그녀에게 사과를 먹게 했고, 다음은 누군가가 발견해서 소동이 벌어지기를 기다렸다.

그런 것이었습니다.

다행히도 숙박객 중에는 사과를 정말 좋아하는 서브컬처 여자 씨가 있었으니, 이야기가 잘 풀리면 남자 친구 씨가 입맞춤을 하는 흐름이 되어주리라 생각하고 있었습니다만.

"……설마 탐정 코스프레를 하고 나타날 줄은 몰랐어요."

정말이지 전혀 예상하지 못한 상황이었습니다. 좀처럼 손을 대지 않는다 했더니만, 흐름과 기세를 타고 그대로 입맞춤 운운을 뛰어넘어 폭주해버리고 말았으니 말입니다.

그보다, 말도 안 되는 바보인가요? 마리 씨의 남자 친구 씨.

"그만 헤어져…… 진짜 말도 안 돼."

퉤, 하고 침을 뱉는 마리 씨.

더러워.

결국, 폭주했던 까무잡잡 씨, 수상한 씨, 지배인님은 눈을 떴고, 이미 일어나 있던 마리 씨를 보자마자 "으아아아 죽은 사람이 되살아났다!"라며 놀라 겁에 질려 도망쳤습니다. 명탐정인 남자 친구 씨는 그 후로도 기절한 채였습니다. 뭐, 조만간 깨어날 테죠.

"저기, 일단 방을 하나 더 빌릴 수 있을까? 나, 이 명탐정이랑 같은 방에서 묵기 싫은데."

"물론이죠."

마리 씨에게 고개를 끄덕여 보인 점원분은 새로운 방의 열쇠를 건넸고, 그리고 라운지에 모여 있던 우리는 해산했습니다.

아, 참고로 명탐정 씨는 그대로 방치입니다.

"하아…… 초식계인가 했더니만 양배추롤계였던 거잖아. 못 해 먹겠네. 진짜."

"양배추롤계라는 건 뭔가요?"

"초식계를 가장한 육식계란 뜻이야."

과연, 내일이면 잊어버릴 것 같은 어구로군요.

"사람은 겉보기로는 알 수 없네. 저럴 줄은 생각 못 했어."

마리 씨는 이런 이런 하며 어깨를 움츠렸습니다.

저는 방문을 열며 그녀를 돌아보았습니다.

"독 사과 같네요."

제 5 장

【미식가가 신음하는 요리】

어느 나라에 시건방진 미식가가 있었습니다.

"자랑은 아니지만, 나는 이 세계의 온갖 요리를 먹어왔지. 딱 잘라 말해서, 나만큼 세계 요리를 잘 아는 남자는 없지 않을까?"

무척이나 호화로운 저택에 사는 미식가 씨는, 일류 요리사를 밤마다 저택에 불러들여서는 파티. 밤마다 파티. 이왕이면 손님도 잔뜩 초대해서 파티 나이트. 미식가를 자칭하는 것치고는 무척이나 굶주렸는지, 미식가 씨가 주최하는 파티는 젊은 여자아이라면 무료로 초대된다고 하는 배포 큰 모습도 보였습니다.

"어떤가? 마녀 씨. 즐기고 있나?"

공짜 밥에 낚인 저도 그 회장에서 유명한 요리사들이 만든 요리를 모조리 먹고 먹고 또 먹었습니다.

"네. 정말이지. 행복하네요."

"그거 다행이군."

질 좋은 슈트로 몸을 감싼 미식가 씨는 자신만만하게 말했습니다.

"그러고 보니 자네는 여행하는 마녀라지? 어떤가? 지금까지 먹은 것들 중에 여기 있는 요리보다 훌륭한 게 있었는가? 뭐, 있을리 없을 거라고 생각하지만."

"네에."

"없지?"

"없는 게 아닐까요?"

"그래, 그럴 테지."

뭐, 공짜 밥이니까 다소의 불만은 참도록 하지요. 공짜보다 비싼 건 없습니다. 따라서 이곳의 요리만큼 비싼 건 없습니다. 즉, 이곳에 있는 요리는 이 세상에서 가장 최고급.

뭐, 그렇다고는 해도.

비싸다고 해서, 훌륭한 건 아니지만요.

"——아, 어이! 너, 무슨 짓이지?! 음식을 그렇게 담다니! 요리를 모욕하는 건가?"

조금 전부터 미식가 씨는 파티 사이사이에 요리사에게 폭언이라고도 할 수 있는 지시를 내리고 있었습니다.

"어이, 계집! 그 요리를 가장 맛있게 먹는 법은 그게 아냐! 공부가 부족한 아이는 여기서 당장 나가!"

그의 폭주는 때때로 요리사만이 아니라 초대받은 여자아이도 끌어들였습니다.

저도 예외는 아니었습니다. 조금 전 일입니다만, 빵 위에 버터를 바르고 있었더니 "그렇게 버터를 바르면 빵 본래의 맛을 즐길수 없게 되잖아!"라며 몰수해 가고 말았습니다.

지금은 정신적으로 진정이 되었는지, 미식가 씨는 와인잔을 흔들면서 부드러운 표정을 띠고 있었습니다.

"정말이지…… 요리가 뭔지도 모르는 녀석이 너무 많다고 생각하지 않나? 뭐, 자네도 조금은 그런 경향이 있지만 말이지."

"네에……."

"오늘 요리를 먹고, 조금이라도 좋은 요리의 맛을 알게 되면 좋겠군. 아니, 어쩌면 입맛이 고급스러워져서 앞으로의 여행에 영향이 생길지도 모르겠군."

"그건 곤란하겠네요."

"그렇겠지? 실제로, 그다지 행복한 일은 아니야. 나도 이렇게 최고급 요리를 너무 많이 먹어본 탓에, 지금은 어떤 훌륭한 요리와 만나도 그다지 놀라지 않게 되어버렸지."

사치스러운 고민이로군요.

그는 한숨을 섞어가며 말했습니다.

"아아, 어딘가에 나를 신음하게 할 만한 요리를 만들 수 있는 사람이 없으려나? 그런 사람이 있으면 나는 큰돈을 내고서라도 그가 만든 음식을 먹을 텐데——."

라고.

시건방진 미식가를 신음하게 할 요리를 만들 수 있는 인물이라.

과연, 그렇군요.

"그거라면, 만들 수 있는 사람을 알고 있답니다."

"호오? 그게 누구지?"

그렇습니다.

"저입니다."

【독서가가 이야기하고 싶어지는 소설】

어느 나라에 시건방진 독서가가 있었습니다.

이 세상의 온갖 책을 모조리 읽고, 이러니저러니 평론을 하는 것으로 생계를 꾸리며, 지금은 호화로운 저택에서 유유자적 은둔형 외톨이 라이프를 보내고 있는 오동통한 노인입니다.

"그 건방진 미식가 애송이가 식사 모임을 전혀 열지 않게 된 원인은 여행하는 마녀인 자네 때문이라고 들었네만, 그게 사실인가?"

저는 그날, 독서가 씨의 저택에 초대되어 그러한 질문을 받았습니다.

"어디서 그 이야기를 들으셨죠?"

소문에 의하면 미식가 씨는 제가 솜씨를 발휘한 요리를 먹은 이후로, 밤마다 열던 파티를 그만두고, 훌륭한 요리들을 다른 사람들에게 선보이지 않게 되어버렸다고 합니다.

결과, 저는 이 나라에서 공짜 밥을 먹던 많은 여성을 적으로 돌려버리게 되었지만요. 뭐, 그건 그렇다 치고.

"지금 일하고 있는 사용인 중 한 명이 원래 그곳에서 일하던 메이드라네. 그래서 자네 이야기를 들을 수 있었지. 대체 어떤 수를 써서 그 애송이를 만족시킨 겐가? 그건 무척이나 요리에 까다로운 녀석이었을 텐데."

"그렇게 알고 싶다면 메이드 씨에게 직접 듣는 게 어떠신가요?"

"들었지만 잘 이해되지 않아서 자네를 초대한 걸세. 상상력을 좀 발휘하게나."

"…………."

엄청나게 깔보는 말투로군요.

"그나저나 어째서 알고 싶으신 건가요? 이것도 상상력을 발휘해서 제가 스스로 생각해야 하는 겁니까?"

"그래. 맞춰보게."

그는 의자에 앉아 담배를 피우며 말했습니다.

오만합니다.

서재에 틀어박혀, 수많은 책에 둘러싸여 느긋하게 은둔형 외톨이 라이프를 만끽하고 있는 노구는 아무래도 자신의 입을 움직여 사정을 이야기하는 것도 귀찮은 모양입니다.

뭐, 대강 상상은 가지만 말이죠.

"당신은 지금까지 재미있는 이야기를 너무 많이 읽은 탓에 지금 무척이나 지루한 거죠. 그래서 재미있는 이야기를 듣기 위해 저를 여기까지 불러왔다, 그런 걸까요?"

"호오…… 바로 그렇다네."

독서가 씨는 눈썹을 치켜세웠습니다.

"나는 요즘 소설에 질렸다네. 전부 하나같이 대단할 게 없어. 고전 문학에 비하면 지금의 대중 소설은 발밑에도 미치지 못해. 매달 이런저런 신간이 발행되지만 모두 내 심금을 울리지 못한다네. 시시하단 말이야. 그래서 지루했던 게야."

"그렇겠지요."

"어떻게 알았지?"

"상상력을 발휘해서요."

뭐 실제로, 독서가 씨와 미식가 씨는 그 나물에 그 밥이라는 이야기일 뿐이지만.

저는 말했습니다.

"그렇게 지루하다면, 괜찮다면 내일 이곳으로 당신이 당장에라도 누군가에게 이야기하고 싶어질 법한 소설을 가져오겠습니다. 그렇게 하면 미식가 씨가 어째서 식사 모임을 열지 않게 되었는지도 알게 되지 않을까요?"

"호오…… 재미있군그래. 즉, 나도 그 미식가처럼 집 안에 틀어박히게 만들겠다는 뜻인가?"

"아뇨, 그렇게 될지 어떨지는 알 수 없습니다."

"그건 어째서지?"

"상상력을 발휘하지 않아도 알 수 있을 텐데요?"

당신 이미 틀어박혀 있지 않습니까?

그런고로 다음 날, 저는 독서가 씨의 집으로 찾아가 "이걸 마지막까지 읽어주십시오. 분명 당장 이야기하고 싶어질 겁니다"라며 한 권의 책을 내밀었습니다.

독서가의 메이드 씨가 "저기…… 주인님이 당장 오라고 부르십니다……"라며 조심스럽게 제가 묵는 숙소를 찾아온 것은 그로부터 사흘 후였습니다.

독서가 씨의 호화 저택을 다시 찾았을 때, 저를 기다리고 있던 것은 뒤틀린 표정을 한 독서가 씨였습니다.

"이게 어떻게 된 건가?"

탁, 그는 테이블에 책을 던졌습니다.

독서가인 것치고는 책을 함부로 다루는군요. 그런 생각을 하면서 바라보았습니다만, 잘 보니 그 책은 며칠 전에 제가 그에게 건넨 것이었습니다.

그는 제가 준 책에 뭔가 불만이 잔뜩 쌓인 모양이었습니다.

"대체 이게 뭔가? 이야기할 테마도 없고, 문장 구성도 전혀 제대로 안 됐어. 그저 주절주절 평범한 사람의 일상 대화가 반복되어 있을 뿐 아닌가? 복선이라고 부를 만한 복선도 전혀 없어. 등장인물도 매력이라고 부를 만한 건 아무것도 갖고 있지 않고. 읽기 시작한 지 세 줄 만에 고통을 느낀 책은 이게 처음일세."

"…………"

참고로 이 책의 제목은 무제. 어느 나라에선가, 잡화점에서 우연히 발견한 누군가의 사소설입니다. 내용은 분명 쓰레기 그 자체.

저도 그에게 건네기는 했습니다만, 실제로 어떤 내용이었는지 전혀 기억하지 못할 만큼 시시한 소설이었습니다. 그러나 참고 참기를 거듭하여 다 읽은 직후에는 끝을 알 수 없을 정도의 분노를 느꼈던 것을 기억하고 있습니다. 분명 저는 노력하여 세 시간을 들여가며 끝까지 읽었습니다만, 지금 생각해보면 인생에서 가장 쓸데없이 낭비한 세 시간이었던 게 아닐까 싶습니다.

한편 독서가 씨는 사흘이나 걸려 읽은 모양이니, 아마도 인생에서 가장 쓸데없이 사흘을 보낸 것에 분노하고 있을 테지요.

"혹시 내가 재미있는 장면을 놓친 건 아닐까 싶어 몇 번이나 반복해서 읽었지만, 이건 틀림없이 쓰레기장의 쓰레기야. 어째서 이런 걸 준 겐가? 내가 원한 건, 이런 형편없는 이야기가 아니야."

화냈습니다.

미식가 씨 때와 마찬가지로.

그래서 저는 만족스러운 미소를 지으며 말했습니다.

미식가 씨가 무심코 **신음해버릴 정도로 맛없는 요리**를 먹었을 때와 마찬가지로.

"하지만 누군가에게 이야기하고 싶어지는 이야기이기는 했죠?"

한 명의 마녀가 빗자루에 앉아 숲속의 나무들 사이를 가르듯이 나아갔습니다.

뒤덮이듯 겹겹이 자라난 나무 우산들 사이로 비쳐든 눈 부신 햇빛이 반짝반짝, 마치 별이 빛나는 하늘처럼 반짝여 보였습니다.

그러나 밤하늘에 뜬 별의 따스함이 지상에 쏟아지지 않듯이, 숲속은 마치 밤처럼 어슴푸레했고, 천장에서 새어든 빛도 결코 마녀에게는 쏟아지지 않았습니다. 그저, 숲 위에서 반짝임을 발하고 있을 뿐입니다. 그렇기에 초봄이지만 아주 조금 쌀쌀했고, 그 마녀는 단단히 자신의 어깨를 감싸고서 숲 안을 나아갔습니다.

그것은 검은 로브, 검은 삼각 모자로 몸을 감싼 어린 마녀였습니다. 나이는 10대 후반 정도일까요? 머리카락은 길었고, 희지도 검지도 않은 애매한 잿빛으로, 바람이 불어올 때마다 살랑였습니다. 유리색의 눈동자는 어두울 뿐인 숲을 바라보고 있었습니다.

『이 앞, 출입』

인기척이 전혀 없는 숲속에, 사람이 있었던 흔적이 희미하게 남아 있는 것이 보였습니다.

도중에 끊어져 있습니다만, 아마도 출입 금지라고, 과거에는 쓰여 있었을 테지요—— 그러나 글자가 지워지고, 간판은 덩굴에 휘감겨 더는 제 역할을 하지 못하는 듯 보였습니다.

고로 마녀는 그것을 보지 않은 것으로 하기로 하고, 빗자루로 계속 나아갔습니다.

뭐, 현재도 출입 금지라고 해도 아무렇지 않게 나아갔을 거라고 생각하지만요.

"…………."

아무튼.

그런 느낌으로 룰을 태연하게 무시하고, 나중에 혼나게 되면 "아, 죄송합니다. 몰랐어요"라면서 얼버무릴 생각인 근성 썩은 마녀는 대체 누구인가.

그렇습니다. 저입니다.

"…………."

딱히 숲 너머에 제가 목적하는 무언가가 있어서 무리하게 가고 있는 것은 아닙니다. 그저, 이 숲의 입구에는, 방금 보았던 것과 같은 간판이── 이 앞은 출입 금지라고 적힌 것이, 목이 꺾이거나, 지면에 쓰러져 있길래 어쩐지 신경이 쓰여서 들어와 보았던 것입니다.

이 앞에 무언가가 있다든가, 보아서는 안 되는 무언가가 있다든가, 그러한 정보 같은 건 정말이지 조금도 갖고 있지 않습니다.

뭐, 아무것도 없으면 없는 대로 그냥 돌아오면 될 뿐인 이야기입니다.

그 후로 한동안 멍하니 숲의 천장을 바라보거나, 하품을 하거나 하며 나아가던 때였습니다.

나무들 틈새로 빛이 스며드는 것이 보였습니다.

오오, 드디어 끝인가요? 길었습니다. 길었어요. 그런 생각을 하면서 저는 그곳으로 향했습니다. 하지만.

"──거기 너. 멈춰."

숲을 빠져나간 직후였습니다.

챙, 하고.

눈앞이 전부 검으로 뒤덮였습니다. 끝을 이쪽으로 들이대며 멈
춘 검이 무수히 있었습니다.

"……에엣?"

저는 반사적으로 양손을 들어버렸습니다. 뭐가 뭔지 모르는 채
항복의 자세를 취했습니다.

눈앞에는 이쪽을 향하고 있는 검과 같은 날카로운 눈초리를 보
내는 소녀가, 한 명.

깊게 뒤집어쓴 삼각모자 아래로는 검고 아름다운 머리카락이
드리워져 있었습니다. 피부는 까무잡잡했고, 눈동자는 봄 바다처
럼 옅은 파랑이었습니다. 복장은 기묘했는데, 삼각 모자와 로브
를 입고는 있었습니다만 로브 아래의 노출이 묘하게 많았고, 배
와 허벅지가 아무렇지 않게 드러나 있었습니다. 로브를 벗으면
거의 속옷이라고 해도 지장이 없지 않을까요? 이런 계절에, 배탈
안 나요?

그녀는 험악한 눈초리를 계속 보내며 말했습니다.

"너, 요즘 들어 우리의 영지를 휩쓸고 다닌다는 놈이냐?"

"아닙니다만."

"거짓말. 너한테서는 거짓말 냄새가 나. 수상해."

"무슨 그런."

쿵쿵 하고 로브 냄새를 맡아보았습니다만, 갓 세탁한 좋은 향

기만 났습니다.

"이 나라에, 뭘 하러 왔지? 우리를 습격하러 온 건가?"

"네? 여기 나라였나요?"

문도 뭣도 없는데?

양손을 든 채로 슬쩍 자세를 기울여 그녀의 뒤쪽을 바라보았습니다.

....

"……어머나."

거기에는 무척이나 기묘하고, 하지만 멋진 경치가 펼쳐져 있었습니다.

물에 가라앉은 나라였습니다.

빨려들 듯한 깊은 파랑이 숲이 끝나면서 나온 일면에 펼쳐져 있었고, 거기에 몇 개나 되는 건물이 늘어서 있었습니다.

물 아래부터 솟아오르듯이 뻗은 크고 작은 다양한 탑이 있었고, 물 위를 떠도는 집들이 몇 채나 줄지어 있었습니다. 여울에서는 나무가 한쪽 발을 담그고 기울어져 있기도 했습니다.

눈앞의 여자가 서 있는 곳이 딱 물가였는지, 흔들리는 수면이 그녀의 까무잡잡한 맨발을 부드럽게 쓰다듬으며 되돌아갔습니다.

보니, 그 옆에서는 작은 배가 파도에 흔들흔들 유쾌하게 춤추고 있었습니다. 조금 전까지 물고기를 잡고 있었는지, 작은 배 안에는 물고기들이 망에 담긴 채, 역시나 춤추고 있었습니다.

아무튼 나라에 도착한 모양이었습니다.

그러나 뭔가 묘한 오해를 받고 있는 것 같았기에, 우선 저는.

"저, 수상한 자가 아닙니다. 자, 보세요. 이 브로치. 저는 마녀입니다. 마녀."

그리 말하며 로브의 가슴께를 당겨 이것 좀 보라며 그녀를 향해 내밀었습니다.

"마녀? 몰라. 그거, 먹을 수 있는 건가?"

"…………."

어라?

"맛있어 보이는 모양이로군……."

"…………."

아, 이 사람, 대화, 안 통해.

저는 바로 의사소통을 포기했습니다. 커뮤니케이션을 단념했습니다.

"너, 수상하다. 데려가겠다."

결국 저는 그녀에게 휙 팔을 당겨졌고, 그대로 작은 배에 태워져 나라로 끌려갔습니다. 하는 김에라는 듯이 팔을 밧줄로 묶었습니다. 참고로 헐렁헐렁했습니다.

…………

뭐, 대화가 통하는 사람과 만나면 어떻게든 되리라고 낙관하면서.

그런 식으로 생각하면서, 바다처럼 된 나라 위를 작은 배로 미끄러져 갔습니다.

"……으읏! 차아!"

참고로 작은 배는 방금 만난 그녀가 팔을 부들부들 떨면서 젓고 있었습니다.

……마법 쓰면 되는 거 아닌가요?

○

"아버지! 수상한 여자를 발견했어!"

물 위를 한동안 떠다닌 다음이었습니다.

그녀는 가장 높은 탑으로 저를 데려가더니, 달라붙은 듯한 문을 쾅 하고 열고서 커다란 목소리로 그리 외쳤습니다.

안은 적당히 넓었지만, 애초에 사람이 살 수 있게 설계된 것은 아닌지, 하얗게 칠해진 아름다운 천장이 손에 닿을 정도의 거리에 있었고, 바닥에는 나무를 깔았을 뿐. 세게 밟으면 살짝 휠 정도로 직접 만든 느낌이 가득했습니다.

"……호오."

안쪽에는, 이것 역시 직접 만든 느낌이 넘치는 목제 의자에 앉아 있던 갈색 댄디한 아저씨가 한 사람.

"뭐야? 예의 그 나라에서 보낸 건가?"

댄디 씨는 말했습니다.

참고로 거의 알몸이었습니다. 입고 있는 것이라고는 허리에 두른 천 한 장뿐. 춥지 않은 겁니까? 근육이 추위에서 몸을 지켜주는 겁니까? 그런 겁니까?

기막혀하는 제 팔을 쭉 당기면서 그녀는 말했습니다.

"이거! 이 녀석! 수상해! 겉모습이 엄청나게 수상해!"

"아니 딱히 수상한 사람은."

제가 그렇게 변명을 해도 그다지 효과는 없는지, 댄디 씨가 자리에서 일어나며 말했습니다.

"……일단 감옥에라도 넣어둬. 심문은 나중에 하지. 그런 것보다 밥부터 먹자."

……뭡니까? 그 대강대강인 느낌.

"응! 알았어! 고문할게!"

심문이라고요.

결국, 어째선지 매우 의욕에 넘치는 그녀가 이끄는 대로 저는 끌려갔습니다.

탑의 내부는 나름대로 넓은지, 2층에 해당하는 곳은 커다란 감옥이 되어 있었습니다. 그녀는 거기에 저를 던져넣더니 "여기서 얌전히 기다리는 게 좋을 거야!"라는 말만을 남기고, 1층으로 돌아가 버렸습니다. 참고로 앞서와 마찬가지로 창살은 목제로 되어 있었습니다.

"…………."

"…………."

안에는 또 한 사람, 저와 마찬가지로 잡혀 온 분이 있었습니다.

감옥 구석에서 사람 그림자가 하나.

"당신도 잡혀 온 건가요?"

그것은 어딘가 태평하고, 단아한 분위기가 감도는 성인 여성이었습니다.

나이는 20대 초반에서 중반 정도일까요? 풍성한 금색 머리카락을 머리 옆에서 하나로 묶었고, 머리카락 끝이 어깨 근처에 닿았습니다. 눈동자 색은 푸른빛을 띤 보라색으로 가느다란 은색 프레임의 안경 너머에 있었습니다.

대체 평소 무엇을 하는 사람인지, 복장은 원피스에 숄이라는 마을 여자아이가 입을 법한 옷을 입고 있는 것이 이런 감옥과는 약간 어울리지 않았습니다.

"안녕하세요."

저는 우선 인사를 했습니다.

그녀는 "안녕하세요"라며 부드러운 웃음을 지어 보인 후, "저는 비올라라고 해요. 여행하는 미소녀 고고학자예요"라고 말했습니다.

"…………."

아니, 소녀라고 부를 만한 나이가 아닌 건.

"아, 미소녀라는 건 약간의 농담이에요."

우후훗, 하고 비올라 씨는 품위 있게 입가에 손을 대고서 말을 이었습니다.

"마녀님, 이름은?"

"아, 일레이나라고 합니다. 여행하는 마녀입니다."

"어머나, 귀여운 이름을 가진 귀여운 여행자님이로군요."

"가, 감사합니다……."

그리 답하며, 감옥 한가운데에 앉자, 비올라 씨는 어째선지 훌쩍 자리에서 일어나더니 제 옆으로 와 앉았습니다.

"…………."

만난 지 얼마 안 되었지만, 저는 어쩐지 왠지 모르게 대하기 어려운 느낌을 받았습니다.

"저기, 이 나라는 대체 뭔가요?"

제가 약간 거리를 두면서 묻자, 비올라 씨는 우후후 하고 웃고.

"이 나라는 말이죠, 수몰 구획이라고 불리는 곳이에요."

다시 거리를 좁혀 왔습니다.

"수몰 구획, 이라고요……? 들어본 적 없는데요."

접근해 온 만큼 조금씩 떨어지는 저.

"여기 사는 그들만 그렇게 부르니까요."

그만큼 접근하는 그녀.

"여기는 말이죠. 참으로 슬픈 역사를 가진 나라랍니다."

"아, 네에……."

떨어지는 저.

"듣고 싶은가요?"

다가오는 그녀.

"그 전에 거리가 너무 가깝다고 생각하는데요."

"아, 신경 쓰지 마세요. 저, 퍼스널 스페이스가 없는 걸로 좀 유명하거든요."

"타인의 퍼스널 스페이스를 짓밟고 들어오는 걸로 유명한 게 아니고요?"

"참고로 제가 거리를 좁히는 건 귀여운 여자아이를 상대할 때뿐이니, 걱정하지 마세요."

"…………."

"우후후후⋯⋯."

그녀는 제 머리카락을 쓰다듬었습니다.

쭈뼛하고 등줄기가 얼어붙었습니다.

"⋯⋯⋯⋯!"

저는 온 힘을 다해 감옥 구석으로 도망친 후, 큼직한 가방으로 그녀와 제 사이에 벽을 만들었습니다.

신변의 위험을 느꼈습니다.

뭔가요? 이 감옥. 감옥 밖보다 훨씬 위험하잖습니까? 무법지대잖습니까?

무서워요 무서워요 무서워요. 어떻게 할까요? 차라리 이대로 마법이라도 날리고 도망칠까요?

그런 생각을 하면서 손을 묶고 있던 밧줄을 풀려고 하던 때였습니다.

"너희들 밥. 가져왔다."

조금 전의 갈색 그녀가 양손에 접시를 들고 나타났습니다.

참고로 샐러드였습니다. 물 위의 도시니 생선을 먹게 해주려나, 그런 생각을 했던 제가 물렀습니다.

죄인에게는 샐러드밖에 안 주나 봅니다.

"⋯⋯흥! 너희는 풀때기나 먹고 빼빼 말라버려!"

그런 거친 말투의 그녀는 일단 접시를 둔 다음 영차 하고 창살을 열고, 우리에게 일부러 "아, 드세요"라며 직접 건네주고서 감옥을 나섰습니다.

그런가 했더니 다시 돌아와 "이거, 드레싱"이라며 몇 종류의 병을 두고서 이번에야말로 감옥을 나섰습니다.

곳곳에서 잘 자란 느낌이 배어 나와 참으로 이상했습니다.

"저 아이는 아트리라고 해요. 이 나라에서는 보기 드문 마법사라고 하네요. 그리고 족장님의 따님이래요."

오물오물 풀을 먹는 비올라 씨.

"족장님이라니요?"

"아래에 거의 알몸이나 다름없는 아저씨가 있었죠? 그 사람은이 나라에 사는 민족의 족장이에요."

샐러드를 우물우물 씹으며 비올라 씨는 말했습니다.

"과연."

저는 고개를 끄덕였습니다. 족장이란 사람의 차림새가 그겁니까?

"그나저나 아트리는 귀엽지요?"

"아, 네…… 뭐, 그러네요……."

"아, 저, 조금 전에는 여행하는 미소녀 고고학자라고 했었죠? 실은 취미로 미소녀 도감이라는 걸 만들고 있는데요."

"죄송하지만대화의흐름을모르겠습니다."

"아, 그러고 보니 여기에 물에 잠긴 나라의 흔적이 있는 데에는이유가 있거든요?"

"이야기의 갈피를 못 잡겠군요."

"아하."

"…………."

아, 이 사람도, 대화, 안 통해.

그러나 뭐가 어찌 되었든 분명 이 나라의 내력에 관해서는 흥미가 있었던지라, 저는 비올라 씨의 이야기에 귀를 기울였습니다.

"아, 그러고 보니——."

그런 식으로.

그 후로도 이야기의 방향이 몇 번이고 바뀐 다음에야 그녀는 겨우 이 나라의 과거를 이야기했습니다.

○

그것은 비올라 씨가 여행 도중에 고도(古都) 롤리아라는 평범한 나라를 방문했을 때의 일이었습니다.

"내가 이 나라의 국왕이니라."

체재 사흘째에 그녀는 국왕님의 부름을 받았다고 합니다.

"아, 안녕하세요."

상대가 한 나라의 왕이라고 해도 그녀의 대응은 기본적으로 태평함인가 봅니다.

"자네는 여행하는 고고학자라고 들었네만…… 그게 사실인가?"

"네. 미소녀 고고학자입니다."

"…………."

"아, 미소녀라는 건 농담입니다."

"……그, 그런가."

국왕님은 어흠 하고 헛기침을 했습니다.

"부탁하고 싶은 것이 있다만."

"밤 시중 상대인가요? 좀 무리인데요."

"아니다."

"죄송합니다. 저는 남성과는 그런 관계가 되고 싶지 않은지라."

"아니라고 말하고 있지 않느냐."

국왕님은 크게 당황하고서, 의자 위에서 더욱 몸을 내밀며 진지하게 이야기를 꺼냈습니다.

"실은 우리나라는 최근, 식량난으로 고민을 하고 있다……."

이야기에 따르면, 그 나라는 인구 증가로 인해 자국의 힘만으로는 식량을 다 조달할 수 없게 되었다고 합니다. 그래서 타국에서 수입하여 해결해보려 했으나, 안타깝게도 주변 다른 나라들도 모두 곤궁했습니다. 수출을 해준다고 해도 병아리 눈물 정도밖에 안 된다고 합니다.

국왕님은 매우 곤란해졌습니다.

"그래서 말이지, 우리는 식량 조달을 위해 새로운 토지를 개척하기로 했다."

"과연."

"우리나라의 병사를 보내어 근처 지역을 조사한 결과, 출입 금지 구획이 되어 있는 숲속에 호수가 있다는 게 밝혀졌지. 바로 병사들은 총력을 다하여 고기잡이를 시작하려 했다만…… 그곳은 아무래도 약간 문제가 있는 모양이라."

이야기에 따르면, 그곳은 호수가 아니라 사람이 사는 나라였다는 것입니다.

게다가 주민은 무척이나 호전적이라 병사들을 모조리 공격했다고 합니다. 물고기 같은 걸 잡고 있을 상황이 아니었습니다.

"그런고로, 자네가 호수 위의 나라—— 수몰 구획으로 가서, 녀석들과 이야기를 해주었으면 좋겠다. 가능하다면 나도 거친 방법은 쓰고 싶지 않아. 그러니 원주민과 대화를 나누어주지 않겠나?"

"…………."

"자네에게도 나쁜 이야기는 아닐 테지? 미지의 땅을 조사할 수 있게 되는 것이니."

요약하자면, 그것은 즉 죽음의 위험이 있는 무법지대에 무기도 없이 혼자 가서, 상대의 무기를 빼앗아 오라는 것이나 다름없었습니다. 거의 틀림없이 죽습니다.

그런 의뢰를 받아들일 이유가 있겠는가. 어이없다. 받아들일 리 없다.

그래서 비올라 씨는 고개를 움직였습니다.

"만약 가준다고 한다면, 자네가 온 마을의 여자들에게 작업을 걸고 다니면서 저속한 짓을 벌인 사실은 눈감아주겠네만?"

위아래로.

후일. 비올라 씨는 수몰 구획에 도착했습니다.

그녀도 저와 마찬가지로 잡혔고, 감옥에 내던져졌지만, 그 후에 족장님과 대면하여 사정을 이야기했고, 간단히 풀려났다고 합니다.

수몰 구획의 주민들은 나름대로 이해력이 좋은 모양입니다.

그녀가 적이 아니라는 것을 안 주민들은 태도를 완전히 바꾸어 환영해주었다고 합니다. 아트리 씨의 아버지는 직접 요리한 생선을 대접해주었고, 쓸데없이 높은 위치에서 마무리를 위한 소금을 획획 뿌렸고, 딸인 아트리 씨는 환영의 춤인지 무언지를 춰주었습니다.

비올라 씨는 그 자리에서 수몰 구획에 온 이유를 설명했습니다. 참고로 생선을 먹으면서 이야기했다고 합니다. 아마도 아트리 씨에게 정신이 팔려 있었기 때문이라고 생각합니다.

비올라 씨의 이야기에 아버지는 "……호오" 하고 고개를 끄덕였지만, 아트리 씨는 뺨을 부풀리고 "아냐. 저쪽은 처음부터 우리에게 적의를 보냈어. 그래서 쓰러뜨렸어"라고 답했습니다.

어라라? 이건 상황이 이상한걸? 이야기를 하기에 앞서, 고도 롤리아로 돌아가 양쪽의 이야기가 다른 점에 관해 추궁해보는 편이 좋으려나? 비올라 씨는 그리 생각했지만, 그 이상으로 아트리 씨라는 여자아이가 정말이지 귀여워서, 정말이지 너무 귀여워서 다른 건 딱히 어찌 되든 상관없다고 여겼고, 의뢰받은 건에 관해서는 일단 머리 한쪽 구석에 처박아두기로 했습니다.

결국 수몰 구획을 상세히 알아본다는 명목으로 그녀는 이곳에 남기로 했습니다.

뭐, 원래 고고학자이기도 하니 도시에 관한 것도 신경 쓰이기는 했을 테지요.

그 말에 족장님은 나름대로 기뻐했습니다.

"그거 좋군. 우리도 이 물속에 있는 도시에 관해서는 여러 가지로 알고 싶었다. 그도 그럴 것이 우리가 태어나기 훨씬 전부터 이곳에는 물에 잠긴 도시가 있었으니까."

족장님으로서는 발아래에 있는 도시의 흔적에 관해 딱히 몰라도 상관은 없었지만, 알 수 있다고 한다면 그건 그것대로 기쁘리라고 하는 정도의 인식이었던 모양입니다.

아트리 씨는 비올라 씨를 따르게 되었는지, 조사에 협력적이었고, 물속에 들어갈 때는 마법을 걸어 몸이 젖지 않도록 해주거나 함께 들어가 주기도 했다고 합니다.

그 이후의 날들 동안 비올라 씨는 아트리 씨와 함께 물속에 들어가는 틈틈이 심심풀이로 다른 여자아이들에게 찝쩍거렸고, 물에 들어가고, 다른 여자아이와 놀고, 그리고 물에 들어가 다른 여자아이와 놀고, 그리고 다른 여자아이와 놀고, 다른 여자아이와 놀았습니다. 결과적으로 다른 여자아이와 노는 김에 수몰 구획 조사를 했습니다. 이 여자는 변변치 못한 사람입니다. 남자였다면 틀림없이 백번은 죽었을 겁니다.

또한 그러한 실수만 범하다 보니 아트리 씨는 그녀에게 정나미가 떨어졌고, 매끼 샐러드뿐이라고 하는 괴롭힘을 시작했다고 합니다. 꼴 좋다고 봅니다.

그러나 그래도 수중 조사 때는 아트리 씨가 함께해준 모양입니다.

그녀가 받은 훌륭한 가정교육과 그녀가 가진 훌륭한 사회성은 대체 어떻게 된 것일까요? 말투는 조금 그런 느낌이지만.

아무튼, 며칠에 걸친 조사 후 비올라 씨는 하나의 결론에 도달했습니다.

"이 나라는 수 세기 전에 인위적으로 수몰된 나라인 것이 틀림없습니다."

족장님에게, 비올라 씨는 이야기했습니다.

"물속에 생긴 도시의 구조를 간략하게 그림으로 정리한다면, 이 나라는 본래 냄비 같은 형태였습니다. 즉, 숲을 깊게 파서, 거기에 나라를 만들었다—— 그것이 이 나라의 옛 모습일 테지요."

"흐음…… 그렇다는 건, 큰비나 무언가로 물이 고여서 이 나라는 멸망해버린 건가?"

족장님의 말에 비올라 씨는 고개를 저었습니다. 옆으로.

"아뇨. 그것만으로는 물은 고이지 않습니다. 아마도 마법에 의한 것일 테죠. 마법사가 대량의 물을 이 나라에 집중적으로 쏟아 부어 가라앉힌 겁니다. 무슨 목적으로 그랬는지까지는 알 수 없지만……."

"……그렇군."

고개를 끄덕이는 족장님.

간결한 보고를 마친 후, 비올라 씨는 "그럼 저는 내일 이곳을 떠나 고도 롤리아로 가겠습니다. 저쪽에서 조금 확인하고 싶은 게 있는지라. 오늘 밤까지는 여기 묵어도 괜찮을까요?"

그 말에도 족장님은 고개를 끄덕였습니다.

"물론이고말고. 아트리는 자네를 아주 마음에 들어 하고 있어. 부디 쭉 함께 있어 주었으면 하고 생각할 정도야."

"어머나."

우후후, 하고 웃은 비올라 씨.

그러나 웃음 뒤에는 복잡한 감정이 소용돌이치고 있었습니다.

아트리 씨와 몇 번이고 함께 간 수중 조사 중에, 그녀는 좋지 않은 것을 하나 보았습니다.

　그것은 어느 민가의 벽에, 오래전에 쓰인 글이었습니다.

　『고도 롤리아의 마녀에 의해, 이 나라는 물에 잠긴다.』

　아트리 씨는 읽지 못한 모양이었지만, 비올라 씨는 확실하게 그 글자를 읽을 수 있었습니다.

　그것은 분명, 훗날 누군가가 왔을 때를 위해 쓰인 메시지였을 테지요.

　비올라 씨는 애초에 처음부터 위화감을 느꼈다고 합니다. 어째서 출입 금지 구역에 사람이 살고 있는 것인지. 어째서 출입 금지 구역인지. 어째서 외부인인 비올라 씨를 파견했는지. 어째서 아트리 씨의 증언과 국왕의 이야기가 맞물리지 않는지.

　어쩌면 국왕님은 모든 것을 알고서 비올라 씨를 파견한 것은 아닌지.

　어쩌면 고도 롤리아는 어떤 내막이 있어 숲을 출입 금지 구역으로 만든 것은 아닌지.

　비올라 씨는 왠지 모르게 불온한 분위기를 느꼈습니다.

　그런 이야기라고 합니다.

　………….

　어라? 어라라라?

　"잠깐만요. 그럼 어째서 잡혀 있는 건가요?"

　"아, 이건."

　우후후 하고 비올라 씨는 웃었습니다.

"어제 말이죠. 한밤중에 아트리 씨의 침실에 숨어들었다가 이렇게 되었답니다."

"…………."

이 사람은 정말이지 변변찮은 사람이라고 생각했습니다.

○

그 후로 한동안 감옥에서 지낸 후, 우리는 족장님에게 불려 2층에서 아래로 내려갔습니다.

족장님은 그 나름대로 이야기가 통하는 사람이었던지라 이것저것 제 신상에 관해 이야기하자 "……흐음" 하고 고개를 끄덕이고는 "그럼 문제없다. 풀어줘라"라고 아트리 씨에게 명령해주었습니다.

허술해…….

바로 지금 손목을 묶고 있는 밧줄처럼 허술한 사람들이었습니다.

"가까운 나라의 병사가 이 영토를 털러 온 일이 있었던지라, 만약을 위해 일단 의심을 했을 뿐이다. 나는 의미 없이 아무나 잡아서 심문하는 취미는 없다."

그렇게 말하는 족장님.

아무래도 이곳에서 가장 이야기가 통하는 사람인 것 같았습니다. 차림새는 저렇지만.

"감옥에서의 대화는 대강, 아트리에게 들었다. 자네는 여행하는 마법사인 모양이라던데?"

"? 네."

힐끗 아트리 씨에게 시선을 주자 그녀는 휙 고개를 돌렸습니다. 혹시 줄곧 이야기를 훔쳐 듣고 있었던 겁니까……? 한가한 겁니까……?

"접시, 회수해야 하니까, 지켜보고 있었을 뿐이거든. 도중까지 밖에 못 들었거든."

제 시선에 아트리 씨는 그렇게 변명을 했습니다.

족장님은.

"사정을 설명할 수고를 덜었군. 고고학자님의 이야기로 알았듯이, 우리 영토는 현재 이웃 국가에 습격을 받고 있다. 이대로는 우리가 멸망당할 가능성도 있을 테지. 어쨌든 갑자기 위협을 해 오는 녀석들이니까. 언제 총공격을 해 올지 알 수 없는 일이야."

아무리 아트리 씨 같은 마법사가 우연히 있었다고 해도, 상대는 압도적인 힘을 가진 근대 국가. 진심으로 나서면 상대가 될 리 없습니다.

그건 족장님도 잘 알고 있을 테죠.

"그래서, 자네들에게는 부탁이 있다. 그들과 화해 교섭을 해주었으면 해."

"화해 교섭, 인가요……?"

족장님은 제게 고개를 끄덕여 보였습니다.

"단적으로 말해서, 나도 이 문제를 어찌 해결해야 할지 꽤나 고민하고 있다. 그러나 아무리 애써봐도 결론은 나오지 않았지. 녀석들이 노리는 건 식량. 그러나 우리에게도 물고기는 귀중한 것이다. 간단히 넘길 수는 없어. 하지만 거절하면 멸망당할 테지……어찌할 방도가 없어."

"어찌할 방도가 없는 문제를 저희 두 사람에게 맡기겠다는 건가요?"

"……그래."

말도 안 되는군요.

분명히 여기에 사는 사람들보다는 외부 상황에 정통할지도 모르지만. 그러나 이렇게 몹시도 중대한 역할을 떠맡을 까닭은 없을 터입니다.

실패하면 여기에 있는 전원이 깔끔하게 죽을 수도 있는 사정이라면 더욱 그렇습니다.

저에게는 너무 무거운 짐입니다.

"그렇군요."

그러나 변함없이, 제 옆에는 태평한 비올라 씨가 있었습니다.

그녀도 표면적으로는 미소를 만들어 보이고 있지만, 내심으로는 저와 비슷한 감각을 갖고 있을 것입니다.

족장님과 아트리 씨에게는 아직 알리지 않은, 고도 롤리아의 과거를 그녀는 알고 말았던 것입니다.

어찌할 도리가 없는 사태에 빠져버렸다는 것은 분명했습니다.

붙일 말도 없는 데다, 그녀가 태연하게 고도 롤리아로 돌아가는 것조차 위험할지도 모릅니다.

거절할 수밖에 없을 테죠.

"부탁할 수 있겠나."

그리고.

족장님의 말에 비올라 씨는 당연하다는 듯이 고개를 움직였습니다.

"맡겨주세요."

라며.

위아래로.

…………

네?

기막혀하는 저를 무시한 채, 비올라 씨는 변함없이 태평하게.

"다만 한 가지 부탁이 있습니다만."

하고 부드러운 목소리로, 한 가지 부탁을 하기에 이르렀습니다.

○

푸른 하늘 아래에서 작은 배가 불안하게 흔들렸습니다.

배 가장자리에 손을 대고 힘을 주면 그것만으로도 빙글 뒤집힐 것 같을 정도로 연약하게, 작은 배는 짙은 파란색 수면 위를 떠돌았습니다.

곳곳에 탑이 솟아 나와 있었고, 혹은 민가가 떠도는 수몰 구획 위에는 이러한 작은 배가 여기저기에 몇 척이나 있었습니다.

"……그래서, 물고기 같은 걸 잡아서 어쩔 셈인가요?"

제 옆에서 낚싯대에 연결된 줄을 휙 수면으로 던진 그녀는 "

웅?" 하고 고개를 갸웃거리며 이쪽을 보았습니다.

"어쩌다니, 선물로 가져가는 게 당연하잖아요."

"……그래서, 그러면 선물 같은 걸 갖고 가서 어쩔 셈인가요?"

"맛보게 하는 게 당연하잖아요?"

"…………."

그녀의 이야기에 거짓이 없다고 한다면, 상대는 이 나라를 한 번 멸망시켰던 나라. 선물로 물고기를 바친다고 해서 과연 의미가 있는 걸까요?

오히려 착취당할 뿐인 게 아닐까요?

"그거, 의미가 있나요?"

"자, 자, 저에게 맡겨주세요."

그렇게 말하며 그녀는 저에게 낚싯대를 건넸습니다.

조잘거리지 말고 어서 물고기를 낚아, 라고 말하고 싶은 것일 테죠.

"…………."

의미도 의도도 알 수 없었습니다.

어이없어하면서도 뭔가 생각이 있는 것이리라고 억지로 납득하고, 저도 그녀처럼 낚싯줄에 미끼를 꿰어 휙 던졌습니다.

부드럽게 일렁인 수면은 파문조차 만들지 않고 제가 던진 미끼를 빨아들였습니다.

잠시 후, 물고기가 문 것은 비올라 씨의 낚싯대 쪽. 쑤욱 하고 아래에서 당겨지는 듯한 감각을 깨달은 그녀가 활처럼 휘어진 낚싯대를 끌어 올리자, 커다란 물고기 한 마리가 작은 배 위에 떨어졌습니다.

달아오른 듯한 붉은색을 한 물고기였습니다.

"이 물고기는 이곳의 주식이나 마찬가지인 음식이래요."

비올라 씨는 생선을 통에 던져넣으며 말했습니다.

"이 나라의 식탁에는 반드시라고 해도 좋을 정도로 이 아이가 올라온다고 해요. 글쎄, 쪄도, 구워도, 말려도, 생으로 먹어도 나름대로 맛있다는 모양이에요."

모양?

"먹어본 적 없는 겁니까?"

"언제나 샐러드뿐이었던지라."

휘익, 하고 휘파람 소리가 울렸습니다. 그 방향으로 고개를 돌리자, 조금 떨어진 곳에 있는 작은 배에서 커다란 그물을 마법으로 띄우며 일어서서 엄지를 아래로 향하게 한 채 가슴께에서 흔드는 아트리 씨가 있었습니다.

"뭔가요? 저거."

도발입니까? 해보자는 겁니까? 어엉?

그리 생각했더니 이번에는 검지를 세워서 얼굴 앞에서 흔들기 시작했습니다. 이제 의미를 모르겠습니다.

"저건 핸드 사인이에요."

그리 답한 비올라 씨는 "거기는 물고기가 적으니까 이동해──라고 말하는 것 같네요"라더니 배를 젓기 시작했습니다.

참고로 아트리 씨에게 윙크와 함께 키스를 날려 보냈습니다.

"······방금 그건 무슨 핸드 사인인가요?"

"사랑한다는 의미예요."

"…………."

참고로 그 모습을 본 아트리 씨는 작은 배 위에서 퉤 하고 침을 뱉었습니다. 아마도 "뭐야? 기분 나빠"라는 사인일 겁니다.

그리고 그녀들은 어째선지 배 위에서 서로 핸드 사인을 날렸습니다.

아트리 씨가 자신의 목에 손가락 두 개를 가져다 댔습니다.

"저건『목 마르지 않아? 괜찮아?』라고 말하고 있는 거랍니다."

비올라 씨가 일부러 해설을 덧붙인 후,『오늘 밤 같이 자도 돼?』라는 핸드 사인을 보냈습니다. 의미를 모르겠군요…….

『기분 나빠. 죽어』라며 아트리 씨가 화를 내자 비올라 씨는『어머, 정말! 부끄러워하다니 귀여워!』라며 룰루 춤을 추었습니다. 배가 흔들리니 그만둬 주시겠습니까?

마법으로 그물을 자유자재로 조종하면서 물고기를 낚는 틈틈이, 아트리 씨는 정중하게도 매번 비올라 씨에게 대답을 해주었습니다. 무시해도 될 것을. 성실한 겁니까?

의사소통이 전혀 되고 있지 않은 핸드 사인 접전은 그 후로 우리들의 통이 가득 찰 때까지 계속되었습니다.

『아트리 너무 좋아! 결혼할까요?』

『다른 여자아이에게도 같은 말을 했다는 거, 나, 알고 있어.』

『그나저나 식은 언제 올릴까요? 웨딩 케이크는 생선 파이로 하죠.』

『맛없을 것 같아.』

『아이는 몇 명 낳을까요?』

『필요 없어.』

『어머! 제 애정을 평생 독점하고 싶다는 거로군요? 꺄악! 욕심쟁이!』

『아냐.』

『신혼여행은 어디로 갈까요? 여관? 여인숙? 아니면 호텔? 혹시 호텔? 그리고 호텔 같은 덴 어떨까요?!』

『산이 좋아.』

『어머, 와일드해라.』

『응.』

『그나저나 오늘 밤, 방에 가도 괜찮나요?』

『또 감옥에 들어가고 싶어?』

『한 이불이라면…….』

『기분 나빠. 죽어.』

『괜찮아요! 같은 이불을 덮는 것뿐이니까! 같이 자는 것뿐이니까! 정말로 아무것도 안 할 테니까! 진짜로! 이래 봬도 저 이 근처 여자들이랑 다르게 숙녀거든요!』

『숙녀는 여자아이랑 함께 자고 싶다든가 그런 소리 안 해.』

『귀여운 여자아이와 함께 자려고 하지 않는 여자는 숙녀가 아니에요.』

『그럼 뭔데?』

『초식계……일까요……?』

『샐러드만 먹고 있는 여자의 대사라고는 생각할 수 없군.』

『샐러드밖에 못 먹게 하고 있잖아요…….』

…………．

저기, 러브러브는 그만하고 물고기 좀 잡아주시겠습니까?

○

대량의 물고기가 담긴 그물을 끌어안고 우리는 고도 롤리아로
길을 떠났습니다.

나름대로 거리가 되기 때문에 선도 유지를 위해 걸음을 서둘러
야 했습니다. 그런고로 당연히 우리는 빗자루로 날았습니다.

아트리 씨가 그물을 마법으로 띄우며 날고, 제 뒤에는 비올라
씨를 태웠습니다. 그렇게 두 개의 빗자루가 숲 위를 떠돌았습니
다. 마치 바다 위를 떠돌고 있는 듯, 눈 아래에 보이는 나무들의
잎은 우리 바로 아래에서 물결치고 있었습니다.

"우으…… 아트리랑 같이 타고 싶었는데……."

비올라 씨는 제 뒤에 걸터앉아 풀 죽어 있었습니다.

거기서 시선을 더욱 멀리 보내자 하늘에 떠 있는 그물을 옆에
둔 아트리 씨의 모습이 보였습니다. 아까처럼 무언가 핸드 사인
을 이쪽으로 보내는 중이었습니다.

"……아트리 씨, 뭐라고 하는 건가요?"

제가 묻자 "『모두에게 선물 사다주는 편이 좋으려나? 도시는 처
음이야!』라고 말하고 있네요"라는 비올라 씨.

"………… ."

원래라면 저와 비올라 씨 둘이서만 갈 예정이었습니다만, 출발

©Azure

직전에 아트리 씨가 "기다려. 그물, 내가 들지 않으면 안 돼. 두 사람은 위험"이라며 떼를 쓰기 시작했습니다.

그물은 제가 들어도 괜찮다고 타일러도 "그래서는 네 부담이 너무 커"라는 둥, 라는 둥.

거절할 이유도 없었기 때문에 승낙했습니다만, 아무래도 그녀는 나라 밖이라는 데 흥미가 컸던 모양입니다.

"…………."

말없이 아트리 씨에게 무언가 사인을 보내는 비올라 씨.

"뭐라고 한 건가요?"

"사랑한다고 전했습니다."

"…………."

등 뒤에서 날고 있는 아트리 씨에게 시선을 주자, 숲을 향해서 퉤 하고 침을 뱉는 중이었습니다.

고도 롤리아에 도착해 문지기 병사에게 사정을 이야기했더니, "알겠습니다! 그럼 이쪽으로!"라며 허둥지둥 경례를 하면서 저희들을 왕궁으로 안내해주었습니다.

이 나라의 병사들과 한 번 다투었던 것을 떠올렸는지 아트리 씨는 크르르 하고 신음했고, 비올라 씨는 그런 그녀를 보며 어머 어머 하고 뺨에 손을 대고서 흐뭇한 미소를 짓고 있었습니다. 마치 길들지 않은 반려동물과 그 주인 같습니다.

왕궁에 도착하자 병사들이 "우왓, 마법사다" "위험해, 두 사람이나 있어" "이건 못 당해"라며 잇따라 저희에게 경례를 했습니다. 저도 따라서 경례했습니다. 그러나 이쪽의 마법사님은 적의를 마구 드러내고 있습니다. 병사가 이마에 댄 손을 물어뜯을 듯한 기세입니다. 그리고 늘 그렇듯, 비올라 씨는 어머 어머 하고 있습니다. 목줄을 잘 좀 잡아주시겠습니까?

"이 몸이 이 나라의 왕이니라."

안내되어 간 한 방의 안쪽. 붉은 카펫 끝, 으리으리한 의자에 앉은 할아버지가 한 분 있었습니다. 자기소개대로 국왕님이겠지요. 백발이 섞인 머리 위에는 왕관이 살짝 올려져 있습니다.

"안녕하십니까."

"안녕."

"죽어."

우리는 제각기 서서 인사를 했습니다. 한 명, 좀 그런 사람이 섞여 있기는 했지만 말이죠.

"뭔가 방금 그쪽의 마법사가 죽으라고 말한 것 같은 기분이 드네만…… 그보다 뭔가? 그 그물은."

임금님의 시선은 아트리 씨에게로 향했습니다.

"나, 너, 싫어. 죽어."

이런 곳에서도 전혀 흔들림 없이 바보스러울 정도의 정직함을 발휘하는 아트리 씨였습니다.

얼굴을 찌푸린 임금님에게 비올라 씨가 허둥지둥 변명을 했습니다.

"임금님, 그녀의 나라는 언어가 다릅니다. 지금 그것 다른 의미의 말입니다."

"음? 그러한가?"

"네. 그녀는 이렇게 말하고 있습니다.『수몰 구획은 나와 비올라의 사랑의 둥지니까 우리들의 가족 만들기 슬로 라이프를 방해하지 말았으면 좋겠어』라고."

"말 안 했어."

비올라 씨의 옆구리를 쿡 찌르는 아트리 씨.

"말 안 했다고 말하고 있네만?"

"그건 이렇게 말한 겁니다.『뭐야? 임금님, 부러워? 이런 미소녀와 매일──』."

"말 안 했어."

"자네들은 대체 뭔가?"

한숨을 흘리며 임금님이 힐끔힐끔 이쪽을 보기 시작했습니다.

…………

도와달라고 말씀하고 계신 것 같습니다.

"저기……."

저는 당황하면서도 옆에서 러브러브 하고 있는 두 사람을 방치한 채 대화를 진행시키기로 했습니다.

수몰 구획이 사람이 사는 마을이라는 것. 수몰 구획에 사는 사람들은 전쟁을 바라지 않으며, 가능한 한 원만하게 이야기를 진행시키고 싶어 한다는 것. 얼마 전, 이 나라의 병사들을 마법으로 쫓아냈던 건 오해였다는 것. 그때의 사죄로 이번에 물고기를 가져왔다는 것.

군데군데 사실과 다른 점이 있습니다만, 뭐, 그건 상관없겠지요.

"……흐음."

제 이야기를 다 들은 후 임금님은 무거운 한숨을 내쉬었습니다.

"그러니까, 지난번의 무례에 관해서는 사과하고 싶다는 겐가? 뭐, 그건 좋다. 그래서? 앞으로의 일 말이다만—— 그건 어쩔 셈인가?"

지난번의 일 따위 어찌 되든 상관없다는 태도였습니다.

그런 임금님의 말에 바로 반응을 보인 것은 비올라 씨였습니다.

"좋을 대로 하시면 된다고 봅니다. 물고기를 잡고 싶으면 원하는 만큼 잡으세요. 뭐하면 수몰 구획이 말라버릴 때까지 물고기를 계속 잡으셔도 상관없습니다."

"뭣……?! 무슨 말을 하는 거야?"

화해 교섭과는 전혀 취지가 다른 그 말에 아트리 씨가 달려들었습니다.

"너! 우리를 배신한 거냐?!"

꽈악 멱살을 잡힌 부분에 주름이 졌고, 아트리 씨의 눈은 비올라 씨를 노려보고 있었습니다.

그런 그녀의 모습 따위는 전혀 개의치 않는다는 듯, 비올라 씨는 임금님만을 바라보고 있었습니다.

"임금님. 하지만 약속을 해주셨으면 합니다. 만약, 제 조건을 받아들이신다면, 오늘 여기에 가져온 물고기를 전부 국민에게 나눠주고, 드셔주세요. 그리고 두 번 다시 수몰 구획의 사람들에게 손을 대지 않겠다고 맹세해주세요."

"……흐음."

고민하는 기색을 보인 국왕님. 그런 중에도 아트리 씨는 "이ー자ー식!" 하고 비올라 씨의 멱살을 붙들고 휙휙 휘둘렀습니다.

잠시 후.

"좋다."

당연하게도, 국왕님은 조건을 받아들였습니다.

디메리트 따위 전혀 없습니다. 요컨대 새로운 어장이 늘었을 뿐이라는 이야기인 것입니다. 차버릴 이유가 없습니다.

분개하며 비올라 씨에게 덤벼드는 아트리 씨를 뒤에서 잡아 말리면서 저는 비올라 씨와 임금님이 서약서를 교환하는 모습을 지켜보았습니다.

"왜 방해하는 거야?! 너희들 우리나라를 팔아넘길 셈이냐!"

"아뇨, 아뇨. 아닙니다. 그렇지 않아요."

저는 그녀의 귓가에 대고, 임금님에게 들리지 않도록 소곤소곤 이야기했습니다.

애초에 그런 이야기가 아닙니다.

그녀는 지금 단계에서 취할 수 있는 최선책을 택했을 뿐입니다.

지금 이 자리에는 아직 임금님에게도, 아트리 씨에게도 이야기하지 않은 사정이 하나 포함되어 있는 것입니다.

저한테는 몰래 가르쳐주었지만 말이죠.

"――하지만, 저 물고기. 정말로 괜찮은 것인가? 독이라도 탄건 아니겠지?"

임금님의 우려는 매우 타당하다 할 수 있었습니다. 맛있는 이야기에는 뭔가 뒷사정이 따라오는 법이니까요.

"안심하세요. 독 같은 건 타지 않았습니다. 증거로, 원주민 여자아이에게 먹여보도록 하죠."

"호오. 그럼 우리 성의 주방장에게 요리하게 하지."

임금님이 눈짓을 하자 병사가 물고기가 담긴 그물을 회수해서 방을 나갔습니다.

그 후로도 아트리 씨가 "웃기지 마!"라고 소리치고, "너희들은 악마다!" 하고 개탄하고, 그 후로 끝없이 욕설을 내뱉다 지쳐서 "이제 됐어……! 집에 갈래……!"라며 떼를 쓰기 시작했을 때, 병사가 접시를 손에 들고 돌아왔습니다.

큼직한 접시인 것치고는 소스니 뭐니 하는 것들이 공간을 쓸데없이 점령하고 있는 것이 고급 요리 같은 모습을 한 뫼니에르였습니다.

비올라 씨는 그것을 자르고 한입 크기의 조각을 포크로 찔렀습니다.

"자, 아아."

그리고 아트리 씨의 입에 가져다 댔습니다.

"싫어! 독 넣었지?!"

"안 넣었거든요?"

"싫어!"

"고집 세네요."

하아, 하고 한숨을 내쉰 비올라 씨는 저를 바라보았습니다.

거들라는 말을 하고 싶은 것일 테죠.

저는 어쩔 수 없이 아트리 씨를 잡고 있던 손을 조금 풀어 옆구리로 움직였습니다. 움찔 어깨를 떨며 그녀가 안 좋은 예감을 느낀 순간에, 저는 손에 으라차 하고 힘을 실었습니다.

"꺅."

아트리 씨는 놀라 입을 열었습니다.

"에잇" 하고 비올라 씨는 생선을 그녀의 입에 쑤셔 넣었습니다.

처음에는 미간을 찌푸리고 눈물을 글썽거리던 아트리 씨도, 점점 표정을 풀고, 씹고, 꿀꺽 순순히 삼켰습니다.

뫼니에르를 먹은 그녀는 그저 침묵할 뿐이었습니다.

고개를 숙이고, 몸의 힘을 빼고, 놀라 넋이 나간 듯 서 있었습니다.

그리고 그곳의 모두가 그녀의 상태를 지켜보는 중에, 아트리 씨는 조용히 한마디만을 중얼거렸습니다.

"……맛있어."

라고.

약간 납득할 수 없다는 듯이.

"다행이네요."

우후후, 하며 비올라 씨는 뺨에 손을 대며 웃고 계셨습니다.

독 따위 들어 있지 않습니다.

이야기는 훨씬 단순합니다.

그저 이 생선은 **아트리 씨를 비롯한 그 나라 사람들만 먹을 수 있다**는, 그런 이야기입니다.

○

　사실을 들은 것은 배 위에서였습니다.

　아트리 씨와 러브러브 하면서 핸드 사인을 보내는 중에 그녀는 문득 떠오른 것처럼 말했습니다.

　"그 물고기, 사실은 못 먹는 거랍니다."

　"네?"

　"그 물고기는 사실, 외적에게 공격받지 않기 위해 독을 갖고 있거든요? 구워도 삶아도 말려도 생으로도, 먹으면 금세 배탈이 난답니다."

　"……아니, 잠깐 기다려주세요. 먹고 있잖아요? 이 나라 사람들, 실컷 먹고 있잖아요?"

　"네. 수몰 구획에서는, 말이죠."

　"…………."

　싱글싱글하던 그녀의 눈동자가 그 직후에 의연하게 바뀌었습니다.

　"아마도 과거에 이 나라는 약했고, 아무것도 할 수 없는 나라였을 테죠. 그래서 고도 롤리아에 의해 간단히 멸망했던 겁니다. 고도 롤리아는 아마도 자국이 식량난 같은 것에 빠졌을 때를 대비해 개척지로 이용할 수 있도록 숲에 출입을 금지했을 겁니다. 하지만──하지만, 물에 가라앉았어도 그들의 숨통까지는 끊지 못했던 겁니다. 시대에 잊히고, 이 땅에서 떨어져, 줄곧 물과 함께 살아온 겁니다."

해자에 둘러싸인 나라에서 물 위의 나라로 바뀌고 말았습니다.

그러나 그들은 그 환경 변화에 적응해냈을 것입니다.

숲은 출입 금지 구역이 되었고, 아무도 발을 들이지 않는 중에 그들은 그 안에서 독자적인 진화를 이룬 것입니다.

비올라 씨는 말했습니다.

"저 물고기는 본래 먹을 수 있는 게 아닙니다. 독을 가진 생선입니다. 하지만 시간의 흐름 속에서 그들의 몸은 그 독을 극복했을 테죠. 그래서 지금까지 살아남은 겁니다."

"……혹시, 그래서 지금까지 쭉 물고기를 먹지 않았던 건가요?"

실수를 범해서 샐러드를 먹고, 감옥에 들어가 샐러드를 먹고. 그녀는 지금까지 그렇게 생선을 먹지 않고 여기서 생활을 해온 모양이었습니다.

"그러네요. 제가 먹으면 배탈이 나니까요."

"…………."

"뭐, 아트리에게 야한 장난을 치는 게 예상외로 재미있었다는 이유도 있지만요."

"아저씨입니까."

뭡니까? 그 발상.

"뭐, 아무튼."

그녀는 핸드 사인을 보내면서 저를 바라보았습니다.

"그러니 저는 이 물고기를 고도 롤리아에 보낼 겁니다. 그렇게 하면 그들도 깨달을 테죠. 수몰 구획에 손을 댈 수 없다는 걸. 물고기를 잡은들 먹을 수 없다는 걸.”

“……그런 건가요?”

“그런 겁니다.”

우후후, 그녀는 웃음을 흘렸습니다.

수몰 구획은 오랜 세월을 거쳐, 외적에게 공격당하지 않기 위한 독을 손에 넣었답니다──라고 부드럽게 이야기하면서.

○

『그런 얘기, 왜 이제 와서 하는 건데?』

돌아가는 길에 사정을 이야기한 우리에게 아트리 씨는 뺨을 뾰로통하게 부풀리며 재빠르게 핸드 사인을 보냈습니다. 의미는 비올라 씨가 해설해주었습니다.

“그건 그 왜, 그거예요. 아트리의 놀란 얼굴이…… 보고 싶었다, 같은?”

휘리리릭, 핸드 사인으로 대꾸하는 비올라 씨.

『웃기지 마. 이제 나도 몰라. 아빠한테 이를 거야.』

대체 뭡니까? 그 말은.

“자아 자아, 다 잘됐잖습니까? 이걸로 수몰 구획도 평화로워질 테니까.”

서약서를 나누는 중에 비올라 씨는 임금님에게 몰래 편지를 건넸습니다.

“이거, 생선을 먹은 후에 펼쳐봐 주세요.”

그런 달콤한 속삭임과 함께.

안에는 수몰 구획에 얽힌 진상이 적혀 있다고 합니다.

아마도 고도 롤리아도 이번 일을 계기로 수몰 구획을 노리는 건 포기해줄 테지요.

수몰 구획에는 낚을 수 있는 물고기는 있어도 먹을 수 있는 물고기는 없으니까요.

"……하지만, 한 가지 납득되지 않는 게 있답니다."

저는 혼잣말처럼 말했습니다.

"결국, 맨 처음 시점에 아트리 씨와 병사들은 어째서 대립하게 되었던 건가요? 그런 일이 없었다면, 이렇게 성가신 사태는 벌어지지 않았던 게 아닐까요?"

수몰 구획의 사람들은 말이 통하는 사람들이고, 그 시점에서 만약 침착하게 이야기를 할 수 있었다면 일부러 저희가 물고기를 보내는 일도 없었을 텐데요.

"아트리 귀여워! 꼭 끌어안고 싶어."

제 의문을 무시한 채 비올라 씨는 빗자루 위에서 룰루 춤을 추었고, 아트리 씨는 진심으로 짜증 난다는 투로 그녀에게 핸드 사인을 보냈습니다.

그것은 무척이나 묘한 핸드 사인이었습니다.

손끝을 쭉 펴고, 평평해진 손을 그대로 머리에 딱 붙이는 것이었습니다.

마치 경례처럼.

"……죄송하지만, 저건 무슨 뜻인가요?"

저는 그녀의 숄을 쭉쭉 잡아당겼습니다.

"아아, 저건 말이죠."

그리고 그녀는 말했습니다.

"네 머리를 쪼개버린다, 라는 의미예요."

"아, 역시."

그런 의미였습니까.

"뭐, 요약하면 『죽여버린다』라는 의미가 되겠네요."

"…………."

"아마도 저게 원인이 돼서 병사와 다투게 되었을 거라고 생각해요."

"…………."

그런 겁니까.

그런 결말입니까.

"하지만 뭐, 이미 지난 일이니까요. 과거는 잊죠. 저쪽도 이쪽의 사죄를 받아들여 줬잖아요."

결과적으로 보면.

수몰 구획은 앞으로 유유자적 독자적인 길을 걸어갈 테지요. 고도 롤리아도 이래저래 식량난으로 고민하면서도 존속해갈 테고요.

독을 가진 물고기가 유유히 물속을 헤엄치듯이, 커다란 물고기가 그 물고기에게 시선도 주지 않듯이, 그들은 서로 얼굴을 마주하는 일 없이 앞으로도 살아갈 겁니다.

이제까지의 과거를 전부 물에 흘려보내고, 지금에 적응하면서.

제 7 장

어느 곳에, 하루의 기억이 없었던 것이 되어버리는 신기한 소녀가 있었습니다.

이름은 암네시아. 나이는 열일곱. 찰랑찰랑한 흰 머리카락을 어깨 근처까지 기르고 검은색 카추샤를 한, 옅은 비취색 눈동자가 마치 여름의 풀꽃처럼 예쁜 소녀였습니다.

차림은 흰색을 바탕으로 한 로브에 검은색 스커트, 그리고 롱부츠. 칼을 다루는 데는 다소 익숙한지, 허리에는 사벨을 차고 있었습니다. 마법사인지 검사인지, 좀처럼 분명치 않은 느낌의 의상입니다.

기억하고 있는 것은 아무것도 없습니다. 그저 자기 전에 사벨 손질을 한다든가, 아침에 일어나면 일기를 읽는다든가, 그녀에게는 그런 몸에 배어버린 습관만이 남아 있을 뿐입니다.

그녀는 여기에서 조금 먼 곳 출신으로, 폐쇄된 나라. 이름은 신앙의 도시 에스트라고 하는데, 아무래도 자신은 그곳을 향해 여행을 하고 있는 모양——이라는 것을 일기를 통해서 알았습니다.

과연 신앙의 도시 에스트에 무엇이 있는 것일까.

혹시 에스트에 도착한다고 해도 기억은 원래대로 돌아오지 않는 것이 아닐까. 그런 불안이 하루에도 몇 번이고 파도처럼 밀려들었다가 사라졌지만, 그래도 그녀는 나아갈 수밖에 없었습니다.

자신의 여행길에서 일어난 매일의 일을『아침에 일어나면 이걸 읽을 것』이라고 표지에 쓰인 일기장에 적으면서, 그녀는 오늘도 걷고 있습니다.

"어서 오세요! 여기는 변경의 아르베드! 자네는 여행자인가?"

"응. 뭐 그런 셈이지."

그녀는 문지기 병사에게 그리 말하며 고개를 끄덕이고, 두세 가지 질문에 담담하게 답했습니다. 별 탈 없이 입국 심사는 진행되었습니다. 마지막으로 병사는 "⋯⋯자네는 로브를 입고 있는데, 마법사인 건 아닐 테지?"라며 의심스러워하는 시선을 보냈습니다.

"나, 마법 같은 건 못 쓰는데?"

그녀는 고개를 갸우뚱하며 대답했습니다. 사실 그녀는 마법 같은 건 쓸 줄 모르고, 애초에 원래 쓸 수 있었다고 해도 지금의 그녀는 그것을 기억하지 못하고 있으니, 이미 마법사가 아니라고 해도 문제없을 테지요.

문지기 병사는 그녀의 허리에 걸린 한 자루의 사벨을 바라보더니, 결국 그녀는 마법사가 아닐 거라고 판단했습니다.

그리고 문은 열렸고, 그녀는 안으로 들어섰습니다.

그 앞에는 흔한 거리가 펼쳐져 있었습니다. 벽돌로 지어진 벽이 늘어선 길과 그리고 마찬가지로 벽돌이 깔린 바닥. 겹겹이 쌓인 벽돌들 틈 곳곳에는 이끼가 자라나 있는 경치에서는 어딘지 모르게 먼 옛날부터 지금에 이르기까지 그 모습을 바꾸지 않은 채 자리해온 거리의 역사가 느껴졌습니다.

그러나 이런 거리는 그다지 보기 드문 것도 아니고, 딱히 이 나라 독자적인 것도 아니고, 목소리가 새어 나올 정도의 아름다움도 갖고 있지 않았습니다.

"······예쁘다."

하지만 그녀는 달랐습니다.

눈에 비치는 것. 방문한 곳의 모든 것이 새롭고, 신선하기만 한 겁니다. 눈앞의 모든 것이 아름답게 빛나는 듯 보였습니다.

그 모든 것이 귀하게 보였습니다. 반해버린 것입니다. 그래서 그녀는 그 광경을 잊지 않겠다는 듯, 걸음을 옮기며 일기를 꺼내서 길거리의 아름다움을 내일의 자신에게 이야기하기 시작했습니다.

기억이 없어도 아름다움을 문장으로 적어 설명하는 것은 가능하다. 그리 판단한 것일 테지요.

아마도 지금까지의 그녀도 그렇게 살아왔을 겁니다. 일기를 다시 읽어보면 이렇게나? 싶을 만큼 거리의 아름다움을 길고 긴 문장으로 전하고 있었으니까요.

그래서 그녀는, 정말이지 정신없이 펜을 놀렸습니다.

그리고 그 탓에 그녀는 반대 방향에서 사람이 오는 것도 전혀 눈치채지 못했습니다.

"으앗!" 반대 방향에서 온 사람이 엉덩방아를 찧었습니다.

"──꺄앗!" 암네시아도 마찬가지로 엉덩방아를 찧었습니다.

그녀와 부딪힌 것은 한창때의 여성이었습니다. 잿빛 머리카락을 길게 길렀고, 유리색 눈동자를 하고 있었습니다.

이 나라의 사람일까요? 카디건에 원피스라는 지극히 평범한 복장을 하고 있었고, 액세서리라고 부를 수 있을 만한 것은 목에 하나 걸린 비싸 보이는 목걸이뿐. 어깨에는 자그마한 가방을 메고 있었지만, 가방은 벌어진 채였습니다. 아마도 물건을 사던 도중이었는지, 두 사람 사이에는 베어 먹던 사과와 몇 권의 잡지와 일기 등이 난잡하게 흩어져 있었습니다.

"아, 죄, 죄송합니다! 글을 쓰는 데 정신이 팔려서……."

허둥지둥 당황하면서 암네시아는 상대의 짐을 주워 모았습니다.

"……아니. 저야말로 앞을 보지 않았습니다."

일어서서 냉정하게 엉덩이에 묻은 먼지를 털어낸 잿빛 머리카락의 그녀는, "하지만 걸으면서 글을 쓰는 건 좋지 않은 것 같네요. 시야를 스스로 좁히는 거라고밖에는 말할 수 없겠어요"라고 시원스럽게 독설을 뱉었습니다. 혹시 베어 물었던 사과가 독 사과였던 것일까요?

"우으……. 미안……."

순순히 고개를 숙이고 사과해버리는 것이 암네시아라는 사람이었습니다.

참고로 반대편에서 부딪혀 온 잿빛 머리카락의 그녀는 버릇 나쁘게도 사과를 먹으면서 걷고 있었습니다. 물론, 주변 따위 보고 있지 않았습니다. 사과에 푹 빠져 있었던 것입니다. 그러면서도 부딪힌 순간 사과가 더러워진 것에 약간의 분노를 느낀 탓인지, 자신의 잘못은 일단 제쳐두고 암네시아에게 독설을 뱉은 것입니다. 적당히 성격이 썩었다고 할 수 있겠습니다. 어쩌면 베어 물었던 사과가 썩은 사과였던 것일까요?

"……뭐, 다음부터는 서로 조심하도록 해요."

흩어지고 뒤섞인 각자의 짐을 주운 두 사람은 아무 일도 없었던 것처럼 서로 등을 돌리고 걷기 시작했습니다.

서로 다른 길로.

"……일단, 걸으면서 일기를 쓰는 건 그만둬야지."

품속에 일기장을 넣은 그녀는 혼자서 그렇게 중얼거렸습니다.

하지만 그녀는 몰랐습니다.

지금까지의 여행 중에, 일기는 반드시 걸으면서 적었다는 것을. 잠들기 전에 일기를 쓰는 습관 같은 건 없다는 것을.

그리고 품속에 넣은 일기장이 다른 사람 것과 뒤바뀌고 말았다는 것을.

그날, 그녀는 숙소를 잡고 잠들었습니다.

오늘 하루의 일을 적어야 한다는 사실을 잊은 채.

그리고 그녀는 잠에 빠지는 것과 동시에 그 사실조차 잊고 말았습니다.

○

"……신앙의 도시 에스트, 인가요?"

여행 도중에 만난 상인 아저씨가 재미있는 나라가 있다고 가르쳐주었던 것이 그곳이었습니다.

"예. 그게 정말이지 대단합니다. 뭔가 대단하냐면, 뭐가 대단한지 모르니까 대단한 겁니다. 대단한 걸 알 수 없을 만큼 대단하다. 그것참, 훌륭하게 대단하지요?"

"죄송합니다. 저, 이해할 수 있는 말을 해주시겠습니까?"

"이런. 아가씨한테는 아직 어려운 이야기였나요?"

"지리멸렬한 언동을 제대로 이해할 수 있을 만큼의 교양은 쌓지 않았습니다."

"…………"

"그래서, 어떤 나라인가요? 구체적으로 부탁드립니다."

상인 씨는 "어흠" 하고 헛기침을 한 다음 입을 열었습니다.

"우선, 실제로 나도 아직 그 나라에 가본 적은 없어요. 에스트는 외교의 대부분을 닫아걸고 있고, 자국민과 함께가 아니면 타국 사람은 절대 들어갈 수 없다는 자세를 취하고 있거든요. 글쎄, 너무나도 수준 높은 마법 기술을 외부로 내보내고 싶지 않아서라나요?"

"호오."

"그래도 드물게 외부에 있는 에스트 국민을 잘 설득해서, 안에 숨어드는 자가 있습니다만…… 그 대부분이 어째선지 나라에 관한 기억을 완전히 잊은 채 나온다고 합니다. 그들이 기억하는 건, 언제나 입국할 때까지. 그리고 그 나라에서 체재하던 며칠간에 관한 건 일절 기억하지 못합니다."

"…………"

조금 걸리는 문장이 있었습니다.

"대부분이라는 건, 모두가 기억을 잃는 건 아니라는 말이죠?"

그렇다며 상인은 고개를 끄덕였습니다.

"기억하는 자도 있지요. 다만……."

"다만?"

"그들은 하나같이 에스트의 국민이 되어 나옵니다. 결코 에스트에 관해 이야기하지 않고, 결속 강한 국민 중 한 사람이 되어 있는 겁니다."

"…………."

즉, 기억을 잃든가? 아니면 국민이 되든가?

……대체 어떤 나라인 겁니까? 아무도 모르고, 아는 자도 입을 열지 않는다.

신경 쓰이는군요…….

조만간 방문할 나라 후보에 올려두는 것도 좋을지 모르겠습니다. ……그렇다고 해도, 에스트 국민과 함께가 아니면 들어갈 수 없다는 건 잠입은 불가능하다는 뜻이나 마찬가지지만요.

"고맙습니다. 참고가 되었어요. 그런데, 그 외에 또 재미있을 것 같은 나라가 있나요?"

"그러니까—— 아, 그래, 그렇지. 또 하나 재미있는 나라가 있습니다. 게다가 여기서 길을 곧장 가면 나오죠."

"호오오. 어떤 나라인가요?"

저는 고개를 갸우뚱거렸고, 상인분은 말했습니다.

"변경의 아르베드라고 하는데, 그게, 재미있는 나라입니다만——아, 하지만 안 되겠네요. 마녀님은 들어가기 힘들겠어요."

"…………."

또입니까? 에스트도 그렇고 아르베드도 그렇고, 어째서 이 지역은 잠입 곤란한 나라가 그렇게 많은 겁니까?

뺨을 뾰로통하게 부풀려 보이는 저에게 상인분은 말했습니다.

"아르베드는 마법사 입국을 금지하고 있거든요."

라고.

마법사의 입국을 금한다.

과연, 그렇군요. 분명 매우 입국하기 곤란하네요.

……하지만 바꿔 말하자면, 마법사가 아니라면 들어가도 된다
는 뜻이 되지요.

"과연, 자세히 알려주세요."

"예에? 하지만 마녀님은 못 들어──."

"자세하게."

"…………."

그리고 저는 상인분이 알고 있는 정보를 모조리 토해내게 했습
니다.

변경의 아르베드 의 역사는 길고, 건국은 지금보다 수백 년도
더 전이라고 합니다. 그런 먼 옛날, 근방의 나라에서 마법 지상주
의가 퍼졌고, 마법사 이외의── 그러니까, 예의 그 인간 미만(아
니마)이니 하는 조롱을 받은 자들이 전부 나라에서 쫓겨났다고 하
는 사태가 발생했다고 합니다.

추방된 자들은 살 곳을 찾아 걸었고, 이윽고 과거 전쟁에 쓰였
던 성채의 유적에 도착했습니다. 사람들은 결국 그곳에서 살게
되었습니다. 그 사이에도 사람은 계속 늘었고, 어느샌가 사람들

은 성채 주변에 밭을 일구고, 벽돌로 집을 짓고, 벽을 세웠습니다.

오랜 시간에 걸쳐, 그곳은 변경의 아르베드라고 불리게 되었다고 합니다.

그런 연유로 국민들 사이에서는 마법사를 원망하는 감정이 강하게 남아 있었고, 마법사가 입국할 수 없으니 부정적인 감정이 가속한다고 하는 악순환에 빠져 있다고 합니다.

뭐, 그건 그렇다고 치고.

"마법사가 아니면 아무 문제 없는 거네요?"

그런고로, 저는 복장을 싹 바꾸었습니다. 평범한 카디건에 원피스라는, 평범하기 그지없는 옷으로 갈아입고서 변경의 아르베드로 이어지는 길을 나아갔습니다.

도착한 것은 그 후로 시간이 조금 흘렀을 무렵이었습니다.

"어서 오십시오! 여기는 변경의 아르베드! 자네는 여행자인가?"

웃으며 맞이해준 문지기 병사는 그 후로 두세 가지 질문을 던지고, 마지막으로 "뭐, 아마도 괜찮을 거라고 생각하지만—— 자네는 마법사가 아니겠지?"라며 고개를 갸우뚱했습니다.

"보면 아실 테지만, 아닙니다."

저는 태연한 표정으로 답했고, 문지기 병사는 "그렇지?!"라며 힘차게 고개를 끄덕였습니다.

그렇게 저는 간단히 변경의 아르베드 잠입에 성공했습니다.

"…………."

상인분에게 들었던 이야기입니다만, 아무래도 이 나라에는 몰래 들어와 있는 마법사가 꽤 많다고 합니다.

그래서 저도 문제없으리라 생각하며 걸음을 내디뎠습니다.

그리고 마법사를 거절하는 나라는 어떤 곳일까 하는 기대로 가슴 설레하며 거리를 잠시 걸어보았습니다만, 의외로 이 나라의 경관은 한마디로 평범하기 그지없었습니다. 주변이 전부 벽돌로 되어 있었습니다만, 딱히 특별할 것 없었습니다.

노점도 평범. 과일이 늘어서 있는 정도였습니다.

서점도 평범. 이 나라 독자적인 것이라고 할 만한 것이 없었습니다.

물론, 음식점도 평범. 특색이라고 부를 만한 것은 없었습니다.

그것참, 뭔가 재미있는 게 없을까 생각해가며, 저는 사과를 베어 물며 길을 걸었습니다.

특별할 것 없는 길을 걷기를 10여 분. 깨닫고 보니 저는 문 근처까지 돌아와 있었습니다.

"──으앗!"

"──꺄앗!"

처음 보는 누군가와 부딪힌 것은 바로 그때였습니다.

○

다음 날. 저는 숙소에서 눈을 떴습니다.

창밖에서 비쳐드는 빛은 흔들리는 커튼과 함께 춤추며, 초봄의 따뜻함과 함께 아침이 찾아왔음을 알려주었습니다.

저는 하품을 한 번 하고서 사복으로 갈아입고 숙소를 뛰쳐나와 햇볕이 내리쬐는 길로 달려나갔습니다.

이제 막 잠에서 깨어난 거리에는 고요함이 자리 잡고 있었습니다.

"……일단 아직 보지 않은 곳을 돌아볼까요."

저는 멍하니 마을 안을 걸었습니다.

어제는 체재 첫날이기도 해서, 굳이 찾아가지 않았던 곳이 한 군데 있었습니다.

성채의 유적지입니다.

과거 추방되었던 사람들이 나라를 만들기 위한 거점으로 삼았던 곳.

이 나라의 사람들로서는 잊을 수 없는 땅이며, 적어도 지금까지 마법사를 거부해오고 있는 나라이니 성채는 남겨두었을 것이 틀림없습니다. 철거 같은 걸 할 리 없을 테죠. 지금도 남아 있을 가능성이 매우 높다고 생각됩니다.

"…………"

으음, 그렇다기보다는 길 저편으로 보이고 있습니다.

『마법사 임시 수용소』

성채 터에 서 있는 건물에는 그런 간판이 걸려 있었습니다. 마치 성의 외벽처럼 높게 우뚝 솟은 벽을 타고 덩굴이 자라나 있었고, 그 너머에는 투박한 건물이 햇볕을 받으며 오렌지색으로 물들어 있었습니다.

오래전부터 존재했던 건물인지, 곳곳에 수리를 한 흔적이 남아 있습니다. 오랜 시간에 걸쳐서 망가진 곳을 고쳐가며 줄곧 이곳에 서 있는 것일 테지요.

임시 수용소라고 쓰인 간판 근처에는 간수로 보이는 병사가 서 있었습니다. 어깨에 라이플총이 걸려 있었고 인형처럼 미동도 하지 않았습니다.

하지만 대체 어째서 이곳이 마법사를 가둬두는 곳이 되어 있는 것일까요? 그보다 임시라는 건 대체……?

"힛힛히. 여기는 말이지…… 아르베드에 숨어든 마법사를 체포해서 밖으로 내보낼 때까지 잡아두는 곳이지."

"으앗, 아, 네."

어디선가 갑자기 나타난 수상한 노파가 설명해주었습니다. 고맙기는 하지만 당신 누굽니까?

"마법사들에게 추방당해 여기에 이르렀을 때부터 이 건물은 여기에 있었지. 말하자면, 이 나라의 역사에 있어서 이 건물은 마법사에 대한 증오 그 자체지. 그래서 옛 선조들은 여기를 나라에 숨어든 마법사를 수용하는 곳으로 썼던 게야. 히히힛……."

노파는 어두운 과거를 이야기하고 있는 것치고는 꽤 여유로워 보였습니다. 그나저나 당신 누굽니까?

"…………."

침묵으로 답한 제게 노파는 이야기를 계속했습니다.

"아르베드에 잠입한 마법사는 모조리 여기에 갇혀서, 나라 밖으로 나가기 위한 수속을 밟게 된다네. 밖에 있는 가족, 친구와 연락을 해서 민폐료를 뜯어내는 게야. 이 건물은 아르베드에서 가장 돈을 많이 벌어들이는 건물이지."

"……그렇군요."

짭짤한 장사로군요. 감탄했습니다.

노파가 한곳을 가리키며 말했습니다.

"자, 보시게나. 저기에 마차가 있지?"

"네? 아, 네."

보니, 길 저쪽에서 마차가 마법사 임시 수용소를 향해 똑바로 나아오고 있는 것이 보였습니다.

아무래도 평범한 마차와는 다른 듯했고, 짐수레에는 커다란 창살이 설치되어 있었습니다.

"저건 말이지, 길에서 잡은 마법사를 싣는 마차라네. 보게. 마법사가 타고 있지?"

"…………"

저는 깜짝 놀랐습니다.

그 마차의 짐칸에서 멍하니 입을 반쯤 벌리고서 성채를 바라보고 있는 여성이 눈에 익었기 때문입니다.

…………

어제, 저와 부딪혔던 흰 머리카락 씨였습니다.

뭔가요? 마법사였던 겁니까? 저와 같이 이 나라에 잠입했던 사람이었습니까? 과연, 확실히 자세히 보면 어딘지 모르게 마법사 같은 차림을 하고 있습니다.

문 앞에서 마차는 멈췄습니다.

모처럼이니, 마법사가 잡히면 어떤 취급을 받는지를 지켜보도록 하죠.

"도착했다. 여기가 수용소다."

마차의 마부가 날카로운 눈초리로 그녀를 돌아보았습니다.

"대단해……! 이렇게 커다란 성에서 묵을 수 있는 거야? 좋을지도!"

마차 위에서 그저 눈을 반짝이는 그녀의 모습은 이 자리의 분위기와는 전혀 어울리지 않았습니다. 당연히 마부는 화를 냈습니다.

"너! 자기가 무슨 짓을 했는지 아는 거냐? 우리나라에 무단으로 입국을 했다고! 조금은 죄의식을 가지란 말이다!"

"아니…… 하지만 이렇게 호사스런 시설에 들여보내 주면서 반성하라니, 이상하지 않아?"

"……그만 됐다! 마차에서 내려! 감옥에 처넣어 주마!"

짜증스러운 듯 마부는 짐칸 창살을 열고서 그녀를 끌어냈습니다. 잘그락잘그락 양손에 채워진 수갑은 손을 쥘 수 없도록 모든 손가락을 고정시키는 것이었습니다. 하나의 쇠사슬이 고삐처럼 뻗어 나와 있었고, 그것을 끌면서 마부는 문지기 병사에게 몇 장의 종이를 건넸습니다.

문지기 병사는 조용히 종잇조각을 바라보았습니다.

그리고.

"도시에서 민간인과 노점 주인에게 자신이 마법사라는 말을 퍼뜨리고 다녔고, 그러므로 그녀를 지금부터 마법사 임시 수용소에 구속한다. 다시 밖으로 나가고 싶으면 나라 밖에 있는 친구, 지인, 친족에게 사정을 설명할 것. 알겠나? ──재의 마녀, 일레이나."

…………．

에엑?

저는 놀라 눈을 깜빡였지만, 문지기 병사는 틀림없이 흰 머리카락 씨를 바라보고 있었고, 제 쪽은 볼 생각도 하지 않았습니다.

"……아니, 저기. 나는 기억을 잃어서, 나라 밖에 친구라든가 가족이 있는지도 몰라——."

"데려가."

휙, 문지기가 마부에게 명령했습니다. 마부는 "어이, 따라와!"라며 수갑에 연결된 쇠사슬을 잡아당겼습니다.

"저기, 잠깐! 그게, 내 얘기를——."

그러나 그녀는 그대로 성채 유적으로 페이드 아웃.

…………．

저기, 뭐가 어떻게 된 건가요?

이 나라의 독자적인 장사의 전말이 그야말로 눈앞에서 펼쳐졌건만, 제 머릿속은 그걸 신경 쓸 경황이 아니었습니다. 대체 뭐가 어떻게 되어 그녀가 제 이름을 말하고 다니게 된 것일까요?

그보다, 기억 상실이라니……?

"그런고로, 아가씨. 돈, 안 주나?"

"네?"

친한 척하던 노파는 아직 제 옆에 있었습니다. 덥으로 손을 내밀며 "어서" 하고 재촉까지 하고 있습니다. 대체 당신 누굽니까?

"뭐 하는 게야? 관광객인 자네에게 이 나라에 관해 가르쳐줬잖나? 어서 정보료 내놔, 정보료."

"…………."

뭔가 했더니만 관광객에게 강매하는 거였습니까?

이것도 이것대로 짭짤한 장사인 건가 싶어, 저는 어이없어하며 한숨을 내쉬었습니다.

참고로 정보료로 청구한 돈은 금화 한 닢이었습니다. 화가 치민 저는 마법으로 동화를 금화처럼 보이게 속여 건넸습니다.

그나저나 대체 어째서, 한 번 부딪혔을 뿐인 그녀가 제 이름을 대고 있는 것일까요?

이건 아무래도 신경이 쓰입니다. 애초에 이런 나라에 잠입해놓고 그런 얼빠진 짓을 해서 잡히고 마는 상황을 제 이름으로 만들다니, 너무나도 불명예스러운 일입니다. 화가 납니다. 부아가 치밉니다.

그런 연유로.

"저기, 죄송합니다. 잠시 좀 괜찮을까요?"

저는 그 후, 문지기 병사에게 말을 걸고 있었습니다.

"방금 그 사람, 대체 어째서 잡혀버린 겁니까?"

그러자 문지기 병사는 기계처럼 휙 이쪽으로 고개를 돌리더니, "재의 마녀 일레이나 말인가? 저건 아주 머리가 나쁜 마녀야"라는 말을 내뱉었습니다. 싸우자는 겁니까?

"……그건 대체 어째서죠?"

저는 조용히 분노를 참았습니다.

"자료에 따르면 오늘 아침에 『마법 쓰는 법을 가르쳐줬으면 한다』며 민간인들에게 묻고 다녔다는 모양이야. 글쎄, 어제까지의 기억을 완전히 잃어버렸다나 해서, 마법 쓰는 법을 모르게 되었다더군."

"흐음…… 기억 상실인가요?"

"그래. 하지만 이 나라는 알고 있는 대로 마법사를 거절하는 나라지. 그런고로, 어제 무슨 일이 있었는지는 모르지만, 자신의 정체를 스스로 밝힌 저 여자는 우리에게 체포되었다는 거다."

"…………."

저는 문득 생각했습니다.

"하지만 그 일레이나라는 마녀가 실제로 마법을 쓴 건 아니잖아요? 체포하는 건 너무하지 않은가요?"

뭐, 그녀는 제가 아니지만, 어쩐지 제 이름을 써서 누군가가 체포되어 있는 건 견디기 힘들었기 때문에 변명처럼 그렇게 말해보았습니다.

하지만 문지기 병사는 완고하게 고개를 저었습니다.

"마법 쓰는 법을 기억하지는 못하는 것 같지만, 안타깝게도 마법사라는 증거로서 일기를 갖고 있었다. 녀석은 기억을 잃었지만, 녀석이 가진 기록은 분명 녀석이 마녀라는 사실을 증명하고 있어."

"……일기?"

네? 점점 더 어떻게 되어가는 겁니까?

저는 가방을 열어 허둥지둥 일기장을 꺼냈습니다. 제 일기는 분명 여기에 이렇게 있는──.

"음⋯⋯?"

하지만 가방에서 고개를 내민 것은 제 것과 비슷한 디자인의 책자였습니다만, 분명 제 것과는 달랐습니다.

그도 그럴 것이 표지에 예쁜 필체로『아침에 일어나면 이걸 읽을 것』이라는 글이 쓰여 있었으니까요.

제 것과는 표지부터가 달랐습니다.

"⋯⋯⋯⋯⋯."

그보다.

⋯⋯네?

뭔가요? 이거.

○

일단 숙소로 돌아가 일기를 펼쳤습니다.

『아침에 일어나면 이걸 읽을 것』

그렇게 쓰인 표지를 넘기자 암네시아라는 여성의, 지금까지의 여행 기록이 적혀 있었습니다.

여행을 시작한 것은 지금으로부터 1년 정도 전이었나 봅니다. 아무래도 보면 안 될 것 같은 기분에 거의 날짜만을 확인하며 페이지를 넘겼습니다만, 암네시아라는 그녀는 꽤 성실한 성격인지, 매일 반드시 그날 일어난 일을 적어놓았습니다. 저는 재미있는 일이 없으면 아무것도 쓰지 않는 주의인지라, 그런 부분의 성격은 저와 정반대라고 해도 좋을지 모릅니다.

마지막으로 쓰인 어제의 일기에는 변경의 아르베드의 거리가 얼마나 아름다운지를 장문으로 주절주절 이야기하다가, 도중에 이상한 선이 주르륵 그어지며 끝나 있었습니다.

"…………."

아마도 흰 머리카락 카추샤의 그녀가 암네시아일 테지요. 그렇게 생각하면 수긍이 갑니다.

아마도 저와 부딪혔을 때 제 일기와 섞였고, 실수로 서로의 일기를 바꿔 가져가 버린 것일 겁니다.

"…………."

……이 무슨 불찰인지.

하지만 대체 그녀는 왜 제 이름을 말하게 되어버린 것일까요?

그 점에 관해서는 표지 뒤 페이지에 그럴듯한 이유가 줄줄이 적혀 있었습니다.

말하길.

『이건 당신의 일기입니다. 아침에 일어나면 읽어주세요.』

『당신의 이름은 암네시아. 나이는 열일곱. 눈을 막 뜬 당신은 아마도 자신의 이름조차 떠올리지 못할 테지요. 하지만 당신 목에 걸린 목걸이를 보세요. ──친애하는 암네시아에게, 그런 글자가 있을 겁니다. 누구에게 받은 것인지도 알 수 없지만, 제 이름이 암네시아라는 것은 틀림없을 테죠.』

『여기에, 당신의 지금까지의 일과 당신이 지금부터 해야 할 일을 기재합니다.』

『당신은 지금, 밤에 잠들면 기억이 사라지는 병에 걸려 있습니다.』

『원인은 사실 저도 잘 모릅니다. 하지만 입고 있는 옷과 허리에 찬 사벨은 아무래도 어느 한 나라에서 만들어진 것인가 봅니다. 아마도 그곳이 제 출신지이며, 제가 가야 할 곳일 테지요. 그러니까 부디, 고향으로 돌아가기 위해 여행을 해주세요.』

『부디, 당신이 무사히 귀향할 수 있기를 기도합니다.』

표지 뒤 페이지는, 마지막 이 한 문장으로 마무리되어 있었습니다.

『고향 이름은, 신앙의 도시 에스트.』

라고.

"…………."

간단히는 믿기 어려운 이야기였습니다.

그러나 지금 상황을 거슬러 올라가 생각해보면, 분명 앞뒤가 딱 맞아떨어지는 전개라고 말할 수 있는 것도 사실이었습니다.

예컨대, 그녀가 그야말로 기억을 매일 잃는다고 가정한 경우.

저와 부딪혀 제 것과 일기장이 바뀌어버린 그녀가 어떤 이유로 그날의 일을 적어두지 못한 채 잠들어버렸고 해봅시다.

그리고 오늘 아침에 일어난 그녀는 기억을 전부—— 자신의 이름조차 기억하지 못하는 상태로 눈을 떴고, 그 옆에 제 일기장이 놓여 있었을 경우, 그녀는 자신이 일레이나라고 착각해버리지 않을까요?

이 나라가 어떠한 나라인지도 모른 채, 그녀는 마녀임에도 불구하고 마법을 쓸 수 없게 되어버렸다고 믿어버리지 않았을까요?

사실은 처음부터 마법을 쓸 수 없는데도 말이지요.

덤으로 저는 요 며칠 일기를 쓴 일이 없었으니, 그녀가 마지막으로 읽은 마지막 페이지는 며칠 전 것이 됩니다.

최근 며칠간의 기억을 잃어버린 것이라고 착각했다 해도 이상하지 않습니다.

"…………."

안타깝게도 앞뒤가 맞아버렸습니다.

그나저나.

"……신앙의 도시 에스트, 인가요?"

저는 생각했습니다.

기억을 잃은 암네시아 씨에 관해. 제 일기. 그녀가 가야만 하는 신앙의 도시 에스트.

지금 제가 어찌 움직여야 할 것인가.

그녀가 만약 에스트의 사람이라고 한다면, 동행자로서 제가 입국을 허락받을 수 있을 겁니다. 만약 그녀가 에스트의 백성이 아니라고 해도, 그건 그것대로 그녀가 자신의 이름조차 기억해내지 못하게 된 것이 틀림없이 에스트 탓이라고 한다면, 이렇게 저렇게 억지를 쓰면 입국 정도는 허가해줄 테지요.

자신이 일레이나라고 착각한 그녀를 도와줄 의리는 있을까요? 그 필요성은 있을까요?

"……있네요."

오히려 도와주지 않을 이유가 없습니다. 애초에 그녀가 감옥에 들어가게 된 건, 어쨌건 제가 원인이기도 하니까요.

그녀를 도와주는 건 너무나도 당연하게 여겨졌습니다.

그래서 저는 일어나 다시 성채 유적을 향해 걸음을 옮겼습니다.

○

"아니, 잘 생각해보면 말이죠. 아까 그 일레이나라는 마녀님, 그게 말이죠. 제 친구입니다."

정말이지 멍청한 말투로, "에헤헤" 하고 뺨을 긁적거리며 웃는 소녀가 한 명, 성채 유적 문지기 병사와 마주하고서 변명처럼 이야기하고 있었습니다.

그것은 누구인가.

그렇습니다. 저입니다.

"그녀, 아무래도 최근 정기적으로 기억 상실에 걸렸다가 기억을 되찾다가 하는 병에 걸려버린 모양이라서요. 그래서 저랑 함께 여행을 하고 있었답니다. 아무래도 자신이 누구인지도 모른채, 이 나라까지 흘러들어 와버린 모양이에요."

변명처럼 말하는 저에게 문지기 씨는 "……호오" 하고 고개를 끄덕였습니다.

"그렇다는 건, 저 마녀는 자신이 재의 마녀라는 사실을 오늘 아침에 떠올렸다는 건가?"

"그런 겁니다."

그런 느낌의 줄거리로, 그녀가 무자각인 채로 깜빡 실수해서 변경의 아르베드에 들어와 버렸다는 것을 전면적으로 어필할 셈이었습니다.

일이 잘 풀려서 "기억이 없었다면 어쩔 수 없지. 풀어줄게" 같은 느낌으로 간단히 그녀를 풀어주면 감사하겠습니다만.

그러나.

"그렇다고 해도 마녀가 이 나라에 들어왔다는 사실은 틀림이 없잖아. 저 여자를 풀어주고 싶으면 민폐료를 내야만 한다고."

"쳇."

"어이, 자네 지금 혀를 차지 않았나?"

"세상에, 제가 그런 짓을 할 리가 없잖아요."

했습니다만, 그게 뭐 어쨌다는 겁니까?

"그런데, 그 민폐료라는 건 얼마 정도인가요?"

"대략 금화 20닢이다."

"네? 세상에. 바가지……."

그런 거금…… 아니, 갖고는 있지만 말이죠…… 내고 싶지 않습니다…….

"마녀를 풀어주고 싶으면 그 정도 금화는 내야만 한다고. 무리라면 상관없거든? 자네 친구가 평생 감옥 안에서 생활해야 하겠지만."

"…………."

아무래도 전혀 깎아줄 마음이 없다는 것은 그 완고한 태도를 통해 충분하고도 남을 만큼 잘 알았습니다.

저는 체념하고 하아, 한숨을 크게 내쉬었습니다.

"……네, 네. 내겠습니다."

그리고 그렇게 답했습니다.

그렇게 답하지 않으면 아무래도 다음으로 나아갈 수 없을 것만 같았습니다.

"그럼 재의 마녀를 넘기기 전에, 본인 확인을 하도록 하지. 자네는 재의 마녀의 동행자라고 했지? 그렇다는 건, 그녀가 지금까지 방문했던 나라도 알고 있을 터."

"…………."

순순히 넘겨줄 줄 알았더니, 이제 와서 성가신 전개가 저를 덮쳤습니다.

이제는 화가 치밀어 오르려고 합니다. 애타게 하는 건 그다지 좋아하지 않습니다.

문지기 병사는 담담한 태도로 재의 마녀의 일기──뭐, 제 것입니다만──를 펼쳤습니다.

"…………."

물론 제 것이니 대답할 수 있습니다.

"수몰 구획입니다."

"정답이다. 그럼 싫어하는 음식은?"

"버섯류는 전반적으로 싫어합니다."

"그래. 그럼 재의 마녀가 남몰래 흠모하는 인물은?"

"……스승님입니다."

……뭡니까? 이 질의응답. 그보다 얼마나 읽은 겁니까? 제 일기.

"그럼 일기 제목은?"

"…………마녀의 여행입니다."

"좋아."

그 후, 잠시 사이를 두고서 문지기 병사는 고개를 갸우뚱거렸습니다.

"하나 질문이 있는데, 재의 마녀가 곳곳에서『그렇습니다. 저입니다』같은 말을 하고 있는 건 대체 어째서지? 습관인가?"

"……………아, 그럴 겁니다."

"그리고 돈에 꽤 악착스러운 것 같은데, 그건 대체 어찌 된 거지? 마녀씩이나 되는 자가 이런 나쁜 짓을 해도 괜찮은 것인가?"

"……………바로 존재를 잊어버리고 싶을 만큼 싫은 사람을 상대한 경우는 예외라고 생각하고 있는가 봅니다."

"그리고, 가끔 자신의 외모를 꽤나 칭찬하던데, 뭐지? 재의 마녀는 자신을 엄청나게 좋아하는 건가?"

"……………………그런가 봅니다."

"그리고 여자한테는 꽤 무른 것 같던데? 이건 남녀 차별인 게 아닌가?"

"……………………………남성에게 면역이 없어서라고 생각합니다."

"그리고——."

이하, 다음은 이야기하고 싶지도 않으니 생략하도록 하겠습니다.

"……………………………이제, 그만, 해주세요…… 부탁드립니다……."

이러쿵저러쿵 일기에 관해 딴죽을 들은 저는 이미 뺨은 물론이

155

고 얼굴 전체가 빨갛게 되었으리라고 생각합니다.

잠시 질문을 날려댄 문지기 병사는 겨우 만족해줬는지 "그래. 좋다"라며 일기장을 덮었습니다. 그리고.

"어이, 여자를 데려와."

등 뒤를 향해서 외쳤습니다.

"…………."

잠시 기다리고 있으려니 문 너머의 건물에서 그녀가 남자의 손에 이끌려 나왔습니다. 흰 머리카락에 카추샤를 한 그녀는 "어라? 석방? 나 석방되는 거야?"라며 눈을 동그랗게 뜨고 있었습니다.

어제, 저와 부딪혔던 일 같은 건 기억하지 못하는지, 그녀는 저와 눈이 마주치자,

"……누구?"

하고 고개를 갸웃거렸습니다.

"저는 당신의 친구입니다. 기억하지는 못할 테지만요."

저는 그렇게 답했습니다.

"그런데 얼굴은 왜 빨간 거야? 당신, 열이 있는 거 아냐?"

"그건 그냥 내버려 둬 주세요."

고개를 돌렸습니다. 가능하다면 자신의 일기를 낭독당했다는 현실에서도 도망치고 싶었습니다.

문지기 병사는 저희를 번갈아 바라보았습니다.

"재의 마녀. 네 친구가 너를 데리러 왔다. 앞으로는 두 번 다시 이 나라에 입국하지 말도록. 그리고, 해방되면 곧장 이 나라에서

나가야 한다.”

그녀에게 그리 말하고, 저에게는 “금화 20닢이다. 당장 내놔”
라며 손을 내밀었습니다.

“………….”

저는 크게 한숨을 내쉬면서 “……여기요”라며 지갑에서 금화
20닢을 꺼냈습니다.

“확실히 받았다.”

간단히 금화를 확인한 문지기 병사는 그것을 집어넣고, 그녀의
수갑을 풀어주었습니다. 그리고 일기와 사벨 같은 그녀의 소지품
도 돌려받았습니다. 뭐, 일기는 제 것이지만요.

찰그락, 그녀는 손과 자신의 자유를 되찾았지만, 여전히 상황
이 이해되지 않는지 “……고마워?”라며 고개를 갸웃거리며 감사
인사를 할 뿐이었습니다.

“천만에요── 그런데 잠깐 좀 괜찮을까요?”

저는 답하고, 그녀의 손을 잡아끌며 걸었습니다.

이렇게 저는 빠른 걸음으로 변경의 아르베드에서 나왔습니다.

제 이름을 사칭한 기억 상실 씨를 데리고서.

○

그 나라를 나와서 평원을 걸으며.

저는 평소의 로브 차림으로 갈아입고서 모든 것을 밝혔습니다.

사실은 그녀의 친구 같은 게 아니라는 것. 사실은 제가 바로 재

의 마녀 일레이나라는 것을. 어째서 그녀가 체포되었던가를.

"……어라? 잠깐만. 그건 대체 어떻게 된 거?"

여차여차 모든 것을 가르쳐준 저에게 그녀—— 암네시아 씨는, 역시나 이 상황이 도무지 이해되지 않는 모습으로 되물었습니다.

"그러니까, 당신은 재의 마녀가 아니라, 암네시아라는 이름을 가진, 신앙의 도시 에스트로 향하는 도중인 여행자였던 겁니다. 당신이 자신을 재의 마녀라고 착각하고 있는 건, 실수로 제 일기를 가져갔기 때문이에요."

"……하지만, 나, 그런 거 전혀 기억나지 않는데……."

"이걸."

사정을 설명하기보다, 읽게 하는 편이 빠를 테지요.

저는 그녀에게 일기를 건넸습니다.

"…………."

걸으면서 잠시 페이지를 넘겼을 때, 그녀는 "내 이름은, 암네시아…… 확실히, 일레이나보다, 이쪽 이름이 확실히 내 것, 같을지도……"라고 중얼거리더니, 펜을 들었습니다.

그리고 매우 자연스러운 동작으로, 걸으면서 펜을 움직였습니다.

예쁜 글씨체로 쓴 글자는 지금까지의 날들을 새긴 글자와 완벽하게 같은 인물이 쓴 것처럼 보였습니다.

그제서야 겨우, 그녀는 자신이 암네시아라는 사실을 자각한 모양이었습니다.

"하지만…… 분명히, 아무래도 이상하다고 생각했어……. 나,

마법 같은 거 쓸 수 있을 것 같지가 않았는데, 일기에는 마녀라고 떡하니 쓰여 있었거든…….”

“그랬겠죠.”

“거울을 보아도 스스로가 그렇게까지 귀여워 보이지 않았는데, 이상하리만치 묘하게 자신을 칭찬하고…….”

“한 대 맞고 싶은 겁니까?”

시비를 거는 겁니까? 그런 겁니까?

“하지만, 어째서 당신은── 저기, 재의 마녀 일레이나? 씨는 나를 도와준 거야? 고맙지만, 이유를 모르겠어.”

“당신의 고향은 신앙의 도시 에스트라고 쓰여 있지요?”

“응? 응. 그런가 보네.”

“저는 거기에 흥미가 있습니다. 하지만 당신과 함께가 아니면 들어갈 수 없거든요──.”

“과연! 나를 미끼로, 에스트에 입국하겠다는 속셈이구나?”

손뼉을 짝 치고서 응응 고개를 끄덕이는 암네시아 씨.

바로 그렇습니다만 말투가 좀 그렇습니다. 제가 악당 같지 않습니까.

“괜찮을까요? 지금부터 당신 여행길에 동행해도?”

그녀는 “물론이지!”라며 얼굴에 웃음꽃을 피웠습니다. 아무래도 나쁜 사람 같지는 않습니다.

“오히려 내 쪽에서 부탁할 예정이었어. 나, 일기가 없으면 안 되는 것 같으니까── 당신 같은 사람이 함께해줬으면 좋겠다, 생각했거든. 그러니까 나, 아까 있지, 친구라는 말을 들었을 때,

기뻤어. 아, 이런 사람이 친구였구나, 생각했거든——."

　뭐, 거짓말이었나 보지만—— 그녀는 아주 조금 슬픈 듯이 말했습니다.

　"…………당신을, 이제부터 뭐라고 부르면 될까요?"

　"암네시아! 당신은?"

　"일레이나입니다."

　"잘 부탁해, 일레이나 씨."

　"저야말로요, 암네시아 씨."

　그런 대화를 잠시 나누고서, 저와 그녀는 서로에게 쑥스러움 섞인 미소를 보냈습니다. 그리고서 아무 일도 없었던 것처럼, 서로 어깨를 나란히 하고 걸었습니다.

　같은 길을 향해서.

●

　재의 마녀와 소녀가 떠나간 후, 문지기 남자는 지금까지 그대로 마법사 임시 수용소 건물 앞에서 가만히 서 있었습니다.

　"저 옷은 본 적이 있어."

　혼잣말처럼 중얼거린 그 말을 조금 전 재의 마녀를 수용소에서 데리고 나왔던 병사가 들었습니다.

　"……어디서요?"

　"그 옷은 신앙의 도시 에스트의 정통 기사단 거야. 옛날에 자료에서 본 적이 있어."

"신앙의 도시, 인가요…….."

그것은 병사에게도 문지기 병사에게도, 그다지 듣기 좋은 단어가 아니었습니다.

신앙의 도시라고 하면, 과거 마법 지상주의를 외치며 변경의 아르베드에 현재 살고 있는 사람들의 선조를, 나라에서 쫓아낸 존재였기 때문입니다.

그 나라의 정통 기사단 제복을 입은 여자가 재의 마녀라 자칭하며 감옥에 잡혔던 겁니다.

그 사실은 너무나도 이해하기 어려운 것이었습니다.

과연 흰 머리카락 카추샤의 여성이 재의 마녀이기는 했는지조차 의심스러웠습니다.

병사는 갑자기 고개를 갸우뚱거렸습니다.

"하지만 그 마녀는 기억을 잃었다고 했는데…… 이상하네요. 에스트를 나올 때는 에스트에 관한 기억만을 지우잖아요? 그 사람, 정통 기사단에 소속되어 있는 거라면, 적어도 에스트의 국민이기는 하다는 말이잖아요? 그렇다면 기억이 지워지는 일은 없을 텐데— 어라?"

변경의 아르베드가 나라로서 성립했을 무렵에, 신앙의 도시 에스트는 마법 기술을 밖으로 유출시키지 않기 위해 나라 주변에 벽을 세우고, 외부로 나가는 외부인의 기억을 소거하게 되었습니다.

국민이라면, 외부에 정보를 흘릴 리가 없으리라는 신뢰를 바탕으로 기억은 지우지 않습니다.

하지만.

재의 마녀로서 체포된 그녀는 그중 어느 쪽에도 속하지 않았습니다.

그것들은 무척이나 기묘한 상황이었습니다.

"……과연 그건 진짜 마녀였을까요?"

"글쎄——."

문지기 병사는 과장되게 어깨를 으쓱이더니 "그게 마녀였는지 어떤지는 어찌 되든 상관없지만—— 그 여자가 뭔가 복잡한 사정을 안고 있다는 것만은 분명하겠지"라고 말했습니다.

그리고 이어서.

"자, 아까 그 여자한테서 뜯어낸 금화다. 금고에 가져다 둬."

병사에게 20닢의 금화가 담긴 자루를 던져주었습니다.

허공을 붕 날아오는 자루를 허둥지둥 잡은 병사는 그대로 자루를 열어보았습니다.

"……응?"

그리고 거기에도 기묘한 상황이 펼쳐져 있었습니다.

병사는 주저주저하며 문지기에게 말했습니다.

"……저기, 전부 동화인데요?"

"뭐?"

"……어째서 동화를 받은 겁니까?"

"아니, 분명히 확인했는데? 어라? 진짜 동화잖아? 뭐야 이거? 어떻게 된 거야?"

"아니, 저한테 물으신들……."

받았던 금화가 어째선지 동화로 변해버렸습니다.

마치 동화가 금화로 보이게 현혹되었던 것처럼.

○

그 후로 몇 번인가 아침 해를 함께 맞이했습니다.

일기에 쓰여 있던 내용이 틀림없는 사실이라는 것을 알게 된 건, 그녀와 만난 다음 날이었습니다.

같은 여행길을 걸었건만, 그녀는 아무것도 기억하지 못했고, 아침에 저에게 건넨 말은 "당신은 누구?"라는 한마디뿐이었습니다.

그 후로 아무리 사이가 좋아져도, 아무리 대화를 나누어도, 매번 아침을 맞이할 때마다 그녀가 제게 하는 말을 늘 같았습니다.

애달프고, 구슬펐습니다. 견디기 힘든 마음이 날을 더할수록 강해져갔습니다. 그러나 매일 만나는 세상을 모르는 그녀는 언제나 명랑하고 꽃이 핀 듯한 미소를 지으며 저에게 이런저런 것들을 물었습니다.

"……저기, 우리가 만난 나라는 대체 어떤 곳이었어?"

어떤 날의 일입니다.

그녀는 갑자기 그런 걸 무심히 제게 물었습니다.

"그러네요……."

저는 잠시 생각하는 척을 해 보이고서, 단 한 마디, 최선을 다해서 장난스럽게, 이렇게 답했습니다.

"잊어버렸어요."

"……으응."

아침, 열린 채인 창에서 새어 들어온 햇볕에 눈이 떠졌습니다.

어이 어이, 자고 있을 때가 아니거든? 하고 말하는 듯한 가차 없이 강한 빛을 받고, 거기서 도망치듯이 저는 몸을 뒤척이고 고개를 돌렸습니다.

아직 잠기운은 제 몸에 들러붙어 있었고, 지금 한번 눈을 감아 버리면 다시 한동안은 기분 좋은 잠 속에 빠져들 것 같았습니다.

"…………으응?"

하지만, 그러나 제가 빙글 침대 위에서 몸을 뒤척인 직후.

몸에 남아 있던 잠기운은 깨끗이 사라졌고, 결국 제 눈은 번쩍 떠졌습니다.

거기에는 평화로운 아침을 깨부수는 듯한, 거의 예상하지 못했던, 이유를 알 수 없는 광경이 펼쳐져 있었습니다.

"…………."

"…………."

싱글 베드 한쪽에는 한 명의 소녀. 짧은 흰색 머리카락은 무척이나 아름다웠고, 쓰다듬으면 매우 부드럽고 기분 좋은 향기가 날 것 같습니다. 쌕쌕 기분 편안한 숨소리를 내고 있는 그녀는 행복한 꿈이라도 꾸고 있는지, 입가가 살짝 풀어져 있어서 어쩐지 무척 편안해 보였습니다.

단적으로 간단하게 말씀드리자면, 암네시아 씨가 제 침대 안에

165

있었습니다.

어째서?

그녀가?

저와 한 침대에서 자고 있는 건가요?

"……저기, 어라? 어제, 무슨 일이 있었던 거죠……?"

저는 침대에서 몸을 일으키며 머리를 감싸 쥐었습니다. 저까지 기억이 하룻밤에 유지되지 않게 되어버린 걸까요?

확실히 어제는── 이런저런 일이 있었고, 결국 이 숙소에서 잠들었을 겁니다. 이상하네요. 2인실일 테고, 침대도 두 개 있습니다. 그러나 방의 반대편 벽에 붙어 있는 침대는 텅 비어 있습니다. 시트가 흐트러져 있을 뿐, 아무도 없었습니다.

어제, 그녀는 저쪽 침대에서 잤을 터인데……. 어째서 제 침대에 있는 걸까요?

어차피 암네시아 씨는 잠들기 전의 일을 기억하고 있을 리 없으니, 제가 기억하지 못하는 한 지금 이 상황을 설명할 수 있는 사람은 아무도 없는 것이나 다름없습니다. 미궁에 빠졌습니다.

"저기, 암네시아 씨."

그래도 저는 일말의 희망을 걸고서 그녀의 몸을 흔들었습니다. 어쩌면 무슨 일이 있었는지, 운 좋게 기억할 가능성도 있지 않을까요?

"으응."

하지만 무의식인 그녀는 저를 때렸습니다.

"…………."

"아."

망연해하는 저에게 이번에는 발차기가 날아들었습니다.

"…………."

"으."

그리고 이번에는 박치기가 날아들어 왔습니다. 그녀의 머리카락에서는 좋은 냄새보다 피 맛이 났습니다. 제 코가 이상한 걸까요?

………….

아무래도 잠버릇이 나쁠 뿐인 모양입니다. 자는 사이에 침대에서 침대로 여행을 하신 모양입니다. 과연, 그렇군요.

"…………."

아무튼 이미 아침이니까요.

저는 그녀를 깨우기로 했습니다. 약간 과격한 느낌으로.

"……우으, 나는 누구? 당신은……? 그보다 어째선지 얼굴 근처가 엄청나게 욱신거리는데."

잠에서 막 깨어난 그녀는 저와 마찬가지로, 햇볕에 눈을 가늘게 뜨면서도 뺨을 문질렀습니다.

어머나, 누군가에게 뺨이라도 맞은 건가요? 불쌍하게도.

"안녕하세요. 당신은 암네시아. 저는 재의 마녀 일레이나. 당신 여행의 동행자랍니다."

"암네시아……? 여행자……? ……미안. 나, 아무것도 기억나지 않는데……."

"…………"

그렇겠죠, 라며 저는 고개를 끄덕였습니다.

"당신은 매일 기억을 잃는 병에 걸렸습니다. 원인은 잘 모릅니다. 당신은 1년 정도 전부터 이 상태인 모양이에요."

자, 이걸 보세요. 저는 책상에 놓여 있던 그녀의 일기를 휙 건넸습니다.

그녀는 아직까지 상황을 이해하지 못하는 듯했습니다만, 그래도 몸이 기억하고 있는 것인지 일기장을 펼치는 손에는 전혀 주저하는 기색이 없었습니다.

……그녀와 행동을 함께한 지 이걸로 일주일이 되었습니다만, 앞으로는 그녀와 잘 방을 조금 생각하는 편이 좋을 것 같군요. 다시 생각해보니 분명 아침에 일어나면 어째선지 바닥에서 굴러다니고 있거나, 혹은 침대 아래 들어가 있거나 했으니까요.

괴멸적일 정도로 잠버릇이 나쁘군요.

실질적인 해가 없었기 때문에 지금까지 무시하고 있었습니다만, 침대로 숨어드는 건 조금 곤란하니까요. 앞으로는 햄이나 뭐 그런 것처럼 줄로 묶어서 재우는 편이 좋을까요?

"…………"

일기를 팔랑팔랑 넘기면서 그녀는 말했습니다.

"……과연. 신앙의 도시 에스트로 향하는 여행을 하고 있는 중, 이라는 거지?"

"그렇습니다."

저는 고개를 끄덕였습니다.

이해가 빠른 이 모습도 기억을 계속 잃어가며 여행을 하는 사이에, 이런 상황이 몸에 배어버렸기 때문일까요?

"…………."

일기장을 넘기던 그녀의 안색이 이내 달라졌습니다.

"……어라? 진짜?"

무엇이 쓰여 있는 것일까요? 어제 아침까지는 이런 모습을 보인 적이 없으니, 아마도 어제의 일기를 읽고 있는 것일 테죠.

……생각해보면 어제는 여러 가지 일들이 있었지요……. 저런 반응을 보이는 것도 무리가 아닐지도 모릅니다.

"읽고 안 대로, 여러 가지로 큰일이었죠. 어제는."

저는 말했습니다.

정말로 큰일이었습니다. 이런 일이나 저런 일이 있었으니까요.

"…………."

그녀는 일기장을 덮고 저를 바라보았습니다.

"……일레이나 씨, 어제의 나는, 그…… 어땠, 어?"

왠지 무척이나 촉촉한 눈동자를 하고서.

"어땠느냐고 하신들…… 평범했는데요?"

"펴, 평범……? 그렇, 구나……."

"?"

어쩐지 그녀의 상태가 묘합니다.

"저기, 우리, 언제부터 그런 관계가 된 거야……?"

"네? 처음 만난 날부터인데요?"

"처, 처음 만난 날부터……? 그, 그그그, 그렇구나…… 손이,

빠르구나…… 일레이나 씨…….”

"네?"

죄송합니다 당신이 무슨 말을 하고 계신지 저로서는 전혀 이해가 되지 않습니다만.

"……일레이나 씨는, 이런 거, 익숙한 거야?"

"이런 거라 하심은?"

"그러니까, 그…… 여자아이끼리…….”

여행을 동행하는 것을 말인가요?

"처음인데요?"

"처음인데 그렇게 아무렇지 않을 수 있구나…… 나는 지금 일기를 읽고서 엄청나게 놀랐다고 할까…… 그, 두근두근한데.”

"…………."

어제 아침까지 그녀는 이런 모습을 보인 적이 없었습니다만.

대체 어제 일기에 뭐라고 쓴 겁니까? 하지만 뭐, 분명 기억이 없다는 것에 대한 불안과 지금 자신이 무엇을 해야 하는지도 모른다고 하는 상태가, 그녀를 당혹스럽게 하고 있는 것일 테죠.

저는 그녀에게 다가갔습니다.

"……자아, 진정하세요. 여러 가지로 혼란스러울 테지만, 분명 조만간 기억을 찾을 수 있을 거예요.”

그리고 어깨에 손을 올렸습니다.

그러자 그녀는 한순간 어깨를 움찔 떨었습니다.

"…………응.”

뭔가를 결의한 듯이 몸에 힘을 빼더니 천천히 눈을 감고, 입술

©Azure

을 아주 살짝 오므렸습니다. 어딘가 모르게 얼굴빛은 붉게 물들어 있었고 숨을 참고 있는지 어깨가 아주 조금, 희미하게 떨리고 있었습니다.

"……뭐 하는 겁니까?"

솔직하게 말씀드려서, 의미를 모르겠습니다.

"…………키스, 안 해?"

"????????"

솔직하게 말씀드려서, 의미를 모르겠습니다.

어째서 저와 그녀가 키스를 해야만 하는 겁니까 바보입니까 뭡니까 애초에 우리는 그런 관계도 뭣도 아니지 않습니까 뭐가 어떻게 되면 그런 식이 되는 겁니까 심히 의문이고 의문이고 의문이라 참을 수가 없습니다 멍청이 아닙니까 정말로 대체 무슨 생각입니까 이제 정말이지 까부는 것도 정도껏 해주십시오.

"저기………… 어제 일기에 뭐라고 쓰여 있었나요?"

"……내 입으로 말하게 하고 싶은 거야? 짓궂어라."

"아뇨 그런 게 아니라."

"엉큼해."

"그런 게 아니라고 말하지 않았습니까 무슨 소리를 하는 겁니까."

"……아! 미안. 혹시 내가 공략하는 쪽이었어? 그러네, 일레이나 씨는 어느 쪽인가 하면 공략당하는 쪽일 것 같은 느낌이니까. 눈치가 없어서 미안해."

"이제 정말 그만하세요 부탁이니까 다가오지마세요저리가세요 화낼겁니다."

"나, 그다지 익숙하지 않을지도 모르지만, 노력할게!"

"그런 노력은 필요 없습니다 저리가라고말했잖습니까당장그만두세요."

온 힘을 다해서 그녀를 거부하는 저였습니다.

그 후로 그녀의 오해를 푸는 데까지는 시간이 필요했습니다만, 도무지 보고 있기 힘든 상황이 펼쳐졌기 때문에 생략하도록 하겠습니다.

"……과연, 그렇게 된 거군요."

잠옷 차림에서 평소의 로브 차림으로 돌아간 후, 저는 그녀의 일기장을 확인했습니다. 참고로 옷을 갈아입은 것은 그저 숙소를 나가야 할 시간이 다 되었기 때문이며, 공백 사이에 무언가 좋지 않은 일이 있었기 때문이라든가, 그러한 일이 있었다든가 한 것은 아니니 오해하지 마시길.

다른 사람의 일기를 엿보는 것은 그리 좋은 취미가 아니고, 특히 여행을 함께하고서부터는 저에 관한 이야기도 포함되어 있을 테니 절대 보고 싶지 않았습니다만, 그래도 상황이 상황인 만큼 어쩔 수 없는 일입니다.

"…………."

저는 지금 어제의 일기를 보았습니다.

거기에는 참으로 봐줄 수 없는 내용이 쓰여 있었습니다. 고로, 이것도 생략.

그보다, 대체 어째서 이런 게…….

"에잇."

찢어버렸습니다. "아아!" 하고 비통한 목소리를 내는 암네시아 씨를 무시하고, 저는 종이를 뭉쳐 쓰레기통에 휙 던졌습니다.

"암네시아 씨, 어제 있었던 일의 진실을 이야기할 테니까, 잘 들어주세요."

저는 그녀를 바라보며 말했습니다.

"우선 대전제로, 저랑 당신은 그런 관계가 아닙니다."

"엑? 그런 거야?"

"네. 그러니 무리해서 그런 짓 하지 말아주십시오."

"……응."

"…………."

어째서 약간 섭섭한 표정을 하고 있는 걸까요……?

아무튼, 이리하여 저는 기억을 되짚어가며 그녀에게 이야기를 들려주었습니다.

"그나저나 이 밧줄 풀어주지 않을래?"

"싫습니다."

○

저희가 이 마을을 찾은 것은 딱 어제 이 시간쯤이었습니다.

푸릇한 초원이 주변을 감싸고 있는 이 마을은 아침 햇살을 받으며 흔들리는 화초와 드문드문 자리한 나무들 속에 남모르게 존재하고 있었습니다.

마을에 들어간 우리가 가장 먼저 본 것은, 인파였습니다.

"……무슨 축제 같은 걸까요?"

저는 고개를 갸웃거렸습니다.

"재밌겠다. 좋은걸!"

암네시아 씨는 묘하게 흥분하고 계십니다.

참고로 이날 암네시아 씨는 제대로 된 암네시아 씨였습니다.

마을 사람들이 거의 다 모여 있는 것인지, 그 외에는 사람이 보이지 않았고, 저희는 결국 곧바로 그 속에 섞여들었습니다.

빙글 원을 그리듯이 모여 있던 마을 사람들의 시선은 "해치워버려!"라느니 "너라면 할 수 있어!" 같은 격려와 함께 그 중심을 향하고 있었습니다.

"우오오오오오오오오오오오오오! 내가! 내가 해낸다!"

거기에는 대좌에 그 몸이 쑥 박혀 있는 한 자루의 검이 있었습니다. 무척이나 섬세하게 만들어진 한 자루의 양날 검은, 남자가 얼굴이 시뻘게질 만큼 전력으로 당기고 있는데도 미동도 하지 않았습니다.

의식 같은 무언가가 열리고 있다는 것은 순식간에 바로 이해할 수 있었습니다.

"……틀렸어! 시간이야. 거기서 떨어져."

이윽고, 옆에 있던 아저씨가 남자를 검에서 떼어냈습니다.

"다음! 이 검을 뽑을 수 있는 사람, 누구 없나!"

영감님이 소리 높여 그리 외쳤습니다. 나다, 바로 나다 하며 원을 만든 사람들이 잇따라 손을 들었습니다.

"흐음…… 영 신통치 않은 녀석들뿐이로군……."

영감님은 감정을 하듯이 주변을 둘러보았습니다.

그리고.

저와 암네시아 씨 쪽으로 향했던 그 시선이 딱 멈췄습니다.

"음? 못 보던 얼굴이로군. 누군가?"

영감님은 저희 쪽으로 다가왔습니다.

"재의 마녀 일레이나라고 합니다. 여행자입니다."

저는 꾸벅 고개를 숙였습니다.

"암네시아라고 합니다. 마찬가지로 여행자입니다."

암네시아 씨는 인사를 하고서 "이건 대체 무슨 축제인가요?" 하고 단도직입적으로 물었습니다.

영감님은 "호오…… 여행자, 라……"라며 의미심장하게 고개를 끄덕였습니다.

"지금 하고 있는 건 축제가 아니라네, 아가씨들. 이건 이 마을을 구하기 위한 의식이지."

"무슨 일이 있는 거죠?"

영감님은 고개를 갸웃거리는 제게 답했습니다.

"요즘 들어…… 이 마을 근처에 비룡이 살게 되었다네. 그리고 그 비룡은 성가시게도 산 제물로 이 마을에서 가장 젊고 아름다운 여자아이를 내놓으라고 요구를 해 왔지 뭔가."

와아, 너무 흔한 이야기.

"하지만 걱정할 것 없네. 과거, 이 대좌에서 검을 뽑았던 용자가 비룡을 쓰러뜨렸다고 하는 전설이 있으니까 말일세. 전설에 따라, 검에 선택된 자에게 비룡 퇴치를 부탁할 생각이지. 그래서 마을 사람들을 모은 거라네."

와아, 너무 흔한 이야기.

이미 옛날이야기나 동화에서 너무 많이 쓰인 양식미라고도 할 수 있었습니다.

"자네들도 한번 어떤가? 기념으로 검을 뽑아보겠나? 뭐 어차피 무리일 테지만, 추억은 될 테지."

후옷후옷후옷, 영감님은 가볍게 웃더니 손짓을 한 번 했습니다.

"일레이나 씨, 한번 해보는 게 어때?"

암네시아 씨는 장난스러운 미소를 지으며 저를 팔꿈치로 찔렀습니다.

……뭐, 딱히 상관없습니다만.

그리고 조금 신경이 쓰이기도 하니까요.

저는 흔쾌히 승낙하고, 검이 곧게 꽂혀 있는 대좌로 다가갔습니다.

"이걸 뽑으면 되는 거죠?"

그리고 저는 자루를 가볍게 쥐었습니다.

자아, 과연 뽑힐까요? 뭐 어차피 무리일 테지만요.

"그럼, 하겠습니다."

그리고 저는 손에 힘을 실었습니다.

"…………………………아."

그리고 직후에 깨달았습니다. 아, 이거 안 좋은데? 하고.

명백하게 제 힘에 의해 검이 대좌에서 뽑히려 하고 있었습니다. 이대로 힘을 주면 아주 간단하게 뽑히리라는 것은 불을 보듯 뻔했습니다.

그건 즉, 제가 용자가 되어 비룡을 퇴치해야 한다는 것을 의미했습니다.

저는 흘낏 주변을 둘러보았습니다. 다행히도 그들은 아직 제 이변을 눈치채지 못한 듯 "자네라면 할 수 있어!"라든가 "세상에서 제일 귀여워!" 같은 격려의 말을 날리고 있을 뿐이었습니다.

괜찮습니다. 아직 들키지 않았습니다.

"…………."

이때 제 머릿속에 악마가 나타났습니다. 『일단 힘을 빼고 못 뽑은 척을 하도록 하죠. 비룡 퇴치라니, 귀찮잖아요?』과연, 그렇군요. 『아뇨, 잠깐만요.』아아, 천사가 찾아왔습니다. 『지금은 일단 검을 뽑고, 비룡 퇴치에 나서는 척을 하고서 전당포에 검을 팔아버리는 건 어떨까요?』천…… 사……?

"…………."

결국 저는 악마의 주장을 전면적으로 받아들이기로 했습니다.

"그것참, 죄송합니다. 역시 안 뽑히네요."

실실 웃음을 지으며 돌아온 저를 영감님은 밝게 맞아주었습니다.

"그도 그럴 테지. 이 검은 대대로 순수하고 마음 상냥하고 거짓말을 못 하는 정직한 자로, 자신보다 타인을 우선하면서, 벌레도 죽이지 못할 만큼 인간적으로 훌륭한 자밖에 못 뽑으니까."

이런, 지금 싸워보자는 겁니까? 그보다, 벌레도 못 죽이는 주제에 비룡은 죽일 수 있는 겁니까? 뭡니까? 그거.

"뭐, 그러한 자가 아닌 한 이 마을의 궁지를 구하는 것은 불가능하다는 게지. 타지인인 여행자가 그리 간단히——."

"아, 뽑혔다."

영감님의 말을 자른 것은 암네시아 씨의 얼빠진 목소리와 포오옹 하는 얼빠진 소리였습니다.

어느 틈엔가 저와 교대한 그녀가, 어느 틈엔가 검을 뽑아버렸습니다.

"……혹시 내가 용자? 어머, 부끄러워라."

그리 말하며 쑥스러운 듯 웃는 그녀의 모습에 마을 사람들은 매우 흥분하며 소란을 피웠습니다.

우오오오오, 하고 기세 높게 소리를 질렀습니다.

즉.

여행자인 그녀가 비룡을 퇴치하는 임무를 맡아버리고 만 것입니다.

"…………."

"…………."

저와 촌장님은 서로 표정이 사라진 얼굴로 그녀를 바라보았습니다.

○

비룡 퇴치를 맡아버리게 되었다면 어쩔 수 없습니다. 그런 연유로 저희는 잠시 샛길로 새서 비룡이 산다는 사당을 찾아가기로 했습니다.

하지만 그 전에, 짐이 좀 많아서 숙소를 찾기로 했습니다. 작은 마을이었지만 최저한도의 규모와 외지인을 받아들일 수 있는 최저한도의 여유는 있는지, 마을에는 숙소가 딱 하나 있었습니다.

"안녕하세요! 어젯밤은 즐거우셨나요? 저희 숙소에 오신 것을 환영합니다!"

무척이나 기묘한 인사를 날린 것은 숙소의 점원분이었습니다. 무척이나 미인이었습니다. 이름은 라나라고 하며, 이 마을에서 제일가는 미인이라고 합니다. 본인 입으로 말했습니다. 자기 입으로 말하지 마.

그나저나.

"……그렇다는 건 혹시, 비룡이 노리는 분이신가요?"

"……그건, 뭐…… 그러네요……."

어째선지 부끄러운 듯이 뺨을 붉히는 라나 씨. 부끄러워하시는군요. 부끄럽네.

"여행자분들, 정말로 고맙습니다. 사죄의 뜻이라고 하기에는 조금 변변치 못할지도 모르지만, 이번 숙소비는 무료로 해드리겠습니다. 물론 이 숙소에서 가장 비싼 방으로 해드리겠습니다!"

기쁜 말씀입니다만, 지금부터 비룡 퇴치에 나서야 한다는 귀찮은 이벤트를 생각하면 우울해서 견딜 수가 없습니다.

"정말? 만세! 일레이나 씨, 무료래!"

암네시아 씨는 솔직하게 기뻐하고 있었지만요.

"들렸습니다. 압니다."

저는 한숨을 쉬어가며 라나 씨에게서 열쇠를 받아 방으로 갔습니다.

"대단해……! 여기가 최고급 방! 봐봐, 일레이나 씨! 침대가! 푹신푹신!"

최고급이라고 말한 만큼, 분명히 열쇠를 건네받은 방은 호사롭기 그지없었습니다. 언젠가 숲속에서 발견했던 숙소에서 묵었던 방처럼, 터무니없이 넓은 방에 침대와 소파와 테이블 같은 최소한의 가구 외에도 수수께끼인 항아리와 수수께끼인 갑옷과 수수께끼인 그림 등도 보였습니다. 어째서 부자들이란 이런 쓸데없는 걸 방에 두고 싶어 하는 걸까요? 수수께끼입니다.

그리고 침대가 하나밖에 없는 것도 수수께끼였습니다. 어쩌라는 겁니까? 한 명은 소파에서 자라는 겁니까?

그나저나 이 고급스러움이 넘치는 방에는 약간 어울리지 않는 것도 있었습니다. 어째선지 테이블에는 한 권이 새 책이 떡하니 놓여 있었습니다.

"…………."

펼쳤습니다.

거기에는 온갖 사람들의 글씨가 있었습니다. "남자 친구랑 오랜만에 데이트"라든가 "오늘은 잊을 수 없는 하루가 됐어"라든가 "길에서 꼬신 애랑 왔어"라든가, 혹은 "선생님과 둘이서 왔습니다"라든가.

………….

그렇군요. 아무래도 여기는 남녀가 묵는 것을 전제로 한 방인가 봅니다.

……어째서 우리를 여기 묵게 한 겁니까?

"같이 잘래?"

침대에 드러누워 통통 옆을 두드리는 암네시아 씨.

"소파에서 자겠습니다."

"뭐? 같이?"

"………… ."

허튼소리는 무시하겠습니다.

뭐, 비룡을 퇴치하고 돌아와서 어느 쪽이 침대에서 잘지 생각하면 되겠네요── 저는 문제를 뒤로 미뤄두고서 침대에 짐을 던져놓았습니다.

"뭘 가져가는 편이 좋을까?"

"전설의 검이라는 것만 가져가면 되지 않을까요?"

어차피 바로 퇴치할 수 있으리라 생각하지만요.

잘 생각해보면 비룡을 사살하고 그대로 마을을 떠나면 아무 문제 없을 테죠.

"여행자님! 부디 몸조심하세요……! 일부러 저를 위해, 정말로, 죄송합니다…… ."

출발 직전.

라나 씨는 저희를 걱정하며 술을 준비해주었습니다. 말하길 "비룡에게 술을 마시게 하면 취해서 간단히 쓰러뜨릴 수 있을 거예요!"라며 수수께끼의 편리한 공략법까지 가르쳐주었습니다. 원래대로라면 자신이 산 제물로서 비룡에게 가야만 했던 것에 책임감을 느끼는지 "저인 척을 하면 비룡을 속일 수 있을지도 몰라요!"라며 본인 옷을 빌려주었습니다. 그리고 그 김에 "비룡과 대치하기 직전에 이걸 읽어주세요"라며 편지를 건네주었습니다.

"............."

저는 떨떠름하게 라나 씨의 옷으로 갈아입고 마을을 나섰습니다.

계획은 이렇습니다.

라나 씨인 척을 한 제가 비룡에게로 간다. 이렇게 저렇게 해서 술을 마시게 한다. 취한 비룡을 암네시아 씨가 이렇게 저렇게 해서 쓰러뜨린다.

이렇게 저렇게 해서 무사히 해결. ……이상이 마을 사람들이 생각한 작전이었습니다.

"응, 이 작전이라면 반드시 잘 풀릴 거야!"

"............."

제가 마법을 날리는 편이 빠르지 않을까 싶지만, 성가셨기 때문에 잠자코 있었습니다.

비룡이 사는 사당은 마을에서 몇 시간 정도 빗자루로 날아간 곳에 있었습니다.

주변은 아무것도 없는 평원이었습니다. 그저 아치형 입구가 떡하니 입을 벌리고 있는 것이, 자, 어서 안으로 들어오라며 우리를 부르고 있는 것만 같았습니다.

아주아주 오래전부터 이곳에 있었던 것일 테죠. 사당을 구성하는 벽돌은 나이를 먹어 금이 갔고, 검게 그을려 있었습니다.

마치 폐허처럼 보였습니다.

그렇기에 어쩐지 조금 기분 나빴고, 틀림없이 이 안쪽에 무언가가 똬리 틀고 앉은 듯한 분위기가 느껴졌습니다.

"일레이나 씨…… 내가 위기에 빠지면, 마법으로 어떻게든 구해줘."

"싫습니다."

"너무해."

암네시아 씨는 울었습니다.

하지만 저는 그것을 무시하며, 그러고 보니 라나 씨에게 받은 편지를 읽을 타이밍은 지금이겠군요 하는 생각을 했습니다.

그래서, 펼쳤습니다.

『라나입니다.』

압니다.

『이 편지를 읽고 있다는 건, 아마도 당신은 비룡의 사당에 도착했다는 뜻일 테죠.』

아니, 이 타이밍에 읽으라고 말하지 않았습니까? 대체 뭡니까? 이 시리어스한 도입.

『실은 긴히 상담드리고 싶은 것이 있습니다……. 저기 말이죠, 실은 그러니까──.』

여기까지 읽었을 때 암네시아 씨가 멋대로 달려나갔습니다.

"비룡! 각오해라!"

"잠깐……! 멋대로 가지 말아주세요!"

저는 암네시아 씨를 뒤쫓으면서 편지를 읽었습니다. 그보다 작전은 어떻게 된 겁니까? 뭡니까? 마을 사람들이 세운 작전까지도 잊어버린 겁니까? 멍청이.

사당 안으로 뛰어가는 암네시아 씨. 그리고 저.

서늘함을 넘어 한기까지 느껴지는 어두컴컴한 사당을 달려나가자 문이 하나 있었습니다.

"으라차아아!"

그녀는 그것을 발견하고 곧바로 발차기를 날렸습니다. 지금의 그녀는 마음의 준비를 할 시간조차 주지 않는 무자비함과 나쁜 머리를 겸비한 모양입니다. 아마도 자신이 용자라고 하는 지금 상황에 약간 흥분한 것 같습니다.

"……누구냐?"

문 너머는 암흑.

빛 없는 세계 속에서 기분 나쁜 목소리가 흘러나왔습니다.

"나의 잠을 방해하다니── 어리석은 인간 놈. 죽어 마땅하다."

암흑 속에서 무언가가 꿈틀거리는 기척이 느껴졌습니다.

대체 거기에 무엇이 있는지는 보이지 않았습니다. 그러나 분노하고 있다는 것은 잘 알겠습니다.

……이제 마을 사람들이 만든 계획은 실행 불가일 테죠. 지금부터 술을 준들 순순히 마셔줄 리 없습니다.

"⋯⋯어쩔 수 없네요."

저는 라나 씨의 옷을 벗어 던지고, 평소의 로브로 재빠르게 갈아입었습니다. 이런 일도 있을까 싶어 옷 아래에 입고 있었습니다.

그리고 저는 지팡이를 들어 마법을 날렸습니다.

그것은 단순한 빛.

지팡이 끝이 눈부실 정도로 빛났고, 어둠을 비췄습니다.

그러자, 라나 씨가 준 편지의 다음 내용이 보였습니다.

『비룡을 죽이거나 하지 말아주세요. 그 비룡은 술에 취하면 바로 잠드니, 재워서 마을로 몰래 데려와 주셨으면 합니다.』

그러한 글이 적혀 있었습니다.

"⋯⋯너희는 뭐냐? 여자인가. 완전히 나를 죽이러 온 용자인가 했다."

맥빠진 목소리를 낸 것은, 사당 안에 틀어박혀 있던 비룡 씨.

비룡이라는 이름의 관을 쓰고 있었지만 그 모습은 인간 그 자체였습니다. 나이도 꽤 어려 보였습니다. 마치 평범한 인간. 평범한 여자아이. 인간과 다른 점을 찾기가 더 어려웠습니다. 다른 점이 있다고 한다면, 등에 날개가 자라나 있다는 점 정도일까요? 아, 그리고 머리에 뿔이 나 있습니다. 그 정도입니다.

"⋯⋯⋯⋯⋯."

그런데 라나 씨가 적은 글에는 다음이 있었습니다.

이렇게.

『그건 제 연인입니다.』

라고.

…………

여자 같습니다만?

○

비룽 씨를 잠재워서 데려와 주었으면 한다는 라나 씨의 요청을 무시하고, 저는 비룽 씨를 그대로 마을로 데려갔습니다. 그리고 분노한 마을 사람들조차도 전부 무시하고, 라나 씨를 연행했습니다.

"……어떻게 된 건가요?"

저희가 묵는 최고급 방에서 사정 정취가 이루어졌습니다.

"네? 어찌 된 일이냐고요? 저랑 비룽이 친해지게 된 사연을 상세히 알고 싶다는 건가요?"

우후후 웃는 라나 씨.

"뭐, 있는 그대로 말하자면 그렇게 되겠지요."

"그건 말하자면 깁니다만——."

"아, 간단명료하게 부탁드립니다."

"………… ."

기분 상해하면서도 라나 씨는 이야기해주었습니다. 말하길, 그녀와 비룽 씨가 만난 것은 아주 최근의 일이라고 합니다.

마을 밖을 산책하다가 덫에 걸려 죽어가던 비룽 씨를 발견했다고 합니다. 비룽 씨는 무척이나 약해져 있었습니다.

숙소로 비룽 씨를 데려온 그녀는 사람들 눈을 피해 몰래 간병을 했습니다.

참고로 덫이란 다리를 딱 잡는 뾰족뾰족한 날이 달린 그것이었다고 합니다. 과연. 비롱 씨는 상당히 얼빠진 분이신가 봅니다.

기운을 되찾은 비롱 씨는 사당으로 돌아갔습니다. 하지만.

"……나는 이 아이를 잊을 수 없게 되어서, 그…… 뭐라고 할까…… 좋아하게 되었다."

그렇다고 합니다. 비롱 씨는 얼굴을 붉혀가며 그렇게 증언해주었습니다.

그러나 비롱과 인간 여자아이의 연애 따위, 마을 사람들이 허락해줄 리 없습니다. 두 사람은 사람들의 눈을 피해가며 몰래 만났습니다.

"하지만, 이윽고 나는 생각한 것이다. 역시 그녀와 하루 온종일 함께 있고 싶다고. 좀 더 당당하게 러브러브 하고 싶다고!"

어쩌선지 말투가 강해졌습니다만, 요컨대 그렇다는 모양입니다.

그런고로 비롱 씨는 이번에 이러한 작전을 세웠다고 합니다.

"우선 내가 이 아이를 데려오라고 마을을 협박한다. 그러면 마을 인간이 이 아이를 데려올 테지? 그러면 어떻게 되리라고 생각하나? 그래. 결혼이다."

의미를 모르겠습니다…….

제 표정에서 무언가를 눈치챘는지, 라나 씨가 이야기를 보충해주었습니다.

"요컨대『비롱이 여자아이를 잡아먹기 위해 마을 사람들을 협박하여 데려오게 했지만, 여자아이가 의외로 귀엽고 상냥해서 반해버렸고, 여자아이에게 사로잡힌 비룡은 지금까지의 무례함을 사과하고 인간과 함께 살게 되었다』라는 흐름을 만들려고 했던 겁니다."

그렇구⋯⋯아니⋯⋯ 의미를 모르겠습니다⋯⋯.

"애초에 그러한 흐름이 안 되어 있지 않았습니까? 전설의 검이니 하는 건 대체 뭐였던 겁니까?"

저는 그것이 궁금하여 참을 수가 없었습니다.

그러자 라나 씨가 격앙하여 소리쳤습니다.

"그렇다니까요! 그게 문제예요! 뭔가요? 그 검! 그것 때문에 제가 당당하게 사당에 갈 수 없게 되어버렸다니까요!"

라나 씨의 말에 따르면, 원래대로라면 라나 씨가 직접 가서 상황을 살피고 때를 봐서 함께 마을로 돌아올 계획이었다고 합니다.

하지만 마을에는 전설의 검이 있었고, 마음 착한 마을 사람들이 라나 씨를 구하려고 하는 바람에 상황이 꼬였다고 합니다.

"그래서, 우선 작전을 변경하기 위해, 술을 마시게 해서 재우려고 했던 겁니다."

뭐, 결국 그것도 제대로 안 된 모양이지만요──라고 라나 씨는 탄식했습니다.

즉, 두 사람의 작전은 전부 실패로 끝난 것입니다.

"그러니까 지금, 무척이나 안 좋은 상황이라고 보면 되는 거야?"

암네시아 씨가 이야기를 적당히 정리했습니다. 뭐, 그런 셈입니다.

"⋯⋯그렇답니다. 어쩜 좋아⋯⋯."

라나 씨는 머리를 감싸 쥐었습니다.

"나, 여기서 죽는 건가……?"

비룡 씨도 머리를 감싸 쥐었습니다.

"…………."

저는 잠자코 두 사람을 바라보았습니다. 그리고 잠시 사이를 둔 다음에 말했습니다.

"그나저나 라나 씨. 이 숙소에는 2인실이 있습니까?"

"네? 여기가 그런데요."

"침대가 두 개 있는 방이 있는지를 묻고 있는 겁니다."

"그건, 뭐…… 있는데요."

"과연."

저는 고개를 끄덕였습니다.

그리고 꽤나 뜸을 들여가며 말했습니다.

"저희가 묵을 방을 그걸로 바꿔주신다면, 좋은 방법이 있답니다── 암네시아 씨의 협력이 꼭 필요하겠지만."

"……?"

암네시아 씨는 그저 고개를 모로 꼬며 저를 바라보고 있었습니다.

"나는 이 방에 계속 있어도 딱히 상관없는데?"

"…………."

작전은 제가 억지로 결행하게 했습니다.

○

숙소에서 나온 저와 암네시아 씨를 기다리고 있던 것은 마을 사람들의 맹렬한 항의였습니다.

그들은 대좌를 둘러싸고 있었을 때처럼 저희를 중심으로 빙글원을 그리고 서서, 제멋대로 불만을 쏟아냈습니다.

"웃기지 마!"라든가 "어떻게 된 거야?!"라든가, 혹은 "비룡을 얼른 죽여!"라든가.

이런 이런. 무척이나 화가 나셨군요.

"여러분, 진정하세요. 비룡은 무해합니다. 저건 인간에게 해를 끼치거나 하지 않습니다."

"무슨 바보 같은 소리를! 저 비룡은 라나를 마을에서 납치해 가려고 했다고!"

촌장님은 저를 노려보았습니다.

촌장님에게 답한 것은 암네시아 씨였습니다.

그녀는 전설의 검을 한 손에 들고서 당당히 이야기했습니다.

"잘 생각해봐. 저건 겉보기엔 평범한 여자아이잖아? 여자아이를 잡아먹거나 할 수 있을 것 같아?"

"인간 모습으로 변신해 있을 뿐일지도 모르잖나!"

"그건 아냐. ——저건 틀림없이 평범하게 외로움을 많이 타는 아이고, 실제로는 사람을 잡아먹을 마음 같은 건 처음부터 없었던 거야. 사실은 인간과 사이좋게 지내고 싶었던 것뿐인가 봐."

"어떻게 그렇게 단언할 수 있지?!"

"우리는 비룡과 만나서 제대로 이야기를 나눴으니까. 당신들과 달리"라며 싱긋 웃는 암네시아 씨. 반론의 여지를 두지 않겠다고 하는 듯한 철벽의 미소였습니다.

"……크으, 아니, 하지만. 자네들이 거짓말을 하고 있을 가능성은──."

"그건 아니지."

암네시아 씨는 촌장님의 말을 딱 자르며 말했습니다.

"그게── 나는 이걸 뽑았는걸."

그리고 한 손에 들고 있던 전설의 검을 들어 보였습니다.

그것은 대대로 순수하고 마음 상냥하고 거짓말을 못 하는 정직한 자로, 자신보다 타인을 우선하면서, 벌레도 죽이지 못할 만큼 인격적으로 훌륭한 자밖에 못 뽑는 검.

거짓말을 하고 있지 않다고 하는, 그 무엇보다 확실한 증거가 아닙니까?

……뭐, 마음이 탁하고 거짓말쟁이에 타인보다 자신을 우선하며 인격적으로 썩은 저도 뽑을 수 있었으니 매우 의심스러운 전설이라고 생각하지만 말이지요.

"…………."

이상이 제가 생각해낸 작전입니다.

그리고 미신을 믿고 검을 뽑으려 했던 그들은, 역시 검을 뽑은 암네시아의 말에는 따를 수밖에 없는지.

『……과연.』

그들 사이에서 낮은 신음 같은 감탄이 흘러나왔습니다.

전설과 미신. 작은 마을에 사는 그들에게 있어서 그것이 미치는 영향력은 절대적인 것이었습니다.

……이 검을 써서 여러 가지로 돈을 벌 수 있을 것 같습니다.

이 타이밍에 제 머릿속에 악마가 다시 나타났습니다. 『암네시아 씨에게 부탁해서 연기를 해달라고 하면 이 마을에서 돈 되는 물건을 모조리 빼앗는 것도 가능하지 않을까?』과연, 그렇군요. 『아니, 기다려주세요.』그리고 조금 늦게 나타난 것도 악마였습니다. 『돈 되는 물건만이 아니라 식량도 받아가도록 하죠. 그 김에 전설의 검은 전당포에 넘기고요. 헤헤헤…….』저기, 천사는? 『죽었습니다.』정말입니까?

"일레이나 씨."

그때 암네시아 씨가 제 어깨에 툭 손을 올렸습니다.

"나쁜 짓은 안 되거든?"

"…………."

제 머리 주변에서 어슬렁거리던 악마들이 정화되어버렸습니다.

이리하여 암네시아 씨는 마을 사람들을 설득하는 데 성공했고, 저희는 침대가 두 개인 방으로 옮기게 되었습니다. 참고로 검은 암네시아 씨의 손에 의해 다시 대좌로 돌아갔습니다. 이제 두 번 다시 저것이 쓰이는 일은 없을 테죠. 검을 쓸 상대가 없으니까요.

그런고로.

해피엔딩.

○

그리고 밤.

"······어라? 없네? 으음."

침대가 두 개 있는 쪽의 2인실로 이동하게 된 저희.

암네시아 씨는 반대쪽 침대 위에서 우음우음 하고 신음하고 있었습니다.

"왜 그러나요?"

침대에 드러누워 책을 읽던 저는 암네시아 씨를 슬쩍 보았습니다.

그녀는.

"일기장이 도무지 안 보이는데······."

"네?"

저는 벌떡 일어났습니다.

"잠깐····· 잘 찾아봤어요? 침대 위는? 겉옷은? 가방 속은?"

그렇게 중요한 걸 잃어버리다니 말도 안 됩니다.

그녀의 지금까지의 여로를 가르쳐주는 데 있어 가장 중요한 아이템이건만, 대체 어떻게 이렇게 금방 잃어버리는 겁니까? 일기가 중요하다는 사실조차 잊어버린 겁니까?

저도 허둥지둥 그녀의 일기를 찾아보았습니다. 하지만 좀처럼 보이지 않았고, 방 여기저기를 싹 뒤집는 사이에 밤이 깊었습니다.

그리고.

"설마—— 아까 그 방에 두고 온 건?"

그런 생각에 이르렀습니다.

여기에 없다는 것은 즉, 다른 장소에 있다는 뜻일 테니까요.

"그거네!"

암네시아 씨는 손가락을 딱 튕겨 울리더니 그대로 호쾌하게 방을 뛰쳐나갔습니다.

아, 그러고 보니 저희가 방을 옮길 때, 비룡 씨와 라나 씨는 그대로 최고급 방에 남는다느니 하는 말을 했었던 것 같은데요? 그런 기억을 되짚으며 저는 기다렸습니다.

그 후로 몇 분이 지났을까요?

"………잘래."

그리 말하며 문을 연 암네시아 씨.

손을 대면 화상을 입을 것만 같을 정도로 뺨을 새빨갛게 붉힌 채 그녀는 돌아왔습니다.

"……일기는 있었나요?"

"………………………있었어."

"……무슨 일 있었나요?"

"…………………………나, 아무것도, 못 봤어."

"뭔가 봤군요."

"……………………우ㅇㅇㅇㅇㅇㅇㅇㅇㅇ."

그녀는 말이 되지 않는 말을 외치며 침대로 파고들더니 "나 그만 잘 거야! 잘 때까지 깨우지 마!"라는 무슨 소리인지 알 수 없는 말을 하면서 모포 속에서 꼬물꼬물 꿈틀거렸습니다.

……그 두 사람은 대체 뭘 하고 있었던 걸까요…….

뭐, 알고 싶지도 않습니다만…….

무사히 회수된 일기는 테이블 위에 놓여 있었습니다.

"…………."

저는 책을 읽으면서 그녀가 잠들기를 기다렸습니다.

참고로 제가 읽고 있는 것은 엄밀히 말하자면 책이 아니라 일기. 이 방에 묵었던 사람들이 남긴 글이 적혀 있었습니다. 아무래도 최고급인 그 방과는 달리, 이 방에 묵은 사람들은 여행자와 모험가가 대부분이었나 봅니다. 이 주변 나라에 관한 유익한 정보와 재미있는 이야기가 실려 있었습니다. 이 방에 묵은 사람들은 모두 무척이나 친절했는지, 도움이 되는 정보들뿐이었습니다. 한편으로는 부끄러운 이야기도 아무렇지 않게 써버리는 여행자분들이었습니다.

뭔가 오글거림과 편리함이 뒤섞인 혼돈의 일기였습니다.

하지만, 암네시아 씨와 제가 나아가야 할 곳인 신앙의 도시 에스트에 관한 정보는 전혀 없었습니다. 역시 구름 뒤로 가려진 나라는 그리 간단히 정보를 흘려주지 않는가 봅니다.

………….

저는 펜을 들고 새 페이지를 펼쳤습니다.

이걸 읽은 누군가가 언젠가 어디선가 문득 떠올려 줄지도 모르니, 적어도 지루하지 않은 이야기를 쓰기로 하죠. 시시한 이야기와 도움이 안 되는 이야기는 금세 기억에서 떨어져나와 잊히고 마니까요.

예를 들면 오늘 일어난 일을 재미있게 써보는 것도 좋을지 모릅니다.

제가 그 이야기를 다 썼을 무렵에는 암네시아 씨의 잠든 숨소리가 들리기 시작했고, 저도 슬슬 잠이 오기 시작했습니다.

그래서 저는 그대로 침대로 들어갔습니다.

그대로 잠에 빠져들 때까지, 그리 시간은 걸리지 않았습니다.

○

"어젯밤은 즐거우셨나요? 정말 감사드립니다."

예의 묘한 인사를 건넨 라나 씨에게 가볍게 인사를 한 후 저희는 다시 여행을 시작했습니다. 참고로 옆에는 비룡 씨의 모습도 있었습니다. 심지어 손을 잡고 있었습니다.

……사이가 좋군요.

제가 빗자루에 오르고 암네시아 씨가 저를 끌어안는 형태로 뒤에 탔습니다.

둘이 나란히 걸터앉아 신앙의 도시 에스트로 향하는 길을 나아갔습니다.

분명 이제 곧, 그녀의 기억이 원래대로 돌아가리라 믿으며.

"하지만, 그럼 내 일기의 마지막 페이지는 뭐였던 거야?"

빗자루 뒤에서 그녀는 말했습니다.

"거기, 말도 안 되는 게 쓰여 있었는데……."

아마도 비룡 씨나 라나 씨 중 한 명이 암네시아 씨의 일기와 방에 비치된 일기를 혼동하여 잘못 썼을 거라고 생각합니다만…….

그 부분에 관해서 지금 제가 그녀에게 해줄 수 있는 이야기는 없었습니다.

"뭐였을까요? 잘 모르겠는데요."

일단 이 상황을 얼버무리기 위해 저는 웃으면서 그리 답했습니다.

"거짓말. 일레이나 씨, 분명 뭔가 아는 거지?"

구욱구욱 저를 미는 암네시아 씨. 슬쩍 곁눈질로 그녀를 바라보니, 기분이 살짝 상하셨는지 뺨을 부풀리고 있었습니다.

"뭐, 기억을 되찾으면 알게 되겠죠."

"지금 가르쳐줘."

"싫습니다."

"가르쳐줘."

"싫습니다."

그렇게.

시시한 대화를 주고받으며 저희는 길을 계속 나아갔습니다.

만약 암네시아 씨에게 기억이 돌아오고, 혹시라도 그 마을을 찾아가 제가 쓴 일기를 읽는다면, 만약 그런 일이 생긴다면, 분명 그녀는 다시 얼굴을 붉히게 되리라 생각하면서.

제 9 장

두 소녀를 태운 빗자루가 봄의 평원을 나아갔습니다.

비틀비틀 위태롭게 좌우로 흔들리며 나아갔습니다.

"그래서, 정말로 이쪽이 맞는 건가요?"

검은 로브에 삼각모자. 가슴께에 별을 본뜬 브로치를 단 마녀는 나란히 앉은 소녀에게 물었습니다. 양손에 펼쳐 든 지도가 가리키는 대로라면, 여기를 쭉 나아간 그 끝에 신앙이 도시 에스트가 있을 터입니다. 하지만 그 모습은 전혀 보이지 않았습니다.

마녀의 옆에 나란히 앉은 소녀는 지도를 들여다보며 대답했습니다.

"으음. 아마도 그렇지 않을까? 『여기쯤!』이라고 동그라미 표시가 되어 있잖아? 즉, 그런 거지."

"즉, 어떤 겁니까?"

지도에는 분명히 소녀가 말한 대로 『여기쯤!』이라는 표시가 되어 있었습니다만, 그 표시대로라면 이미 동그라미 안에 들어와 있는 셈입니다. 그러니까 여기가 목적지인 겁니까? 그런 겁니까? 평원입니다만. 푸른 하늘과 들판이 드넓게 펼쳐져 있을 뿐 아무것도 없습니다만 그런 겁니까? 바보인 겁니까?

등등.

이것저것 말하고 싶은 것을 눌러 참았습니다.

"……일단 조금 더 나아간 다음에 생각해보도록 할까요?"

그렇게 어른스럽게 냉정함을 가장한 그녀는 대체 누구인가.

그렇습니다. 저입니다.

"그러네."

그리고 이쪽이 암네시아 씨라는 분입니다.

"뭐, 어떻게든 되겠지. 분명 가까운 것 같고."

"…………"

절망적일 정도로 느긋하고 대범한 성격을 가지고 계셨습니다.

행동을 함께한 지 약 일주일 정도가 되었습니다만, 잠들었다 깨어나면 기억을 잃어버리는 그녀인지라, 아무리 사이가 좋아져도 서로의 관계성에는 아무런 진전도 느껴지지 않았습니다.

하지만 그래도 여전히, 저희가 탄 빗자루는 계속해 나아갔습니다.

신앙의 도시 에스트로.

"우훗."

그러다 그녀가 정말로 갑자기 저를 끌어안았습니다.

휘청, 하고 빗자루가 한층 더 흔들렸고, 하마터면 떨어질 뻔했습니다.

"뭔가요? 성희롱입니까? 해보자는 거군요?"

자세를 바로 하며 한마디. 제 눈초리가 꽤 나빠졌으리라 생각합니다.

"아니, 빗자루가 흔들리니까. 끌어안는 편이 좋으려나 싶어서."

진지한 얼굴로 무슨 말을 하는 겁니까.

"당신이 달려들면 빗자루가 훨씬 더 흔들립니다."

"그렇다는 건, 더 세게 끌어안으라는 거구나? 그렇구나!"

진짜 무슨 소리를 하는 겁니까.

"그렇게 되면 결국 빗자루가 제어 불가능한 수준으로 날뛸 겁니다."

"뭐야? 일레이나 씨 빗자루는 일레이나 씨랑 내가 러브러브 하면 화내?"

"빗자루가 아니라 제가 화냅니다."

"아, 혹시 부끄러워하는 거야? 귀여워라."

"…………."

만난 후로 며칠에 걸쳐서 겨우 깨달았습니다만, 그녀는 원래부터 이런 느긋한 성격인가 봅니다. 매일 만남과 이별을 반복하고 있는 것치고는 그것을 신경 쓰는 기색을 전혀 보이지 않았습니다.

…………

요컨대 관계가 진전되지 않았다고 말했지만, 애초에 저희의 거리는 처음부터 꽤 가까운 곳에 있었다는 이야기였습니다.

"일레이나 씨 따뜻해."

"……하아."

어찌 되든 상관없습니다만, 대체 언제까지 들러붙어 있을 셈인 겁니까?

저는 한숨을 한 번 내쉬고, 빗자루 앞을 바라보았습니다.

그리고 저희는 숲에 들어섰습니다.

"……어라? 추워."

그 후로 한동안 숲을 나아갔을 때 암네시아 씨는 제게서 떨어져 이상하다는 듯이 목소리를 높였습니다.

그녀의 체온이 제게서 떨어진 직후, 저희 사이에 생긴 틈에 바람이 흘러들어왔고 그녀의 체온을 앗아갔습니다.

초봄이건만, 조금 전까지 따뜻한 날씨 속에 있었건만, 바람은 어느샌가 한겨울인 것처럼 차갑게 얼어 있었습니다.

햇볕이 다소 가려졌다고 해도 이렇게는 되지 않습니다.

"……춥기만 한 게 아닌 것 같네요."

약간의 위화감을 깨달았을 무렵에는 저희는 이미 이공간에 흘러들어 와 있었습니다.

눈이 내리기 시작했던 것입니다.

숨은 하얗게 흐려지고, 작고 차가운 알갱이가 둥실 떨어져 옆을 지나쳐 갔습니다. 뺨에 닿은 눈은 곧바로 녹아 사라졌고, 물방울이 되어 흘렀습니다.

마치 겨울의 숲 같았습니다

"어떻게 된 거야……? 이상 기후라고 해도 너무 극단적이지 않아? 이런 일이 꽤 있어?"

"…………."

저는 천천히 고개를 저었습니다.

"아뇨, 그다지 들어본 적 없어요……."

지나쳐 가는 풍경을 둘러보아도, 신기하게도 온통 흰색으로 가득했습니다. 지면을 덮은 것은 약간의 햇볕에 비춰진 희푸른 눈. 아무런 자국도 남아 있지 않았고 그 어떤 더러움도 보이지 않았습니다.

눈으로 화장한 나무들은 때때로 생각났다는 듯이 고개를 기울여 눈을 떨어뜨렸습니다. 그리고 흰색 일색인 속에서 태어난 녹색에도 쉴 새 없이 쏟아지는 눈이 또다시 찰싹 달라붙을 뿐이었습니다.

초봄의 숲 한쪽에 한겨울이 있었습니다.

"마법을 쓰면 이런 현상을 만들어낼 수 있을 테지만……."

하지만 생각하면 할수록 이상했습니다.

이렇게 날씨를 바꾸는 마법을 쓸 경우, 그에 상응하는 마력이 필요할 터입니다. 대체 무슨 목적으로 이런 경치를 만들어낸 것일까요? 그 메리트를 알 수가 없었습니다.

"겨울을 좋아하는 걸까?"

멍하니 하늘을 올려다보며 암네시아 씨가 말했습니다.

"……어라?"

제가 그녀에게 대꾸하려던 때였습니다.

숲 저편이—— 빛이 한층 더 비쳐드는 모습이 보였습니다.

"뭐, 나중에 물어보면 되겠죠."

그렇게 낙관하면서.

그런 식으로 눈앞의 경치를 가벼이 여기며, 저희는 빗자루로 숲을 빠져나갔던 것입니다.

저희의 상상이 전부 착각이었다는 것을 안 것은 그 직후였습니다.

"……이게 뭐야?"

멈춰 세운 빗자루에서 내려선 암네시아 씨는 놀라 넋이 나가고 말았습니다.

"…………."

그리고 저도 그녀와 같아졌습니다.

숲 너머—— 펼쳐진 땅에는 한 나라가 있었습니다.

나라였을 터인 곳이 있었습니다.

"……적어도 겨울을 좋아하는 것 같지는 않네요."

거기에는.

사람도 건물도, 모든 것이 예외 없이 얼음에 뒤덮인 땅이 있었습니다.

○

숲이 흰색이라면 도시는 푸른색이었습니다.

지면은 두툼한 얼음으로 빈틈없이 뒤덮여 있었고, 자칫 힘을 한 번 잘못 실으면 그대로 쭉 미끄러져버릴 것만 같습니다. 눈이 내리고는 있었지만, 얼음에 달라붙었다가 이내 녹아 사라지고 말았습니다. 그래서 얼음은 아주 조금 젖어 있었습니다. 즉, 지면은 적당히 미끄러웠고 매우 걷기 힘들었습니다.

큰길에는 아마도 사람이 왕래했었고, 그리고 양옆에는 키 큰 건물들이 똑같이 늘어서 있을 테지요. 지금은 그것들 모두가 얼음 속에 있지만요.

"이 사람들, 살아 있는 걸까……?"

콩, 길 한가운데에서 얼어붙은 사람의 이마를 두드리며 암네시아 씨가 물었습니다.

"마법으로 얼린 거라면 아직 살아 있을 가능성이 있을 거예요.

마법의 얼음은 시간을 멈추는 의미도 갖고 있으니까요."

"그러니까…… 그 말은?"

"얼음 속에서 살아 있을 가능성이 높다는 뜻입니다."

"……그게 뭐야? 마법 너무 편리하지 않아?"

"마법이니까 편리한 게 당연한 거 아닌가요?"

"그런 거야?"

"그런 겁니다."

얼음에 덮인 도시는 숲속보다 훨씬 추웠고, 공기까지도 얼어붙은 것만 같았습니다.

아무래도 이러한 괴기현상을 마주해버리고 나니, 저희도 그냥 지나갈 수는 없었습니다. 애초에 "어라? 혹시 실은 여기가 신앙의 도시 에스트였습니다, 라든가. 그런 결말인 거 아닌가요?"라는 불안을 떨쳐낼 수 없었기 때문에, 저희는 할 수 없이 도시 조사에 나섰습니다.

"……그나저나 여기도 저기도 온통 얼어 있을 뿐, 아무것도 없잖아!"

싫어! 라고, 제 동반자가 소리를 지른 것은 조사를 시작한 지 10여 분 정도가 지났을 무렵이었습니다. 참고로 그 약 10여 분 동안 그녀는 미끄러지고 넘어지기를 약 10여 회.

"엉덩이 깨지겠어."

농담 같지도 않은 그 말은 무시했습니다.

"자, 똑바로 좀 하세요. 자, 일어서요."

엉덩방아를 찧은 그녀의 손을 끌어 일으켜 세웠습니다.

"……아파."

"뭘 눈물까지 글썽이고 있는 겁니까? 당신 기사인가 뭔가 그런 거잖아요?"

차림새로 봤을 때.

"기사라도 아픈 건 아픈 거야!"

그녀는 정색했습니다.

"뭐, 내가 기사였는지 어떤지는 기억나지 않지만."

"그런 건 어떻게 반응하면 좋을지 모르겠으니까 그만둬 주실 수 없을까요……?"

"딱히 신경 쓰지 않아도 되거든? 어차피 어제의 나도 비슷한 말을 했을 거 아냐."

"어제는커녕, 매일 하고 있는데요."

"내일도 말할 테니까 잘 부탁해."

잘 부탁받고 싶지 않은 부탁입니다.

"……하아. 그런 꼬락서니면서 어째서 기사 차림을 하고 있는 건가요?"

"그건 이걸 입었던 때의 나에게 물어보지 않으면 모르겠는걸."

이런 이런 하고 암네시아 씨는 어깨를 으쓱였습니다.

그녀는 아무래도 자신의 처지라는 것에 그다지 흥미가 없는 모양입니다.

기억이 없어도 이렇게나 발랄한 것을 보면, 이전의 그녀는 분명 이 이상으로 그런 성격이었을 테죠.

"일단 왕궁 쪽으로 가볼까요?"

저는 그녀의 엉덩이에 붙은 먼지를 털어주면서 그렇게 물었습니다.

"거기 뭔가 있어?"

"뭐가 있는지 알 수 없을 때는 대부분 왕궁에 가면 알 수 있답니다."

저는 걸음을 옮겼습니다.

다행히도 왕궁은 이 길을 곧장 간 곳에 자리하고 있었습니다.

역시나 얼음에 휩싸여 있었지만, 그러나 저기서라면 이 나라의 전경을 둘러볼 수 있을 겁니다.

"그나저나 이 나라 사람들, 뭔가 이상한걸."

잠시 길을 걷고 있으려니 암네시아 씨가 얼음에 뒤덮인 누군가를 손가락으로 쓰다듬으며 말했습니다.

"다들 뭔가에 겁을 먹고 있어."

스쳐 지나가는 사람들——의 얼어붙은 조각상은 분명 그녀의 말대로 마치 무시무시한 것이라도 본 듯이 표정을 일그러뜨리고 있었습니다. 누군가는 땅을 박차는 중에 얼어붙어 있었고, 누군가는 지면을 기고 있었고, 누군가는 침착하게 맞서고 있었고, 그리고 누군가는 절망에 지배당하고 있었습니다.

분명 스스로 원해서 이렇게 영구동토에 갇힌 것은 아닐 테지요.

그 정도는 길을 걷고 있는 것만으로도 충분히 잘 알 수 있었습니다.

"게다가, 자, 봐. 이 얼음, 녹지 않아."

암네시아 씨는 하얀 손끝을 저에게 보여주었습니다── 전혀 젖지 않은, 마른 손가락입니다.

"아까, 좀 신경 쓰여서 두드리거나 해봤는데, 상처 하나 안 났어. 마치 얼음이라기보다 수정 같아."

"차갑지만 말이죠."

"그럼 차가운 수정."

"…………."

저도 그녀를 흉내 내어 얼음을 손끝으로 만져보았습니다. 차가운 감촉이 바로 손끝에 전해졌습니다. 그러나 얼음은 그 냉기를 저에게 전할 뿐, 조금도 녹지 않았습니다. 그렇다고 해서 손끝이 달라붙지도 않았습니다. 손끝을 떼면 아무렇지 않게 떨어졌고, 얼음에 닿았다고 하는 감촉만이 남을 뿐이었습니다.

"에잇."

시험 삼아 지팡이를 꺼내 불을 쬐어보았습니다.

하지만 그래도 결과는 같았습니다. 제 지팡이에서 쏘아진 불은 틀림없이 얼음에 닿았습니다만, 그래도 녹지 않았습니다.

변함없이 차가운 채, 얼음은 거기에 있었습니다.

……녹지 않는 얼음이 있는가 봅니다.

어째서 일부러 이런 걸……?

"이게 그냥 만들어진 것들이라면 좋은데 말이야."

암네시아 씨는 말했습니다.

"……가능하면, 저도 그랬으면 좋겠습니다."

그러나 만들어진 것이라고 하기에는 너무나도 정교했습니다.

그리고 무엇보다, 이 이상 기후에 대한 설명이 되지 않습니다.

분명 저희로서는 알 수 없는 무언가가 이 나라에는 있는 것일 테지요.

그러나.

왕궁에 도착한 저희를 기다리고 있던 것은 변함없이 얼음 속에 갇혀 있을 뿐인 세계였습니다.

"훌륭하게 아무것도 없네요."

건물째로 얼어붙어 있어서 안에 들어갈 수조차 없었습니다. 즉, 아무것도 알지 못한다는 것에는 변함이 없었다는 말입니다.

"잠깐 빗자루로 위에서 마을을 내려다보죠."

저는 빗자루를 꺼내고 암네시아 씨를 보았습니다. 이 도시 전체가 빠짐없이 얼음으로 뒤덮여 있다고 한다면, 이미 이 나라에는 아무것도 없다는 뜻일 겁니다.

얼어붙지 않은 곳이 있다면, 그때는 그때 가서 다시 생각하도록 하겠습니다.

아무튼 저는 재빨리 포기하고 서둘러 신앙의 도시 에스트로 걸음을 돌리는 편이 좋으리라고 생각했던 것입니다.

그런데.

"……? 기다려. 누군가 있어."

그때, 암네시아 씨의 안색이 바뀌었습니다. 그녀의 시선은 얼음에 뒤덮인 민가의 그림자로.

검에 손을 대며 그녀는 그저 한곳을 노려보았습니다.

저도 뒤늦게 지팡이를 꺼냈습니다. 오른손에 빗자루, 왼손에 지팡이를 들었습니다.

"거기 있는 건, 누구지?"

그녀가 다시 목소리를 냈을 때, 건물 뒤에서 그것이 나왔습니다.

『……………………………………………』

말로 표현하기 힘든 무언가가 나왔습니다.

그것은 여성의 모습을 하고 있었습니다. 검은 머리카락을 축 늘어뜨리고, 그 틈새로 생기 없는 눈동자가 떠올라 있습니다. 옷은 더럽고 너덜너덜한, 누더기 그 자체였습니다.

아마도 마녀였던가 봅니다. 머리에는 삼각모자, 가슴께에는 별을 본뜬 브로치가 있었고, 손에는 지팡이가 쥐어져 있습니다.

무엇보다도 이질적인 것은 마녀의 모습을 한 그녀의 몸 곳곳에 얼음이 자라나 있다는 점이었습니다. 로브였던 천 조각 틈새로, 혹은 얼굴과 다리에서. 나무에 기생하는 버섯이나 무언가처럼 얼음 덩어리가 자라나 있었습니다.

『……………………………………………』

그것은 다리를 끌면서 이쪽으로 천천히 걸어왔습니다.

"오지 마!"

곧바로 안전에 위험을 느낀 것일 테죠. 암네시아 씨는 허리에 찬 사벨을 이미 뽑아 들고 있었습니다.

"당신이 어디의 누구이고 무엇인지는 모르지만—— 그 이상 접근하면 베겠어."

『……………………………………………』

그것의 귀에는 그녀의 말이 닿지 않는 것일까요?

질질 한쪽 다리를 끌면서, 그것은 여전히 걸음을 멈추지 않고 있었습니다.

"……안 들렸나 보네."

『……………………………………』

"당신이 이 나라를 이렇게 만든 거야?"

『……………………………………』

그녀의 말은 일방적으로 그것에 날아들었습니다. 그러나 대답 같은 건 없었고, 그것은 그저 한결같이 걸어왔습니다.

조금씩 거리를 좁히며.

"이 녀석 대체 뭐야——."

그녀가 뒷걸음질 친 순간이었습니다.

『……………………………………』

그것의 손이 꿈틀거렸습니다. 스멀스멀 벌레가 기는 듯한 기분 나쁜 부자연스러운 움직임으로 지팡이는 들렸고, 암네시아 씨 쪽으로 향해졌습니다.

그리고.

선상에 없었던 얼음이 토해졌습니다.

"위험해!"

제가 순간적으로 마법을 날린 직후.

암네시아 씨가 있던 자리에는 고드름이 자라나 있었습니다.

"무슨——."

혹시라도 직격을 당했다면, 그녀도 거리의 사람들처럼 되었을 테지요.

"아무래도 이 녀석이 마을 사람들을 얼음으로 만든 범인인 게 틀림없는 것 같네!"

"그러네요."

저는 다시 지팡이를 들었습니다.

이미 그것은 공격 대상을 암네시아 씨에서 저로 바꾸었으니까요.

『⋯⋯⋯⋯⋯⋯⋯⋯⋯⋯⋯⋯⋯⋯⋯.』

그것은 다시 지팡이를 휘둘렀고 얼음을 토해냈습니다.

제대로 맞으면 저도 얼음덩어리가 될 것이 틀림없으니, 하나하나 피하면서 저는 지팡이를 휘두르고, 견제를 위해 마력을 굳힌 덩어리를 날렸습니다.

허나.

"⋯⋯전혀 효과가 없는 것 같군요."

마력이 덩어리가 되어 그대로 직격하면, 아무래도 죽기는 않지만 자세 정도는 무너질 터였습니다. 그러나 눈앞의 그것은 몇 번이고 몇 번이고 몇 번이고 몇 번이고 마력에 직격당해도 꿈쩍도 하지 않았습니다. 거대한 나무를 향해서 마법을 걸고 있는 듯한 무력함을 느꼈습니다.

『⋯⋯⋯⋯⋯⋯⋯⋯⋯⋯⋯⋯⋯⋯⋯.』

그것은 여전히 저를 바라보고 있었습니다. 색 없는 눈동자는 심연처럼 검었고, 감정이 전혀 느껴지지 않았습니다.

그것이 대체 누구였던 것인지, 대체 무엇을 목적으로 여기에 있는 것인지.

모든 것이 수수께끼에 휩싸인 상태였지만, 유일하게 말할 수 있는 것은── 눈앞의 저것이, 우리에게 해를 끼칠 존재임에 틀림없다는 것이었습니다.

"…………."

저는 다시, 지팡이를 들었습니다.

"이거라면──!"

그리고 지팡이에서 쏘아진 것은 열선이었습니다. 피도 살도 흙도 얼음도 공기도, 그 끝에 있는 모든 것을 녹이는 한 줄기 작렬이 사람 같은 모습을 한 무언가를 순식간에 덮쳤습니다.

눈부실 정도의 열량이 거리 여기저기로 흩어졌습니다.

분명 이 정도의 힘을 부딪히면 상대도 멀쩡하지만은 않을 겁니다.

그렇게 생각했습니다.

이것으로 눈앞의 무언가의 위협은 사라질 거라고.

믿었습니다.

『……………………………………………』

그러나.

"──그런."

아아, 이건 틀렸다──라고.

승산이 없다는 사실을 안 것은 그 직후였습니다.

깨닫고 보니 작렬이 얼어붙어 있었습니다. 사람 같은 무언가에게서 이쪽으로 거슬러 오르듯, 열선 위로 얼음이 덧씌워져 있었습니다. 모든 것을 얼려버리는 저것은 열선조차도 그대로 얼려버린 것이었습니다.

여기저기로 튀는 열선도. 제 지팡이에서 나오던 열선도. 그리고 제 왼팔도 휩쓸려.

"……쳇."

혀를 찼습니다. 왼팔은 이미 제 의사와 달리 전혀 움직이지 않게 되어버렸습니다.

『…………………………………………．』

게다가 사람 같은 무언가는 열선이었던 얼음 그림자에서 불쑥, 병적인 얼굴을 기운차게 내밀었습니다. 그 모습을 보고 있자니 더할 수 없이 화가 났습니다. 다소는 대미지를 입혔으리라 생각했는데 말입니다.

전혀 효과가 없지 않습니까? 대체 뭡니까?

"일레이나 씨……!"

암네시아 씨는 무척이나 놀란 표정을 하고서 저를 향해 달려오려 하고 있었습니다.

"기다려! 지금 도와줄게!"

무슨 말씀을 하시는 건지.

어찌할 방도가 없지 않습니까? 열선조차도 아랑곳하지 않는 얼음이 상대라니.

"죄송합니다. 저, 좀 틀린 것 같습니다."

저는 오른손의 빗자루를 놓고 부유시켰습니다.

그리고 새로 또 한 자루, 지팡이를 꺼냈습니다.

"미안해요."

이런 비참한 사태에, 어찌할 도리도 없는 상황이건만, 어째서인지 저는 꽤 냉정했습니다.

부유시킨 빗자루에 오른손에 든 지팡이로 마법을 걸고 "그녀를 잘 부탁합니다"라며 빗자루를 날려 보냈습니다.

빗자루는 제 지시를 충실하게 따랐고, 하늘을 가르며 일직선으로 암네시아 씨를 향해 날아갔습니다.

"에엑……?"

쭈욱, 빗자루가 암네시아의 씨의 옷을 잡아당기며 저에게서 멀어져갔습니다.

"일레이나 씨……? 뭘 하는……거야?"

"당신은 도망쳐주세요. 저는 이제 틀린 것 같으니까요."

이제 여기서 움직일 수 없는 모양입니다. 단단히 고정되어버린 모양입니다.

『…………………………………….』

지금도 사람 같은 무언가가 천천히 다가오고 있습니다.

이제 막다른 길입니다.

"하지만, 그러면 일레이나 씨가——."

"됐어요."

"하지만——!"

그리고 빗자루는 그녀의 말을 가로막듯 쭉, 그녀를 잡아당긴 채 날아갔습니다.

그녀가 보이지 않게 될 때까지 그다지 시간은 걸리지 않았습니다.

『…………………………………….』

사람이 아닌 무언가는 그 모습을 이상하다는 듯이 바라보고 있었습니다. 뒤쫓으려 하고 있는 것일까요? 움직이는 것을 보면 쫓아가고 싶어 하는 성질인 것일까요?

아니면 이미 제가 싸울 수 없으리라 인식하고 있는 것일까요?

열 받는군요.

저는 남은 오른팔을, 들어 올렸습니다.

"혹시 벌써 저한테 이겼다고 생각하는 겁니까?"

제 말에 그것은 돌아보았습니다. 생각났다는 듯이.

『……………………………………………………』

"뭔가 말을 좀 해보는 건 어떤가요?"

뭐, 상관없지만.

"……저, 포기하지 않으니까요. 이런 추운 곳에서 끝이라니, 싫거든요."

하지만, 혹시 이대로 얼어버린다고 한다면.

이대로 이 도시처럼── 사람들처럼 영원한 것으로 남겨진다고 한다면.

적어도 조금 정도는 본때를 보여주고 싶군요.

"지금부터 나름대로 날뛸 테니, 각오해주세요──."

그리고 저는 마법을 날렸습니다.

뒷일은 잘 부탁드립니다──하고, 누군가에게 부탁을 하면서.

●

"기다려! 놔줘! 놔달라고! 이대로는 일레이나 씨가……!"

저는 너무 무거운 짐을 잡아당기며 하늘을 떠돌고 있었습니다.

차가운 공기 속. 바동바동, 제 앞에서 그녀는 로브 목덜미를 잡아당겨진 채. 마치 어미 고양이에게 끌려가는 아기 고양이처럼.

"이잇……! 이딴 빗자루 따위한테……! 우으으으."

그녀는 손을 파닥거리며 로브와 저를 떼어놓으려 했고, 저는 한결같이 갈지자로 날아다니며 그것을 막고 있었습니다. 그보다 **이딴 빗자루**라니, 정말이지 실례로군요. 얼마나 대단한 분이시길래?

제 몸에 이변이 일어난 것은 그 후로도 한동안 하늘을 날아 일레이나 님에게서 충분하고도 남을 만큼 거리를 두었을 무렵이었습니다.

그야말로 시기적절.

"진정해주세요. 암네시아 님."

저는 암네시아 님을 지면에 휙 던지고서, 땅에 내려섰습니다. 그녀는 오늘 몇 번째인지 모를 엉덩방아를 찧었고, 저는 매우 태연하게 빗자루 끝을 아래로 하고 똑바로 섰습니다.

그 직후 제 모습은 평범한 빗자루에서 다른 모습으로 바뀌어 있었습니다.

"……어라? 일레이나 씨?"

암네시아 님은 눈물을 글썽이며 저를 올려다보면서 어리둥절해 했습니다.

"빗자루입니다."

"뭐? 아니, 하지만…… 어라? 아, 머리카락 색이…… 달라."

놀란 그녀의 머리 위로 물음표가 몇 개나 떠오르는 것이 눈에 보일 것만 같았습니다.

분명 제 머리카락은 복숭앗빛이고, 일레이나 님은 잿빛. 그러나 그 이외에는 거의 차이가 없으니 이렇게 착각하는 것도 무리는 아니리라 생각합니다.

"조금 전 일레이나 님은 마법을 걸어서 저를 이런 모습으로 바꾼 것입니다. 그녀는 물건을 사람 모습으로 바꾸는 마법을 쓸 수 있습니다."

그렇게 친절한 설명을 해드렸음에도 그녀의 물음표는 사라지지 않았나 봅니다.

"……뭐? 무슨 뜻이야……?"

……시간이 아까우니 이 부분은 빠르게 진행하도록 하겠습니다.

"저는 빗자루. 일레이나 님께서 모습을 바꾸어주셔서 이렇게 되었습니다. 그리고 지금은 그 괴물한테서 도망치고 있는 중입니다."

"……!"

암네시아 님은 순간 안색을 바꾸며 자리에서 일어났습니다.

"그래……! 일레이나 씨를 구하러 가야 해!"

"안 됩니다."

저는 그대로 달려가려 하는 암네시아 님의 목덜미를 꽉 움켜잡았습니다.

기묘하게도 모습이 바뀌었는데도 조금 전 하늘을 날던 때와 같은 상황입니다.

"잠깐── 놔줘!"

저를 노려봅니다.

"일레이나 님도 상대하지 못했던 상대와 어떻게 싸우실 셈이십니까?"

"하지만……."

"의무감이나 책임감으로 달려나가는 것도 좋겠지요. 하지만 그녀가 어째서 당신을 그 자리에서 도망치게 했는지도 고려해주셨으면 합니다."

"…………."

제 팔을 당기던 그녀의 움직임이 잦아들었습니다.

"냉정을 찾으셨습니까?"

그녀는 저를 돌아보았습니다.

당장에라도 울음을 터뜨릴 것 같은 얼굴로.

"일레이나 씨를 구하러 가야만 하는데…… 하지만, 나, 아무것도 할 수가 없어……."

"…………."

"……저기, 빗자루 씨. 일레이나 씨는 도움을 요청하라고 나를 보낸 걸까?"

"…………."

"나, 내일이면 그 사람 얼굴도 기억하지 못하는데……? 분명 도움을 요청하러 가도 잠들었다 깨면, 일레이나 씨도, 이 나라에 관한 것도 기억하지 못할 거야. 메모로 남긴다고 해도, 그게 나한테 있어서 얼마나 중요한 일인지도, 분명 이해하지 못할 거야."

"…………."

"나, 그 사람을 잊는 게 무서워⋯⋯! 그러니까——."

그녀는 일레이나 씨가 없는 아침을 모릅니다.

아침, 잠에서 깨어났을 때, 그녀 자신에 대해 가르쳐주는 친절한 친구가 없는 하루를 모릅니다.

분명 기억을 전부 잃어버린 그녀에게 있어서, 자신을 알고 있어주는 일레이나 님의 존재는 무척이나 클 테지요. 밤에 잠들어도 내일 눈을 뜨면 또다시 자신이 누구인지를 가르쳐줄 그녀가 있다. 겨우 그것만으로 얼마나 안심할 수 있었을까요.

그래서 필요 이상으로 어리광을 부리게 되는 것일 테죠. 그래서 느긋하게 있을 수 있는 것일 테죠.

하지만, 이것도 저것도 전부 타 암네시아 님이 안심할 수 있도록 매일 아침 일찍 일어나 기다려주거나, 여행 도중에 한시도 떨어지지 않으려 하거나, 혹은 잠들 때도 암네시아 님의 잠든 숨소리가 들릴 때까지 지켜보거나 하는 일레이나 님의 소소한 노력 덕분이라고 생각합니다.

그러나 그 일레이나 님은, 지금은 분명 얼음 속.

암네시아 님이 머리 한쪽으로 밀어내 잊고 있던 공포는 단숨에 파도처럼 밀려들었을 테죠.

평정을 잃는 것도 어쩔 수 없는 일일지 모릅니다.

그렇다고는 해도.

"의무감이나 책임감에 짓눌려서 자기혐오에 빠지는 것도 좋겠지요. 하지만 그녀가 어째서 저를 인간의 모습으로 바꾸었는지도 고려해주셨으면 합니다."

"…………?"

"그녀는 이 상황을 내일까지 가져갈 마음 같은 건 눈곱만큼도 없다는 뜻입니다."

암네시아 님의 눈에 고였던 눈물을 닦으며, 저는 손가락으로 가리켰습니다.

거기에는 한 채의 커다란 저택이 있었습니다.

사람도 건물도 전부가 얼음에 휩싸여 있는 중에, 일레이나 님은 이렇게 생각하셨을 테죠.

"얼음밖에 없다면 차라리 얼음에게 직접 이야기를 들으면 되는 거 아닐까?"라고.

그래서 저를 사람의 모습으로 바꾸어 이 나라의 수수께끼를 해명하도록 맡긴 것일 테죠.

그리고 일레이나 님의 생각은 정답이었습니다.

『눈앞을 봐.』『눈앞의 건물.』『거기로 가.』『서둘러..』『눈앞에.』『어서 가.』

조금 전부터── 아니, 귀를 막고 있었을 뿐, 실제로는 이 나라에 들어온 직후부터 줄곧 들리고는 있었습니다.

저희 주변에 가득한 얼음들의 말이 시끄러울 정도로.

"분명 저기에 가면, 모든 것을 알 수 있을 겁니다."

거기에는 한 채의 커다란 건물이 있었습니다.

모든 것이 얼음 속에 있는 이 나라에서, 유일하게 얼음 밖에 있는 하나의 저택이었습니다.

　　　　　　● 　　●

　　주변 건물이 모두 얼음에 뒤덮여 있는 탓인지, 그 저택은 실내
인데도 매우 춥게 느껴졌다.
　　숨을 쉬면 숨결은 하얗게 흐려지고, 냉기에 휩싸인 실내에 엷
게 퍼져 사라져간다. 창에서 들어오는 빛은 커튼처럼 부드럽게
흔들리고 있었다.
　　"이 저택의 주인 이름은 대마녀 루데라……라고 합니다."
　　옆에서 걷고 있는 빗자루 씨는 바람의 목소리라도 듣고 있는 것
인지, 때때로 갑자기 귀를 기울이고는 그런 식으로 어떻게 안 것
인지도 알 수 없는 정보를 툭 내뱉었다. 신기했지만 자세한 이야
기를 물어본들, 아마도 이해하지 못하리라 생각한 나는 그저 잠
자코 고개를 끄덕이기만 했다. 애초에 실제로, 빗자루가 서서 걷
고 있는 시점에서 너무나도 의미 불명이라 이해가 따라가지 못하
고 있었다.
　　"제일 안쪽 방입니다."
　　쭉, 빗자루 씨는 내 제복 자락을 잡아당겼다.
　　우리는 긴 복도를 나아갔다.
　　빗자루 씨는 복도가 끝나는 곳에 있는 문을 주저 없이 열더니,
"자, 들어가세요"라며 나를 이끌었다.
　　"……여기에 뭐가 있는데?"
　　그곳은 어찌 보아도 평범한 누군가의 방이었고, 책상과 침대,
그리고 책장 등의 간결한 가구 정도가 놓여 있을 뿐이었다.

빗자루 씨는 내 말에 답하지 않은 채, 마치 여기에 오는 것이 처음이 아니라는 듯—— 누군가의 목소리에 이끌린 듯이 책상으로 다가가, 거기에 놓여 있던 한 장의 편지를 손에 들었다.

"이겁니다."

그리고 그것이 내게 내밀어졌다.

그 편지는 먼지를 뒤집어쓰고 있었고, 무척이나 낡은 듯 보였다.

"이건?"

"글쎄요? 대마녀 루데라가 쓴 것 같습니다."

"…………."

어떻게 아는 거야……?

"저는 사물의 목소리를 들을 수 있습니다. 물건이니까요."

다 안다는 것처럼 빗자루 씨는 키득 웃었다.

내 마음의 소리까지 들리는 거야……?

"……이걸 읽으면, 일레이나 씨를 원래대로 되돌릴 방법을 알 수 있는 거야?"

"…………."

그녀는 답하지 않았다.

아무튼 읽으라는 뜻인가 보다.

그래서 나는 그녀의 손에서 편지를 받아 들었다. 또다시 누군 가에게 이끌린 것처럼 어딘가로 휙 가버리는 빗자루 씨를 곁눈질하며, 그것을 펼쳤다.

먼지를 뒤집어쓴 곰팡내가 피어올랐다.

거기에는 이 나라의 과거가 있었다.

처음 뵙겠습니다. 대마녀 루데라라고 합니다.

제가 이 편지를 쓴 것은, 당신이 읽어주시길 바라기 때문입니다. 어디의 누구인지도 모르는 당신에게 이 나라의 사람들을 구해주십사, 이 편지를 적습니다.

간단명료하게 말씀드리면, 이 나라가 얼음으로 뒤덮인 원인은 저에게 있습니다. 제가 이 나라를 이렇게 만든 것입니다.

하지만 그렇게 할 수밖에 없었던 사정이 있다는 걸 알아주십시오.

저는 어떻게든, 이 나라를 구하기 위해서, 한 번, 이렇게 할 수밖에 없었습니다.

사건의 발단은 지금으로부터 1년 전——이라고 해도 지금 당신이 읽고 있는 것이 대체 얼마나 먼 미래의 일일지 알지 못하니, 아마도 1년도 더 전의 일이겠지요.

아무튼, 제가 이 편지를 쓰는 날로부터 1년 전에 사태는 벌어졌습니다.

이 나라에 역병이 퍼지기 시작한 것입니다.

피부가 짓무르고, 불타는 듯한 열기에 신음하고, 발병한 지 며칠 만에 목숨을 잃는 무서운 병입니다. 갑자기 누군가에게서 발병했고, 그 후로 단숨에 감염이 폭발해버렸습니다. 그 병은 엄청난 속도로 온 나라를 뒤덮었습니다.

저는 국왕에게 의뢰를 받아 바로 병을 해결하기 위해 움직이기 시작했습니다.

발병한 자들이 있는 곳에 자주 걸음하며 혈액을 모으고, 약을 만들고 했습니다. 매일매일, 그것을 반복했습니다.

그러나 병의 원인은커녕, 그 치료법조차도 전혀 알 수 없었습니다. 어떠한 약을 만들어도 전혀 효과가 없었습니다.

국민은 계속해서 괴로움 속에서 목숨을 잃어갔습니다.

이윽고, 나라에 병이 만연하는 중에 어떤 소문이 퍼지기 시작했습니다.

——이 병은, 마녀 루데라가 퍼뜨린 것이 아닐까?

나라가 병을 앓는 중, 병자들 사이를 자주 오갔는데도 언제까지고 병에 걸리지 않았던 저에게 국민이 불신감을 안기 시작한 것일 테죠.

소문은 그야말로 병처럼 퍼져나갔습니다. 소문이 소문을 낳고, 이윽고 민의가 되었습니다. 주민들은 저와 얼굴을 마주하지 않게 되었고, 제가 병을 고치기 위해 집을 찾아가도 거부하게 되었습니다.

사람들이 저를 피하게 된 것입니다.

그렇다고는 해도, 저는 그래도 딱히 상관없었습니다.

솔직히 말하자면 저도 이 나라의 국민들을 그다지 사랑스럽다고는 생각하지 않았기 때문입니다. 애초에 저는 사람을 싫어합니다. 사람이 싫은데, 겉으로는 미소를 만들어 짓고, 표면적인 인간관계에 빠져 있던 것이 저라는 인간이었습니다.

그래도 저는 병에 관한 연구를 그만두지 않았습니다.

그것은 어디까지나 애국심 때문이었습니다.

저는 태어난 고향인 이 나라를 사랑했습니다. 사람을 싫어하면서, 병을 치료하기 위한 연구를 하게 된 것도 그저 의무감과 사명감 때문이었습니다.

그러나 그렇기에 도중에 물러설 수는 없었습니다.

이윽고 병은 결국 국왕까지도 좀먹었습니다.

시간은 없었고, 며칠 이내에 해결하지 못하면 결국 이 나라가 붕괴하리라는 것은 불을 보듯 뻔했습니다.

저는 머리를 쥐어짰습니다. 국민의 의심의 눈초리는 분명히 저를 향하고 있었고, 모두가 저를 신용하지 않게 되어버렸습니다. 길을 걸으면 돌을 던졌고, 가족을 병으로 잃은 자들 중에는 저에게 날붙이를 들이대는 자도 있었습니다.

아아, 이건 틀렸다──고.

저는 그때 각오를 다졌습니다.

이제 아무런 방도가 없습니다.

분명 지금, 당신 주변에 있는 나라의 풍경은 전부 얼어붙어 있을 테죠. 그러나 이것은 엄밀하게 말하자면 진짜 얼음과는 다른 성질을 가진 것입니다.

나라를 구하기 위해서는 시간을 벌어야만 했습니다.

그래서 저는 이 나라의 시간을, 병이 만연한 그 시점에서 보존한 것입니다. 이 나라와 사람들의 시간을 얼려버린 것입니다.

거리를 얼려버리며 다니는 저의 모습은 분명 이 나라 사람들에게 있어서 공포스러운 것으로 비쳤을 테죠. 이미 그들은 제 말 같은 건 제대로 들어주지 않았으니까요. 하지만 이렇게 할 수밖에 없었습니다.

도시를 전부 얼음으로 뒤덮어버린 다음 저는 혼자서 병의 연구에 몰두했습니다.

설령 시간을 얼려서 시간을 벌었다고 해도, 병을 해결하지 않으면 의미가 없습니다.

제 연구는 오랫동안 계속되었습니다.

결과를 말씀드리면, 갑자기 퍼지기 시작한 병의 수수께끼는 풀렸습니다.

원인은 이웃 나라—— 신앙의 도시 에스트에 있었습니다.

그 나라는 아무래도 요즘 수상한 마법 연구를 하고 있는 모양이었고, 그 부산물인 탁한 마력이 유해 물질이 되어 강으로 흘러드는 모양이었습니다.

저만이 무사하고, 다른 국민들이 잇따라 쓰러졌던 것은 아마도 그 때문일 것입니다. 저에게는 마력 내성이 나름대로 있었고 그들에게는 없었다는, 그런 이야기였던 것입니다.

원인을 알고 나면 다음 해결은 간단했습니다.

저는 바로 백신 만들기에 몰두했습니다.

그러나.

문제가 있었습니다.

나라를 얼려버리고 1년 정도의 시간이 흘렀고, 제아무리 마녀라고 해도 제 몸 역시 공해에 좀먹어 들고 있었던 것입니다.

몸의 곳곳이 문드러져 갔습니다.

저는 그때마다 환부를 얼리고, 그런 상황에서도 백신을 계속 만들었습니다.

계속, 계속 만들었습니다.

이윽고 백신은 완성되었습니다.

그런데 창밖에는 눈이 내리고 있나요?

그것이 제가 만들어낸 백신입니다. 얼음에 달라붙고, 녹아서 유착하는 눈은 이윽고 이 나라 사람들의 병을 없었던 것으로 해줄 테지요.

하지만.

저는 이제, 여기까지입니다.

어중간하게 몸을 얼려버린 것이 안 좋게 작용한 것일까요? 아니면 백신을 만들기 위해 마력을 너무 많이 써버렸기 때문일까요?

백신의 눈이 내려도 제 병은 낫지 않았고, 그렇다고 해서 진행되지도 않은 채 인간성만이 서서히 사라져갔습니다.

이미 제 머릿속은 제정신이 아니게 되어가고 있습니다.

머리가 멍하고, 몸은 거의 말을 듣지 않고, 이렇게 글자를 쓰는 것만으로도 벅찹니다.

백신을 만든 것까지는 좋았습니다. 그러나 온 나라에 건 얼음 마법을 풀 정도의 여력은 제게 남아 있지 않았습니다.

이대로는 아마도, 이 나라는 영원히 얼음 속에 갇혀버릴 겁니다.

풀 수 있는 방법은 딱 하나밖에 없습니다.

제가 죽으면, 나라를 얼렸던 마력의 근원은 사라지고, 얼음은 녹을 테지요.

그 이외의 방법은, 없습니다.

그러니, 부탁합니다.

부디, 저를 죽여

편지는 거기에서 끝났다.

무척이나 삐뚤빼뚤해서 문자라기보다는 기호의 나열처럼도 보이는 편지에는, 어디의 누군가를 향한 애원이.

죽여주길 바란다.

너무나도 무겁고, 괴로운 말로 마무리되어 있었다.

"암네시아 님."

마침 편지를 다 읽었을 때 빗자루 씨가 돌아왔다. 손에는 커다란 천 조각을 들고서.

"……그게, 뭐야?"

"저쪽 방에 있었습니다."

그녀는 그렇게 말하며 그것을 펼쳤다. 누더기로 된 망토 같았다. 그녀는 그것을 빤히 바라보면서 "아마도 루데라 님은 이런 사태를 상정하고 계셨나 봅니다. 이건 그녀가 날리는 마법을 전부 무력화할 수 있는 망토인 모양입니다."

"…………."

어째서 그런 정보를 알 수 있었는가—— 같은 건 이제 물을 마음도 들지 않았다. 분명 사물의 목소리라도 들은 것이리라.

"빗자루 씨는 이 편지 내용, 알고 있어?"

"대강은요."

"……그래."

"네."

나는 그녀의 손에서 망토를 받아 들었다.

"……죽이지 않으면, 안 되는 거겠지?"

"…………."

그녀는 눈을 내리떴습니다.

"현 단계에서는 그것 이외의 방법이 없다는 건 분명합니다."

"……그렇지."

"……죄송합니다. 원래대로라면, 이런 힘든 일은 사람이 아닌 제가 해야 한다고 생각합니다. 하지만——."

그녀는 자신의 손을 바라보고 있었다.

일레이나 씨가 걸어준 마법이 이미 사라지려 하고 있는 것인지, 그녀의 모습은 반투명해졌다. 방 저편이 비쳐 보이고 있었다.

이제, 빗자루 씨에게는 남은 시간이 없었다.

"괜찮아. 마음 쓰지 마."

나는 떨리는 손을 억눌렀습니다.

"게다가, 분명 이 일은, 나한테 딱 맞거든?"

——어차피 나는, 내일이면 이 일을 잊어버릴 테니까.

"암네시아 님."

문득 따뜻한 감촉이 내 몸을 감쌌다. 빗자루의 목소리가 너무 가까워서, 그녀에게 안겨 있다는 사실을 깨달은 건 그녀의 다음 말이 들려온 다음이었다.

"당신이 책임감과 의무감을 느낄 필요는 없습니다. 도망친다 해도 당신을 원망할 사람은 없을 겁니다."

"…………."

"그러니 부디, 당신의 뜻에 따라 행동해주십시오."

——그러지 않으면 분명, 언젠가 꼼짝도 할 수 없게 되어버릴

©Azure

테니까요.

그녀는 그렇게 말하고, 나를 한층 더 강하게 끌어안았다. 당장에라도 사라져버릴 것 같은 그녀의 온기는, 녹아버릴 것만 같을 정도로 뜨거웠다. 괴로웠다.

나는 축 늘어뜨리고 있던 손으로 그녀를 감쌌다.

"고마——."

그러나 빗자루 씨는 그 순간 사라졌다.

달캉, 내 손을 빠져나간 평범한 빗자루가 바닥에 떨어졌다. 그녀가 여기에 있었다는 감촉만을 남기고.

그렇게 나는 이 나라에 홀로, 남겨졌다.

선택의 여지는 남아 있지 않았다.

● ●

밖에 내리는 눈은 변함없이 천천히 쏟아지고 있었다.

내가 깊이 눌러쓴 망토는 눈을 빨아들여 아주 조금 축축해졌다.

얼음투성이가 된 거리는 어디를 걸어도 경치가 달라지지 않고, 얼마나 밖에 있었는지도, 얼마나 헤매고 있는지도 알 수가 없었다.

『..』

얼음의 도시 저편에서 마녀였던 루데라는 발을 끌며 나타났다.

분명 더는, 그녀 안에 인간성 같은 건 남아 있지 않을 것이다.

온몸에서 얼음이 자라난 그녀는 나를 발견하자 지팡이를 이쪽으로 들었고, 직후에 얼음을 토해냈다.

"…………윽!"

얼음은 빗자루 씨에게 받은 망토에 부딪히더니, 꺾여 길 여기저기로 흩어졌다. 아, 다행이다. 효과가 있었구나——하고 아주 조금 안도하며 나는 한 걸음씩, 발을 내디뎠다.

저편에서 얼음이 토해지고 있는 탓인지, 아니면 내 기분이 내키지 않아서인지, 발걸음은 무척이나 무척이나 무거웠고, 방심하면 바로 쓰러질 것만 같았다.

몇 번이고 미끄러질 뻔하면서, 나는 망토 아래에서 사벨에 손을 댔다.

덜덜 시끄러울 정도로 떨리고 있었다.

어쩌면, 기억을 잃기 전의 나는 사람을 베었을지도 모른다. 그러니 괜찮다.

이렇게 하지 않으면 일레이나 씨가 원래대로 돌아오지 못한다. 그러니 할 수 없다.

루데라 씨는 죽음을 각오하고 있었다. 그러니 슬프지 않다.

그런 식으로 머릿속으로 몇 번이고 몇 번이고 반복해 변명을 하면서, 나는 한 걸음씩 거리를 좁혔다.

『………………………………………』

그리고.

"미안해요."

하고.

나는 그녀를 찔렀다.

망토를 뚫고 나온 사벨이 루데라 씨였던 그녀의 가슴을 꿰뚫었다. 뼈와 뼈 사이로 스르륵 미끄러지듯이, 검은 깊고 깊게 파고들었다.

가슴이 아프다. 나까지 찔린 것만 같았다.

루데라 씨의 가슴에서 흘러나온 피가 검을 타고 내려, 뚝뚝 얼음 위에 떨어졌다. 그녀의 손에서 끊이지 않고 토해지던 얼음은 사라졌고, 지팡이는 떨어지고, 그것을 쥐고 있던 손은 힘을 잃었다.

힘을 잃은 루데라 씨의 몸은 이쪽으로 덮쳐들었다. 툭, 내 어깨에 그녀의 머리가 실렸다.

그녀의 몸은, 무거웠다.

"──고마워."

귓가에서 토해진 말도, 무거웠다.

그녀는 그 말을 마지막으로 두 번 다시 움직이지 않았다.

나는 아무 말도 할 수 없었다.

그리고 분명, 앞으로도, 이 건에 관해서는 아무런 말도 하지 않으리라고 생각한다. 그 누구에게도, 일레이나 씨에게도.

할 수 있을 리 없다.

당신을 위해서 사람을 죽였습니다, 라는 말을.

○

"그것참, 마녀님. 참으로 죄송하군."

도시 수복을 하고 있으려니, 국왕님이 후웃후웃 하고 웃으면서 이쪽으로 걸어왔습니다.

저는 작업을 하면서 고개를 저었습니다.

"아뇨 아뇨. 도시를 파괴해버린 사죄입니다."

"하지만 마녀님은 그 여자와 싸워주었지 않았나? 건물이 다소 부서졌다고 해도, 그것이 필요한 희생이었다는 건 명백하지. 그러니 이렇게까지 해주지 않아도 괜찮네만?"

"그건 제 마음이 편치 않습니다."

그나저나, 다친 사람이 없어서 다행입니다——라고만 답하고, 저는 작업으로 돌아갔습니다.

사람 같은 무언가. 말로 설명하기 힘든 무언가와의 한창 전투 중이던 때에 얼음덩어리가 되어버렸던 저는 원래대로 돌아온 순간, 주변 건물을 모조리 파괴해버렸던 것입니다.

아, 위험해. 라고 생각한 저는 바로 수복을 시작했습니다.

그러는 사이에 "혹시 마녀님이 그 여자를 쓰러뜨려 주신 겁니까?!"라며 주변에 있던 시민들이 떠들어댔고, 국왕님이 일부러 제가 있는 곳까지 찾아오는 사태가 되어버렸던 것입니다.

뭐, 딱히 제가 그 무언가를 실제로 쓰러뜨린 것은 아닙니다만.

작업이 끝난 다음에도 국왕님은 저에게 아부하듯 말했습니다.

"그것참, 정말로 살았네! 우리는 그 악마에 의해 오랜 악몽에 갇혀 있었다네. 그대로 마녀님이 구해주지 않았다면, 우리는 아마도 영원히 얼음 속에 있었을 게야……."

"……그런가요."

거듭해서 말하지만, 제가 도와준 게 아닙니다만.

사실 저도 얼음덩어리가 되어 있었습니다만.

"…………."

그러나 이 나라를 구한 암네시아 씨로 말할 것 같으면, 제 뒤에서 그저 고개를 숙이고서 아무런 말도 하지 않았고, 움직이지조차 않았습니다.

제가 얼어 있던 사이에 무슨 일이 있었는지조차 전혀 알 수 없었습니다.

얼음에서 풀려나, 자유를 되찾은 국민들이 환희로 들끓는 중에 그녀만이 홀로 가라앉아 있었습니다.

말조차 걸 수 없을 만큼, 애처롭게.

"그 악마를 죽여준 마녀님들에게는 꼭 답례를 하고 싶네만, 어떤가?"

국왕님은 말했습니다.

"오늘은 기념해야만 할 날일세. 그 악마가 이 나라에서 없어진 날로서 영원히 기록하겠네."

"…………."

"어떤가? 마녀님. 부디 답례를 하게 해주지 않겠는가? 보물이든 뭐든 원하는 걸 드리고 싶다네. 그래, 그리고 지금부터 잠시 시간이 있겠는가? 괜찮으면 왕궁에서 최고급 식사를 준비하겠네."

"…………."

꽤나 들떠 계시는군요.

그렇게나 축하할 일인 겁니까?

이 나라의 사정은 잘 모르겠습니다만.

"어떤가?"

기분 좋은 국왕님은 재촉하듯이 다시 저에게 물었습니다.

그때였습니다.

"――싫어."

아주 작은 목소리와 함께, 쭈욱 제 로브가 당겨졌습니다.

돌아보니 어두운 표정으로 고개를 숙이고 있던 암네시아 씨가 아주 살짝 고개를 젓고 있는 모습이 보였습니다.

그것이 이 나라가 원래대로 돌아간 후 그녀가 처음으로 꺼낸 말이었습니다.

무슨 일이 있었는지는 전혀 알 수 없습니다. 그러나, 분명 말로는 다 할 수 없을 만한 일이 그녀에게 벌어졌다는 것만큼은 알 수 있었습니다.

그래서 저는, 국왕님을 향해 섰습니다.

"신경 쓰지 마세요. 저희는, 길을 서둘러야 합니다. 여행자니까요."

○

얼음에서 풀려난 나라의 밖에는 이미 눈은 내리지 않았습니다. 숲에 흩날리던 눈도, 결국에는 이 나라에서 일어났던 이상 기후의 영향에 의한 것이었을 테죠.

"…………."

결국 어떻게 원래대로 돌아간 것인지는, 저도 잘 알지 못합니다.

나라를 나온 우리는 도보로 숲을 나아갔습니다. 그저 빗자루에

탈 마음이 들지 않았기 때문으로, 우리는 줄곧 숲속을 걸었습니다.

이윽고, 조금 전에 떠나온 그 나라의 모습이 완전히 보이지 않게 되었을 때, 저는 돌아서서 암네시아 씨를 바라보았습니다.

"…………."

얼음에서 풀려났을 때부터 줄곧 같은 표정이었습니다. 계속 입을 다문 채 슬픈 표정을 하고 있습니다.

"괜찮은가요?"

제 물음에 그녀는 작게 고개를 끄덕였습니다.

"괜찮아. 나, 어차피, 금방, 잊을 테니까──."

그런 자포자기한 듯한 말을 하면서.

무척이나 떨리는 목소리로.

자세히 보니 그녀의 손끝은, 어깨는, 떨리고 있었습니다. 입가도 떨리고 있었습니다. 견디기 힘든 추위에 얼어버린 것처럼.

이런 상태로 어디가 괜찮다는 겁니까? 너무나도 애처로운 모습이었습니다.

그래서 저는──이런 일이 지금의 그녀에게 효과가 있을지는 알 수 없었습니다만──조금이라도 안심할 수 있기를 바라며 그녀를 끌어안았습니다.

"……그런 슬픈 말, 하지 말아주세요."

"…………윽."

떨리는 그녀의 팔은 이내 저를 붙들었습니다. 꽈악, 강하고 강하게, 제 감촉을 확인하듯이, 등에 둘러진 손은 저를 붙들었습니다.

가슴이 옥죄고, 견딜 수 없는 아픔이 덮쳐왔습니다.

"……미, 안. 미안해……! 미안해……!"

제 어깨에 얼굴을 묻은 그녀는, 누군가에게, 무언가를 사과하고 있었습니다. 제 로브를 적시며 오열을 흘리며, 그녀는 계속해 사과했습니다.

저는 그녀의 등을 쓰다듬었습니다. 기사 차림을 하고 있는 것 치고는 작고 연약한, 한 여자아이의 등이었습니다.

저는 그녀의 머리카락을 쓰다듬었습니다. 부드럽고 따뜻한, 피가 흐르는 소녀의 머리카락이었습니다.

"눈물이 멈추면, 여행을 계속해요."

그 말에 떨면서, 희미하게 그녀가 끄덕이는 기척을 느꼈습니다.

그래서 저는 그녀가 진정될 때까지 언제까지고 손을 떼지 않고 기다렸습니다.

"…………."

물을 수 있을 리가 없었습니다.

그 나라에서 무슨 일이 있었는지.

하늘에 뜬 한 줄기 구름은 지면을 기는 길 바로 위를 흘러가고 있었습니다.

구불거리며 뻗은 길 주변은 전부 풀꽃으로 덮여 있었고, 어디에서나 부는 시원한 바람은 저희를 앞지르며 이삭을 쓰다듬고 흔들었습니다. 멀리로, 시냇물이 저희와 마찬가지로 느긋하게 흘러가는 것이 보였습니다.

살랑살랑 시원한 음색이 퍼져가는 듯한 경관이었습니다.

"……기분 좋다."

톡, 제 어깨에 머리가 닿는 기척이 느껴졌습니다.

암네시아 씨가 기분 좋은 듯 눈을 감고서 제게 기대 있었습니다.

"잠들지 마세요."

저는 다시 앞을 바라보며 말을 이었습니다.

"아마도 이제 곧 도착할 테니까요."

길 끝에는 벽에 둘러싸인 나라가 하나. 저게 신앙의 도시 에스트이리라고―― 어쩐지, 왠지 모르게 저는 알 수 있었습니다.

『신앙의 도시 에스트, 바로 앞.』

…………

그렇다기보다는 뭐, 쓰여 있었지만 말이죠. 간판에.

"저기, 머리카락이 걸리적거리는데."

머리 옆에서 그녀가 불만을 늘어놓는 소리가 들렸습니다. 제 잿빛 머리카락과 그녀의 하얀 머리카락이 미묘하게 뒤엉켰고, 거

241

기에 더해 제 머리카락이 그녀의 코끝을 간질이고 있었습니다. 눈을 감은 채 옴찔옴찔 얼굴을 찡그리던 그녀는 이윽고 "으……에취!" 하고 재채기를 했습니다.

"감기 걸리지 마세요."

"아마도 감기랑은 다르지 않을까……."

하아, 한숨을 내쉬면서 그녀는 말했습니다.

"도착하려면 얼마나 더 걸릴 것 같아?"

"한 시간도 안 걸릴 것 같은데요."

"그래──."

"긴장되나요?"

이제 곧 그녀의 고향이니까요.

"음…… 어떠려나? 아마도 신앙의 도시는 내 고향이 틀림없을 테지만, 딱히…… 아아, 드디어 왔구나──하는. 그 정도의 느낌밖에 없어. 스스로도 깜짝 놀랄 만큼 담백해."

그리고 그녀는 말했습니다.

"일레이나 씨에게 느끼는 감정은 다르지만."

"……? 저요?"

끄덕, 제 어깨 위에서 그녀는 고개를 끄덕였습니다.

"나는 오늘 아침에 일레이나 씨와 처음 만났을 뿐인데── 그런데 어째서일까? 신기해. 나, 지금 이 시간이 쭉 이어지기를 바라고 있어."

"…………."

"나도 내 기분을 모르겠어. 하지만 나, 마음 한편으로 혹시 어쩌면 생각하고 있는지도 몰라. 나라에 도착하고 싶지 않다고——."

"그만하죠."

저는 그녀의 말을 가로막았습니다.

"기억이 돌아왔을 때 부끄러워질 거예요."

"…………."

잠시 침묵한 후 그녀는 피식 웃었습니다.

"그렇겠네."

"……네."

——저도 이 여행의 끝에 아무런 감정도 들지 않는 것은 아닙니다.

빗자루가 바람에 추월당하며 길 위를 표류하고 있는 이유는, 그저 그녀를 졸음 속에 빠뜨리기 위함도 아니고, 애태우기 위함도 아닙니다.

우리는 어쩌면 서로 같은 마음을 품고 있었는지도 모릅니다.

그래도 빗자루는 앞으로 나아가야만 합니다.

신앙의 도시 에스트로 이어지는, 같은 길을.

○

신앙의 도시 에스트는 높다란 외벽에 둘러싸인 커다란 나라였습니다.

그러나 지나치게 어마어마한 외벽에 비해, 그 벽에 달린 문은 놀라우리만치 작았고, 마차 하나가 통과하기도 힘들 정도로 부실

해 보였습니다. 조잡하다 해도 좋을 정도입니다. 멀리에서 외벽을 바라보았을 때는 아무리 응시해보아도 확인하는 것조차 불가능했고, 가까이에 이르러서 겨우 그 존재를 눈치챘다고 해도 여전히 자세히 살펴보아야 할 정도로 작은 문이었습니다.

우리는 그 문 앞에 섰습니다.

"실례합니다!"

똑, 똑, 암네시아 씨가 문을 두드렸습니다.

나무로 만들어진 문이 힘없이 열린 것은 그 후로 한동안 시간이 흐른 뒤였습니다.

"…………."

문을 열고 나타난 것은 머리에 깊숙하게 후드를 눌러쓴 마법사. 아무런 말도 없이 그저 그곳에 가만히 서 있었습니다.

"……저기. 저, 이 나라 출신인 암네시아라고 하는데요."

긴장한 기색으로 암네시아 씨가 마법사를 올려다보았습니다.

"…………."

그러나 마법사는 아무런 말도 없었습니다.

잘 생각해보면 그녀가 이 나라 출신이라고 증명할 수 있는 방법은 아무것도 없었습니다. 기억도 없었습니다. 실제로 신앙의 도시 에스트 출신이라는 것은 그저 그녀의 착각인 게 아닐까? 사실은 이 나라는 그녀와 아무런 인연도 관계도 없는 곳인 건 아닐까?

그런 불안이 침묵과 함께 내려앉았습니다.

그런 직후였습니다.

"그쪽 마녀님은 누구지?"

눈앞의 마법사는 저를 바라보았습니다.

"암네시아의 동행자라고 보면 되겠나?"

아, 말할 수 있구나.

한순간 사이를 두고서 저는 고개를 끄덕였습니다.

"그렇습니다."

"그런가."

"그렇습니다."

"……그럼 들어와도 좋다. 입국을 환영하지."

그리고 마법사는 문 앞에서 비켜섰습니다.

그러나 그 말은 저만을 향하고 있는 듯 느껴졌습니다. 마법사
는 여전히 저만을 바라볼 뿐, 암네시아 씨에게는 시선도 주지 않
았습니다.

뭔가 묘합니다.

"……저기."

"마녀님. 당신에게 답례를 하고 싶다. 혹 괜찮다면, 이대로 궁
전까지 가줄 수 있겠나?"

"답례라니, 어째서죠……? 대체 뭘——."

어리둥절해 하는 저와 무슨 일이 벌어지고 있는 것인지 이해하
지 못해 눈을 동그랗게 뜨고 있는 암네시아 씨를 번갈아 본 마법
사는 말했습니다.

"이 범죄자를 데려와 준 데 대한 답례다."

그리고 마법사는 그녀를 향해 지팡이를 들이댔습니다.

발해진 구속 마법. 빙글빙글 희푸른 빛이 뱀처럼 뻗어와 그녀

를 감았습니다.

"앗……! 잠깐, 무슨 짓이야?! 잠깐——."

당황하는 그녀의 목소리에 귀를 기울이는 일도 없이, 희푸른 구속구는 꽈악 그녀를 포박하여 움직임을 완전히 막아버렸습니다.

마법사가 지팡이를 쭉 당기자 그녀는 그 자리에서 무릎을 꿇었습니다.

겁먹은 눈동자로 올려다보는 그녀를 마법사는 냉엄한 눈동자로 내려다보았습니다.

"대죄인 암네시아. 너를 구속한다."

그렇게, 말하면서.

○

궁전이라고 해도 거기에 임금님이 존재하고 있는 것은 아닌 모양이었습니다. 아무래도 이 나라에는 왕정이라는 것이 존재하지 않는 것 같았습니다.

궁전에 도착한 제가 안내된 곳은 가장 안쪽에 있는 어떤 방.

부채꼴로 테이블이 놓였고, 그 앞에 단상이 있을 뿐인 방이었습니다. 거기에 로브 차림의 어른들이 셀 수 없을 만큼 모여 있었습니다.

아무래도 회의를 하는 곳 같다는 건 어렴풋이 알 수 있었습니다.

"어서 오시오. 신앙의 나라 에스트에. 환영하지. ——이름은?"

단상 앞의 한 사람이 담담한 모습으로 저를 내려다보고 있었습니다.

저는 그 사람을 올려다보며 "재의 마녀 일레이나입니다. 마녀입니다"라고, 역시나 담담하게 답했습니다.

신음하는 듯한 낮은 감탄성이 여기저기에서 새어 나왔습니다.

"꽤 어리군."

단상 위에 있던 한 사람이 재미없다는 듯이 말했습니다.

"언제 마녀가 되었지?"

약간 느른한 목소리의 그녀는, 이 자리를 살펴보는 한 유일한 마녀였습니다.

"3, 4년 정도 전입니다."

저는 대답했습니다.

"……지금은 몇 살이지?"

"열여덟입니다만."

"……꽤 어리군."

더더욱 재미없다는 듯이 마녀님은 눈을 가늘게 떴습니다. 저 정도는 아니라고 해도 꽤 젊어 보입니다만, 아마 조금 나이를 잡수신 분인지도 모르겠습니다.

마법사답지 않은 검붉은 드레스를 몸에 두르고 있었지만, 그녀의 가슴께에는 저와 같은 별을 본뜬 브로치가 있었습니다.

오히려 이 나라에서는 저처럼 로브를 걸치고 삼각 모자를 쓰는 쪽이 드문지, 이 자리에서 삼각 모자를 쓰고 있는 이는 한 사람도 없었습니다.

마법사다움이라는 건 필요 없는 것이겠지요. 애초에 이 나라의 모든 사람이 마법을 쓸 수 있는 것 같으니까요.

"당신에게는 감사하고 있어. 저 대죄인을 데려와 주다니."

단상에 선 마녀님은 말했습니다.

"…………."

"저게 어째서 대죄인 취급을 받는지, 신경 쓰이나 보네."

"티 나나요?"

마녀님은 고개를 끄덕였습니다.

"대죄인의 동행자는 모두들 똑같이 신경 쓰니까. 지금 당신처럼."

"…………."

"하지만 모두, 사정을 들으면 대죄인을 경멸하고 진심으로 혐오하고, 그대로 이 나라에 관한 기억과 함께 대죄인에 관한 것도 잊고 나라를 떠나고 싶어 하지. 그도 그럴 게, 대죄인과 동행했다는 기억, 머리 한구석에 두는 것조차 기분 나쁘잖아?"

"…………."

저는 긍정도 부정도 하지 않았습니다.

"그녀는 대체 무슨 짓을 했나요?"

그저 사실을 확인할 뿐이었습니다.

어쩌면 눈앞의 마녀 씨는 저의 그러한 반응조차 이미 상정하고 있었던 것인지, 그녀는 입술을 얇게 만들며 희미하게 미소를 띠고 있었습니다.

"그에 관한 건 도서관 같은 데서 조사해보면 될 거야. 여기서 우리가 설명하는 것보다 훨씬 간단하게 알 수 있을걸? 저 여자가 얼마나 나쁜 짓을 저질러왔는지 말이야."

"설명하는 게 귀찮다는 건가요?"

"어머, 가시 돋친 말투네. ……아니야. 단순히, 우리가 이야기한다고 해도, 당신은 우리를 의심하고 듣지 않겠어? 저 여자는 억울하게 죄를 뒤집어쓴 거고, 우리가 저 여자에게 누명을 씌운 것이 아닐까 하고."

당신, 그런 표정을 하고 있는걸──하고 마녀 씨는 말했습니다.

"……티 나나요?"

"그럼, 물론."

그렇다며 마녀 씨는 긍정했습니다.

"그게, 지금까지 이 나라를 방문했던 대죄인의 동행자들이 그랬으니까. 그러니까 우리에게 듣는 것보다 직접 알아보는 편이 나을 거야."

과연.

"그래서── 그녀의 죄를 알게 되면, 저도 지금까지의 동행자분들처럼 그녀를 진심으로 경멸하고 혐오하게 될 거라는 건가요?"

"맞아. 그렇게 될 거야. 특히 암네시아가 범한 죄는 너무나도 무겁고, 용서받을 수 없는 것인걸."

지금은 그렇게 생각하지 않겠지만 말이지──라며 마녀 씨는 이런 이런 하고 어깨를 으쓱였습니다.

게다가.

"뭐, 하지만, 당신이 저 여자를 데려와 주었다는 것에 우리는 진심으로 감사하고 있어. 그것만은 잊지 말아주겠어? 대죄인을 데려와 준 당신은 이 나라의 영웅이나 마찬가지. 그러니까 감사의 증표로, 최고급 숙소와 식사를 준비해줄게."

"…………."

저는 슬쩍 고개를 끄덕였습니다. "그건 감사하네요"라며. 그다지 기쁘지는 않지만 말이죠.

애초에.

제가 이 나라에서 뭔가 좋은 추억을 쌓는다고 해도, 이 나라를 나가는 순간 기억을 지워버린다고 한다면, 결국 아무것도 남지 않을 테니까요.

무언가를 경멸하거나 혐오하거나 한다고 해도, 그것 역시 마찬가지죠.

벽에 둘러싸인 도시는 컸고, 그러나 마법사들뿐인 나라라고 하기에는 그럴듯한 모습을 그다지 발견할 수 없었습니다.

길에 나란히 늘어선 건물은 높았고, 전부 흰 칠이 되어 있었습니다. 들은 바로는 밤이 되면 노란 조명이 비춰지고, 그로 인해 거리는 신비한 느낌을 발한다든가 뭐라든가. 방금 전 빵을 산 노점의 아저씨가 수다스럽게 이야기해주었습니다. 이 나라의 거리가 무척이나 마음에 드는가 봅니다.

여담입니다만, 그는 이런 말도 했습니다.

"대죄인 암네시아를 데려왔다는 거, 당신이지? 그것참, 정말 고마워! 이 빵, 서비스로 줄게! 처형에 협력해준 데 대한 작은 감사야."

제가 사려고 했던 빵. 그는 돈을 받지 않은 채 그것을 제게 떠

넘겼습니다. 제가 암네시아 씨를 데려왔다는 걸 대체 언제 안 것일까요?

"…………."

그의 호의와 달리 제 식욕은 단숨에 사라지고 말았습니다.

잠시 걷고 있으려니 누군가가 보고 있는 듯한, 무언가에게 노려지고 있는 듯한 시선을 문득 느꼈습니다. 뒤를 돌자, 떠들썩한 거리가 그저 펼쳐져 있었습니다. 제게 직접 감사 인사를 하거나, 멀리서 "저 사람이 암네시아를 데려온 마녀님이야"라며 옆 사람에게 가르쳐주거나, 혹은 그저 선망의 시선을 이쪽으로 보내고 있을 뿐이거나, 여기저기에 저를 향한 시선이 있었습니다.

"…………."

뭔가 안 좋은 의미로 눈에 띄고 있는 듯한 기분이 듭니다.

한동안 길을 걷자 수정 가게가 보였습니다. 크고 작은 다양한 수정이 길가에 면한 창가에 진열되어 있었습니다.

『여러분. 오늘은 좋은 뉴스가 있답니다.』

놀라운 것은 그곳에 진열된 수정들이 완벽하게 똑같은 광경을 비추고 있다는 점이었습니다. 조금 전 제가 갔던 궁전에 있었던 마녀 씨가, 수정 너머에서 과장된 몸짓과 손짓을 해가며 희희낙락한 표정으로 연설 같은 것을 하고 있었던 것입니다.

『대죄인 암네시아가 드디어 이 나라로 돌아왔다는 건 알고 있겠죠?』

"저기, 이건?"

그러자 멀리서 지켜보고 있던 주민들이 너무나도 재빠른 움직임으로 저를 둘러쌌습니다.

"이런, 마녀님. 이 수정에 관심이 있나?" "이건 거울 수정이라는 건데, 그러니까, 이렇게 거울처럼 먼 곳의 광경과 소리를 비춰주는 수정이야!" "대단하지? 이게 우리나라가 자랑하는 마법 기술이란 거라고." "다른 나라에서는 절대 이런 기술을 흉내 내지 못할걸?"

"아, 네에…… 그런가요……?"

"참고로 우리 국민들은 이 나라의 마법 기술을 위해 마력을 매월 나라에 양도하고 있어." "뭐 세금 대신에 마력을 내고 있는 거지." "그렇게 해서 이런 마력을 사용한 기술이 국민에게 돌아오는 거야!" "대단하지 않아?" "다른 나라에도 이런 기술이 있나?" "있을 리가 없잖아, 멍청하네."

"아, 그만 됐습니다."

"참고로 거울 수정 너머에서 이야기하고 있는 마녀님은 장미의 마녀 엘리미아라고 하거든." "그녀는 유일한 마녀님이야." "그녀의 능력은 말이지, 그게 정말 대단하다고!" "거울 수정을 만들어 낸 것도 그녀의 공적이 있었기 때문이지!" "대체 지금 몇 살인지는 모르겠지만―― 훨씬 전부터 이 나라에 공헌해온, 아무튼 대단한 마녀인데――."

"그만됐다고말하지않았던가요끈질기네요"

휙휙 손을 내저어도 그들은 계속해서 말했습니다. 뭔가요? 말하지 않으면 죽어버리는 겁니까? 망할 수다쟁이 놈들입니까?

그런 불평 한마디라도 해드리고 싶던 참이었습니다. 하지만.

수다쟁이인 그들은 제가 알고 싶었던 것까지도 가볍게 이야기 해주었습니다.

"당신에 여기에 데려온 그 여자── 암네시아 말인데." "그건 이 나라의 마녀들을 죽였어. 엘리미아 님을 빼고는 전부 다." "그리고, 거기에 더해 다른 나라에 독을 가져가서, 괴멸 상태에 빠뜨렸다니까." "사형되는 게 당연해!" "그나저나 그 여자를 훌륭하게 체포한 엘리미아 님의 훌륭함으로 말할 것 같으면──."

등등.

쉽게 믿을 수 없는 말이── 정말로 그 암네시아 씨가 했다고는 도저히 믿을 수 없는 사실이 국민들의 입을 통해 이야기되었습니다.

『암네시아의 처형 날짜가 정해졌어.』

수정 가게에 진열된 거울 수정에 비춰진 장미의 마녀 엘리미아 씨는 밝은 웃음을 띠고 있었습니다.

『내일 아침이야. 내일 아침에 그 여자의 목을 궁전 앞 광장에서 자를 거야. 국민 여러분의 참가를 기대하고 있으니까, 잘 부탁해.』

제 주변에서 박수갈채가 일었습니다.

그리고 엘리미아 씨는── 마치 제가 여기에 있다는 걸 아는 듯이 거울 수정 너머에서 말했습니다.

『물론, 국민이 아닌 사람의 참가도 말이지.』

그런 말을 남기고, 거울 수정 너머에서 사라져버렸습니다.

그 후에는 그저 거울처럼 변한 수정.

거기에는 망연한 표정을 한 제가 남겨져 있었습니다.

○

조사에 가장 적절한 곳은 어디인가.

그렇습니다. 도서관입니다.

"……으으음."

거울 수정으로 엘리미아 씨가 이야기한 직후에 저는 그 자리에 있던 주민들에게 도서관이 있는 곳을 물어 곧장 여기로 왔던 것입니다.

이 나라의 도서관은 나름대로 제대로 된 시설로 성립되어 있는지, 안은 크고 천장은 아주 높았습니다.

나선처럼 빙글 천장을 향해서 뻗은 커다란 계단 옆에 책장이 줄줄이 늘어서 있었습니다.

그러나 제가 찾고 있는 건 거기에 꽂혀 있는 책들이 아니었습니다.

"이 나라의 신문을 보여주세요. 모조리."

저는 조사를 하기 위해 여기 온 것입니다. 무슨 조사인지는 말할 것도 없겠지요.

사서님에게 부탁했더니 곧바로 약 지난 1년 치 신문의 백 넘버를 개시해주었습니다. 저는 "감사합니다"라고 인사하고, 가까운 의자에 앉았습니다.

"…………."

각 신문을 비교해가며 해당 사건을 조사했습니다. 암네시아 씨가 이 나라에 있던 당시, 기억을 계속해 잃는 요인이 된 사건으로서 예측할 수 있는 전개는 이런 느낌이었습니다.

사건의 발단은 지금으로부터 약 1년 전.

이 나라에 있던 네 명의 마녀가 잇따라 실종되는 사건이 일어났습니다. 신앙의 도시 에스트에 살았던 마녀는 전부 다섯 명. 홀로 남겨진 장미의 마녀 엘리미아는 "이건 신앙의 도시 에스트에 대한 반역이다"라는 성명을 내고 범인 찾기에 열을 올렸습니다. 에스트의 치안을 지키는 정통 기사단도 그녀에게 전면적으로 협력했고, 이 나라의 재산이라고도 부를 수 있는 마녀를 잇따라 살해한 범인을 찾아 나섰습니다.

그러나 범인은커녕 단서조차 찾을 수 없었습니다.

어째서 마녀들이 연이어 실종된 것인가. 어째서 시신조차 찾지 못하는 것인가. 일련의 사건에서 수수께끼는 수수께끼를 불러왔고, 미궁 속으로 빠지고 말았습니다.

이대로는 미해결 사건으로 막을 내리게 되는 것이 아닐까. 이대로는 네 마녀의 원통함을 영원히 풀 수 없게 되는 것이 아닐까.

마녀 엘리미아와 정통 기사단은 점점 초조한 빛을 띠기 시작했습니다.

그런 때였습니다.

마녀 엘리미아가 범인을 잡은 것입니다.

마녀 네 명을 죽인 범인은 정통 기사단 소속인 암네시아라는 소녀였습니다.

그녀는 정통 기사단에 속해 있으면서 마법을 제대로 쓸 줄 모르는 등신이었습니다. 밥벌레였습니다. 빗자루로 하늘을 나는 것조차 제대로 못하는 그녀는 이 나라에 강한 열등감을 갖고 있었고, 그 열등감은 마녀를 살해하고 그 마력을 빼앗겠다는 만행을 벌이는 방아쇠가 되기에 충분한 것이었다──라고 합니다.

엘리미아 씨는 신문에 이러한 발언을 남겼습니다.

『이 나라에는 마력을 세금 대신에 내고, 받은 마력을 나라가 운용한다는 시스템이 있잖아? 그 시스템을 구축한 것도 나였는데── 그날, 사건 조사를 위해 암네시아와 행동을 함께했더니 말이야, 암네시아가 마력을 마구 쓰지 뭐야. 본인은 연습했다고 말했지만, 다들 알고 있지? 마법 연습을 하루 이틀 한 것만으로 실력이 급격히 늘기는 어렵다는 걸. 그래서 그녀에 관해 조사했더니, 내가 만든 시스템을 흉내 낸 걸 만들어냈다는 사실을 알게 된 거야. 아무래도 마녀들에게서 마력을 모조리 빼앗아 죽인 모양이야.』

암네시아 씨의 인간관계는 무척이나 냉랭했다고 합니다.

마법을 제대로 다루지 못하는 그녀를 부모님은 싫어했고, 성인이 되기 전에 집에서 쫓겨났다고 합니다. 친구라고 부를 수 있는 자도 많지 않았고, 언제나 혼자서 행동했던 모양입니다.

마법을 쓸 수 없어 그 대신에 갈고닦은 검술을 인정받아 정통 기사단에 들어가는 데까지는 이르렀지만, 그러나 정통 기사단 내에서도 그녀 같은 자는 거북스런 존재로 여겨졌고, 더욱이 나중에 들어온 여동생에게는 바로 추월당해, 금세 여동생의 부하로서 일하게 되어버렸다고 합니다.

끊임없는 열등감이 그녀를 괴롭혔을 것입니다.

그러나 마녀 네 사람의 시신이 장미의 마녀 엘리미아 씨의 손에 의해 발견되고 말았습니다. 시신에는 베어 가른 듯한 흔적이 있었고, 그녀가 갖고 있던 검에 의해 생긴 상처라는 사실은 대조하여 조사한 결과 명백해졌습니다.

그녀의 죄는 그것만이 아니었습니다.

엘리미아 씨가 개발한 마력을 흡수하여 이용하는 시스템을 암네시아 씨가 개발했을 때, 지하 수로에서 대량의 유해 물질이 방류되어버렸다고 합니다.

그 결과 이웃 나라에 피해가 미쳤고, 공해에 의해 괴멸적인 상황에 빠졌다는 모양입니다.

마녀 네 명의 살해 및 공해 유포.

암네시아 씨의 죄는 너무나도 무거웠습니다.

사태를 심각하게 받아들인 신앙의 도시 에스트의 의회는 이윽고 암네시아 씨를 망각 귀향의 형에 처하기로 결정했습니다.

그것은 대죄인에게만 주어지는 벌.

조사해보니, 그 벌은 죄를 범한 자의 기억이 하루마다 사라지는 저주를 걸어 나라 밖으로 추방하는 것이라고 합니다. 그러나 그것만으로는 끝나지 않았습니다.

자신의 이름도 기억하지 못하는 상태로 밖에 내던져진 자는 어찌하는가. 이 나라는 그것을 잘 알고 있었습니다.

기억을 상실한 대죄인은 자신이 누구인지를 우선 알아내려 합니다. 입고 있는 옷과 몸에 차고 있는 액세서리를 의지해 자신이 어디에서 왔고 어디로 향해야 하는가를 알고 싶어 하는 것입니다.

그리고 자신의 고향을 찾아 대죄인은 걷기 시작합니다.

한 달일까. 두 달일까. 혹은 1년 정도 걸릴지도 모른다. 그러나 대죄인은 분명 돌아온다. 매일같이 타인과 그리고 자기 자신과 만남과 이별을 반복하면서.

목을 치기 직전까지, 그 저주는 계속됩니다.

그리고 나라에 돌아와 단두대 꼭대기에 이르렀을 때, 저주를 푸는 것입니다.

대죄인이 밖에서 보냈던 기억은 대체 어떠한 기억일까. 어쩌면 기억 상실에 빠진 대죄인에게 상냥하게 대해준 사람은 많았을지도 모릅니다. 이 주변의 치안은 그 나름대로 좋은 편이니, 어쩌면 사람들은 따뜻하게 대죄인을 맞아주었을지도 모릅니다. 기억이 없는 대죄인을 걱정해주는 사람도 많았을 테지요.

기억 상실이 된 이유는 불투명하다 해도 대죄인은 그저 오로지 희망만을 가슴에 품고 바깥 세계를 계속 걷습니다. 그러나 마지막에, 그러한 행복한 기억은 모두 단두대로 이어지는 여정에 지나지 않았다는 사실을 알게 되는 것입니다.

그리고 너무나도 깊은 후회와 절망 속에서 대죄인은 죽어갑니다.

그것이 망각 귀향이라는 벌이었습니다.

그리고 암네시아 씨가 내일 받게 될 벌이었습니다.

"…………."

그렇게.

거기까지 읽기를 마쳤을 때, 또다시 시선을 느꼈습니다.

저는 신문, 그리고 나중에 추가로 읽은 이 나라의 처형 자료 다발이 산처럼 쌓인 테이블에서 주변을 살폈습니다.

그러나 지금은 거리에서와는 달리 아무도 없었습니다.

시선 따위 느낄 리가 없습니다만······.

"······음?"

아니, 잠깐 기다려주세요.

뭔가 상자가 있습니다.

딱 사람이 한 명 들어갈 수 있을 만한 크기의 상자가 책장 그림자에 숨겨져 있었습니다.

"······저건 뭐지?"

너무 수상합니다.

그러고 보니 거리에도 저런 상가자 있었던 것 같은 기분이 안 드는 것도 아닙니다. 그러나, 거리 한쪽에 저 상자가 있었다고 해도 그것은 그저 상자일 뿐이었고, 수상히 여길 필요성조차 느끼지 못했을 터이지만, 여기는 도서관입니다. 어째서 상자 같은 게 있는 걸까요? 발판입니까?

"············."

저는 자리에서 일어나 그 상자 앞에 웅크려 앉아 빤히 바라보았습니다.

"············윽!"

덜컹덜컹 흔들리는 상자.

발판이 아니로군요. 이거.

"저기, 뭐 하는 건가요?"

"…………."

"당신에게 말하고 있는 겁니다만. 들립니까?"

콩, 콩, 하고 저는 상자 위쪽을 두드렸습니다.

"…………."

잠시 침묵. 그리고.

"아뇨, 상관 마시고."

아, 말했다.

"당신, 뭘 하고 있는 거죠?"

"신경 쓰지 마세요. 이건, 그…… 취미?"

어째서 의문형인 걸까요? 그보다.

"대체 뭐가 취미면 그런 식이 되는 겁니까?"

"이건…… 그…… 마녀님을 미행하는 취미, 라고 할까, 그런 걸까요……?"

"그게 뭔가요?"

스토커입니까?

어이없어하는 저에게 상자 속 그녀는 말했습니다.

"당신이 재의 마녀 일레이나 씨죠? 대죄인 암네시아를 여기로 데려온 장본인인."

"……잘 아시네요."

아마도 거울 수정으로 저에 대해 알았을 테죠.

"당신이 이 나라에 왔을 때부터 줄곧 뒤를 쫓고 있었으니까요."

"스토커입니까?"

"아니에요!"

살짝 울컥하는 상자 속 사람.

"당신이 신용할 수 있는 사람인지 아닌지를 판단하고 있었던 거예요."

"흐음."

상자 속 사람은 틀림없이 신용할 수 없는 부류의 사람이리라는 것만큼은 확신할 수 있었습니다.

"그래서, 어떤가요? 저는 신용할 만한 인간이었나요? 뭐, 딱히 어찌 되든 상관없지만."

저, 지금 좀 바쁘답니다. 그러니까 걸리적거리지 말아주시겠어요? 그렇게만 말하고 저는 몸을 일으켰습니다.

그 직후였습니다.

"기다려주세요!"

상자 속 사람도 일어섰습니다. 상자 아래에서 스커트를 입은 다리가 삐죽 솟아 나와 너무나도 이상한 모습이 되었습니다.

"당신은 대죄인 암네시아의 죄상에 회의적이지 않은가요? 그래서 이렇게 조사하고 있는 거 아닌가요?"

상자로 얼굴을 감추고 있다고 해도 그 너머의 안색이 귀기에 어려 있다는 것을 충분히 알 수 있을 만큼 필사적인 목소리였습니다.

"…………."

저는 자리로 돌아가려던 걸음을 멈추고 그녀에게 답했습니다.

"그렇다고 한다면 어떻다는 거죠?"

"괜찮다면── 나에게 협력해주지 않겠어요?"

"……저기, 그 전에 당신은 누군가요?"

단순명쾌한 의문이었습니다.

애초에 얼굴도 뭣도 모른 채, 그저 단순히 저를 스토킹하고 있었을 뿐인 사람을 대체 어떻게 믿으라는 걸까요?

그러자 그녀는 "아, 미, 미안해요! 인사가 늦었어요!" 하고 상자를 벗어버렸습니다.

드러난 것은 하얗고 부드러운 긴 머리카락. 리본을 빙글 감고 있었습니다.

어려 보이는 생김새를 보면 나이는 저보다 한 살이나 두 살 정도 아래일 테죠.

자세히 보니 입고 있는 것은 하얀 로브로, 암네시아 씨가 입고 있던 것과 같았습니다.

어딘가 그 생김새에서도 암네시아 씨가 떠올랐습니다. 머리카락이 짧다면, 그 머리카락에 리본 대신 카추샤를 한다면 완전히 똑같으리라 생각될 만큼, 그녀와 닮았습니다.

"당신은——."

제 말에 그녀는 고개를 끄덕였습니다.

"내 이름은 아빌리아."

상자가 덜컹하고 소리를 내면서 구르는 중에 그녀는 말했습니다.

"암네시아는 내 언니예요."

○

©Azure

저는 그 후 아빌리아 씨에게 초대되어 그녀의 집으로 향했습니다.

참고로 그녀는 어째선지 상자를 뒤집어쓴 채였습니다. 즉, 움직이는 상자 뒤를 쫓아가는 저, 라는 너무나도 기묘한 광경이 거리에 펼쳐지고 있었습니다만, 아빌리아 씨가 말하길, "나랑 일레이나 씨가 만나는 걸 다른 사람들에게 들키면 여러 가지로 안 좋으니까요"라며 상자를 벗지 않았습니다. 상자를 뒤집어쓰고 있는 쪽이 여러 가지로 안 좋을 거라고는 생각하지 않는 것일까요? 묘하게 주목을 받고 있는데요?

"괜찮아요. 이거라면 주변 사람들에게는 움직이는 상자로만 인식될 거예요."

정말입니까?

"여어, 아빌리아잖아?" "오늘도 상자 뒤집어쓰고 뭐 하는 거야? 누군가를 미행하는 건가?" "열심이네." "옆에 있는 건 재의 마녀님인가?" "대체 어찌 된 거지?"

"…………."

들켰지 않습니까?

그보다, 늘 상자를 뒤집어쓰고 있는 겁니까? 바보입니까?

"젠자앙!"

그녀는 자포자기한 듯 상자를 집어 던지고 길을 걸었습니다.

그리고 "그 범죄자 언니를 데려온 경위를 묻기 위해 일레이나 씨를 데려가는 겁니다! 딱히 아무것도 아닙니다!"라며 마을 사람들에게 대꾸하기도 했습니다.

"…………."

정말입니까?

얼마 안 가 그녀의 집에 도착했습니다.

정통 기사단이라는 데 소속되어 있으니, 그 나름대로 벌이도 있을 테지요. 그녀의 집은 적당히 호화로웠습니다.

"조금 지저분할지도 모르지만, 편히 계세요."

그녀는 그렇게 말했지만, 실제로는 꽤나 넓은 방에 발 디딜 곳도 없을 만큼 책과 자료, 논문과 서적 등, 그 외에도 이것저것 이것저것. 일과 관련된 이런저런 물건들뿐.

어떤 의미에서는 생활감을 엿볼 수 없는 방이었습니다. 호화로운 방이 의미가 없습니다.

"⋯⋯⋯⋯."

저는 방을 둘러보고서 그녀를 보았습니다.

"저기, 어디에 앉으면."

"그 근처에."

"⋯⋯⋯⋯."

어느 근처에⋯⋯?

저는 망설인 끝에 바닥에 어질러진 몇 장인가의 종잇조각을 뛰어넘은 다음 다리를 접어서 바닥에 앉았습니다. 방에는 의자도 테이블도 있었습니다만 이미 자료의 산에 뒤덮여 있었습니다.

"⋯⋯그럼 이야기할게요."

아빌리아 씨는 그렇게 말하더니 제 앞에 털썩 앉아, "⋯⋯일레이나 씨, 이 나라의 모습을 보고 어떻게 느꼈나요?"라며 고개를 기울였습니다.

어떻게라고 물은들…….

"적어도 이상한 나라라고는 느꼈습니다. 소문이 퍼지는 게 묘하게 빠르고, 거울 수정 같은 이상한 발명품이 있고, 그리고——."

암네시아 씨를 대죄인이라고 하니까요.

저는 말했습니다.

"그녀는 정말로 죄인입니까? 저로서는 도저히 믿을 수 없습니다."

설령 신문과 이 나라의 사람들이 그녀를 대죄인이라며 망각 귀향형에 처했다고 해도, 그녀 자신의 여행이 죽음을 향한 여정일 뿐이었다고 해도.

저와 함께했던 지금까지의 여행이 무의미했다고 해도.

저는 믿을 수 없었습니다. 지금도 여전히 이상합니다.

그런 식으로 기억을 매일 잃어도 긍정적이고, 결코 평정심을 잃는 일 없이 밝은 모습이었던 그녀가 사람을 죽이고 마력을 빼앗으려 했던 과거를 갖고 있다니, 믿을 수 있을 리 없습니다.

"딱 잘라 말하자면, 내가 조금 전 거리에서 했던 말은 거짓말입니다."

아빌리아 씨는 제게 답했습니다.

"사실은, 실제로는, 당신이 언니를 여기까지 데려오고—— 그러고도, 아직 언니를 믿고 있는지를 알고 싶었습니다"

"…………."

"당신은 언니 편인가요?"

"…………."

저는 그녀의 비취색 눈동자를 바라보았습니다.

"당신은 어떤가요?"

상자를 뒤집어쓴 것처럼 자기 수중의 것을 드러내지 않은 채 저에게 연이어 질문하는 건 이해할 수 없군요.

그녀는 한순간 허를 찔린 듯이 놀랐지만, 이내 입을 열었습니다.

"언니 편인 게 당연하잖아요."

너무나도 당연하다는 듯이 말했습니다.

"나는 언니를 돕기 위해 지금까지 쭉, 정통 기사단의 일원으로서 궁전에서 일하는 한편으로, 뒤에서 움직이고 있었어요."

"그런 것치고는, 이 나라 사람들 앞에서는 언니를 범죄자 취급하는 것 같던데요."

"그렇게 하지 않으면 이 나라 사람들의 신뢰를 얻지 못하니까요."

"…………."

과연, 그렇군요.

"……그럼 당신 언니는 억울한 죄를 뒤집어쓴 건가요?"

제 말에 아빌리아 씨는 조용히, 신중하게 고개를 끄덕였습니다.

"누명이 틀림없어요. 전부 그 마녀가 꾸민 겁니다."

'……그 마녀'라는 건 대체 누구인가 퍼뜩 머리를 굴린 찰나에, 그러고 보니 이 나라에 마녀는 단 한 사람밖에 남아 있지 않다는 사실을 떠올렸습니다.

"장미의 마녀 씨, 인가요?"

"그래요."

"……즉, 그 엘리미아 씨라는 사람이, 암네시아 씨를 함정에 빠뜨려, 이 나라에서 쫓겨나도록 한 장본인이라는 건가요?"

"그래요, 그래요."

"……엘리미아 씨 탓에 암네시아 씨가 죽을 거라는 건가요?"

"그래요, 그래요, 그래요."

"…………."

그래요, 그래요, 짜증 나는군요.

"쉽게 믿기는 어려울 테죠. 하지만, 그게 사실이에요."

"……아니, 딱히 믿기 어려운 건 아닙니다."

오히려 묘하게 납득이 된다고 할까, 뭐 확실히 그런 느낌은 들었다고 할까.

그게 그 마녀 씨 척 보기에도 수상하지 않은가요? 뭔가요? 그 느른한 말투. 수상하기 그지없습니다.

"하지만, 그렇다면 진실은 대체 뭔가요? 암네시아 씨는 어쩌다 대죄인이 되어버린 겁니까?"

그리 물었습니다.

제 말에 아빌리아 씨는 답했습니다.

"조금 긴 이야기게 될 텐데, 괜찮겠어요?"

"간단하게 부탁드립니다."

"우우."

부루퉁하게 뺨을 부풀리며 노골적으로 기분 상한 내색을 한 아빌리아 씨는 그 후에 "언니 이야기를 간단하게 하는 건 불가능해요"라고 말한 후, 이야기를 시작했습니다.

……하지만, 그런데.

"당신, 언니를 엄청나게 좋아하는군요."

그 말에 아빌리아 씨는 역시나 너무나도 당연하다고 말하고 싶은 듯, 대꾸했습니다.

"정말 좋아하는 게 당연하잖아요?"

암네시아 씨에게 얽힌 모든 것들이 여동생의 아빌리아 씨의 입에서 이야기되었고, 저는 일단 그녀의 방에서 나와 집 앞 계단에 걸터앉았습니다.

빗자루를 끌어안고서.

"…………."

그것은, 무척이나 가슴이 저미는 불행한 이야기였습니다.

너무하다 할 만큼 박복한 그녀의 이야기였습니다.

대체 그녀가 무엇을 어찌했다는 것입니까? 그저 아주 조금, 이 나라에서는 보기 드물 정도로 마법을 쓸 수 없었다는 것만으로 이 정도의 처사를 받아야만 하다니. 대체 어째서입니까?

그렇게나 좋은 사람인데——.

"어떻게 생각하나요?"

저는 끌어안고 있던 빗자루에 질문을 던졌습니다. 사람의 모습이 아닌, 지금은 그저 빗자루로서 저의 품 안에서 가만히 서 있던 그녀는.

"어떻게라고 말씀하신들."

그렇게 담담한 태도로 답했습니다.

"그건 대체, 어떤 의미로 한 말씀인가요? 아빌리아 님에게 협력해야 할지를 물으신 건가요? 아니면 아빌리아 님의 이야기가 진실인지 아닌지를 확인하려 하시는 건가요?"

"양쪽 다예요."

"즉, 진위를 확인할 때까지는 아빌리아 님에게 협력할 마음이 들지 않는다는 건가요?"

"맞아요."

"그렇다면 대답할 필요를 느끼지 못합니다만."

가시 돋친 말투였습니다.

"……오늘의 당신은 꽤 신랄하군요."

"이런 때에만 부름을 받는 형편 좋은 빗자루 생활에 질렸답니다."

"…………."

"농담이랍니다."

만약 그녀가 사람 모습을 하고 있었다면, 분명 엷은 웃음을 지었으리라 생각했습니다.

"제가 생각한 바로는, 아빌리아 님이 한 이야기는 진실일 겁니다. 저에게는 그런 확신이 있습니다."

"호오."

"어째서인지 아시겠나요?"

"…………."

저와 같은 여행길을 걸어온 제 빗자루가, 저는 알지 못하는 어떤 정보를 가졌고, 그것을 근거로 아빌리아 씨가 한 이야기의 진위를 파악하고 있다.

이 상황은, 한마디로 제가 없었던 어딘가에서 무슨 일이 있었다는 것을 암시하고 있었습니다.

예를 들면, 얼음에 뒤덮였던 나라에서의 일, 이라든가.

"……제가 얼어붙어 있던 사이에 무슨 일이 있었는지, 가르쳐 주시겠어요?"

그것은 제가―― 그곳에서 나온 후, 심하게 풀죽은 암네시아 씨를 보고서, 겁먹고 두려워하고 당황하여 지금껏 입에 담을 수 없었던 말이었습니다.

저는 주저하고 있었던 것입니다.

잔혹한 진실을 알면, 저도 눈물을 흘리게 되어버릴지도 모르니까요.

"얼마든지요."

그녀가 웃는 기척이 느껴졌습니다.

"하지만 그 전에 하나 괜찮을까요?"

"……뭔가요?"

"일레이나 님은 애초에 이 나라에서의 일을 저에게 묻기 전부터, 이미 이 일련의 사건 해결에―― 암네시아 님의 구출에 대해 무척이나 긍정적이었던 게 아니신가요?"

"무슨 말을 하는지 모르겠네요."

저는 이런 이런 하고 어깨를 움츠렸습니다.

하지만 어이없어하는 저를 제 빗자루는 무시했습니다. 애초에 보이기는 하는 건지 의문입니다만.

"일레이나 님은 아빌리아 님에게 협력적이기에, 이렇게 저를 빗자루 모습인 채로 부르신 거죠? 이렇게 하면 마력을 절약할 수 있으니까요."

무슨 말씀인지.

"당신을 그대로의 모습으로 둔 건, 빗자루가 갑자기 사람 모습으로 변하거나 하면 주변 사람을 놀라게 하기 때문입니다."

"빗자루랑 말하고 있는 시점에서 주변 분들은 이미 놀라셨으리라 생각합니다만."

"…………."

"애초에 주변에 사람 같은 건 한 명도 없지 않나요?"

"…………."

저는 한숨을 내쉬었습니다.

"오늘 당신은 무척이나 짓궂군요."

네──라고 제 빗자루는 대꾸했습니다.

이 또한 너무나도 당연하다고 말하고 싶은 듯이.

"저는 당신의 것이니까요."

그래서 저는 남모르게 답을 맞춰보고 있었던 것입니다.

그래서 저는 아빌리아 씨의 계획에 전면적으로 협력하기를, 약속했던 것입니다.

하지만 애초에 망설일 필요도, 진위를 확인할 필요도 전혀 없었던 겁니다

그녀를 구하는 것은 너무나도 당연한 일이니까.

○

"언니의 처형이 집행되는 건 내일 아침 열 시예요. 장소는 오

늘, 거울 수정 속에서 엘리미아가 말했을 테지만, 궁전 앞의 광장이 틀림없을 거예요."

당신에게 협력하겠습니다. 그렇게 말하며 돌아온 저를 "꺄아! 고마워요! 고마워요! 일레이나 씨가 있으면 언니 구출 성공은 틀림없을 거예요!"라며 끌어안았다가 이성을 되찾은 아빌리아 씨는 "아, 미안해요. 나한테는 언니뿐인지라"라며 떨어지더니 앞으로의 작전 내용을 저에게 공개했습니다.

어찌 되든 상관없지만, 뭔가요? 이 들쑥날쑥 격렬한 감정 변화는 대체.

"작전은 딱 하나. 우선 내가 광장에서 언니의 기억이 돌아오는 타이밍을 기다립니다. 일레이나 씨는 궁전 안에 침입해서 엘리미아의 발을 잡아주세요."

"엘리미아 씨가 궁전 안에 있으리라는 보장은?"

"그녀가 언니의 목을 치기로 되어 있어요. 그때까지는 아마도 궁전 가장 깊숙한—— 그러니까, 어제 일레이나 씨가 갔던 회의실이요. 거기에서 대기하고 있을 겁니다."

호오오.

"즉, 목을 칠 때까지의 시간을 번다는 작전인가요?"

꽤나 엉성하고 조잡한 계획이로군요.

"그걸로 대체 어떻게 언니를 구할 셈인 겁니까?"

"만약 엘리미아가 처형 시각에 나타나지 못할 경우, 언니의 목을 치는 역할은 나에게 맡겨지게 되어 있어요."

"……어째서죠?"

"대죄인이 기억을 잃기 전에 인연이 깊었던 순으로, 목을 치는 역할이 돌아가거든요."

표면적으로는 암네시아 씨를 체포하는 데 대활약했다고 여겨지는 엘리미아 씨.

표면적으로는 사이가 나쁘다고 여겨지는 아빌리아 씨.

과연, 인연이 깊다고 한다면 그럴지도 모르겠군요.

"단두대 꼭대기에 올라왔을 때 언니의 기억은 원래대로 돌아와요. 그러니까 그때가 절호의 기회예요. 그때 언니를 빼돌리면, 언니는 기억을 되찾고 처형을 피할 수 있어요."

"그다음은?"

"이 나라에서 나가는 거죠. 언니를 탈환하면 신호를 보낼 테니까, 일레이나 씨는 엘리미아를 붙들어 두는 걸 중단하고, 다음은 상황에 따라서 부탁드려요."

"……그래서?"

"네? 이상이 작전의 개요인데요?"

"그 작전대로라면 전혀 잘 풀리지 않을 가능성이 매우 높습니다만."

저기, 알고 있는 겁니까? 이 나라는 마법사들만 있는 나라잖아요? 그렇게 간단히 도망칠 수 있다면 나라에서 나가는 자 모두가 이 나라에 관한 기억을 잃고, 신앙의 도시 에스트의 사정을 아는 자는 없다, 라는 현재 상황에는 이르지 않았을 텐데요?

"후우, 그럼 어떻게 하면 되는데요?"

"아, 토라졌다."

뺨을 뾰로통하게 부풀린 아빌리아 씨. 손가락으로 찌르면 터질 것만 같습니다.

"모처럼 필사적으로 생각한 작전이었는데."

"……이 나라의 정통 기사단의 수준을 알게 된 듯한 기분이 드는군요."

정통 기사단으로서 궁전에서 일한다고 호언하기에 저는 완전히 궁전 내부 사정과 인간관계와 상하 관계, 그리고 이 나라의 독자적인 마법 기술을 최대한으로 살린 작전을 짠 것인가 생각했는데 말이지요.

터무니없이 밀어붙이는 작전이지 않습니까?

"……그러면 어떡하면 되나요? 일레이나 씨."

나는 찌릿 눈을 가늘게 뜨는 아빌리아 씨에게 "어떻게고 뭐고"라고 답했습니다.

"엘리미아 씨를 혼쭐내주면 다 해결되는 거 아닌가요?"

●

이건 나의 추억 이야기.

덧없는 추억 이야기.

"언니, 이것 보세요! 이 상자! 이걸 쓰면 미행 임무 같은 것도 완벽해요!"

여동생인 아빌리아가 사람 하나가 들어갈 수 있을 정도의 미묘한 크기의 상자를 들고, 흐흥 하는 의기양양한 표정을 지은 것은 그녀가 정통 기사단에 들어오기로 결정한 바로 그날의 일이었다고 기억한다.

내 집에 갑자기 나타났다 했더니만 무슨 이해할 수 없는 짓을…….

"정통 기사단은 미행 임무 같은 거 별로 없는데?"

"엑?"

"궁전의 잡무 같은 게 대부분이야. 애초에 이 나라에 악인이라고 부를 만한 사람은 적기도 하고."

정통 기사단의 일이라는 건 무척이나 수수하고, 기본적으로는 궁전 내에서 끝난다. 예를 들면 거울 수정의 조작이라든가, 회의를 위한 자료 만들기라든가, 궁전 내의 청소라든가 수리라든가. 그리고 요인 경호와 궁전 경비라든가. 사건과 사고가 일어나면 조사에 나서게 되기도 하지만, 화려한 전투 같은 건 거의 없다.

수수, 수수. 그리고 수수.

"그럼 이 상자는…… 어떡하죠……?"

"음, 쓸 일은 없겠는걸."

"하지만, 봐요. 이걸 늘 쓰고 있으면, 여차할 때 기습적으로 쓸 수 있거나 하지 않겠어요? 『어라? 저 상자는 뭐지?』하고 생각하게 만든 다음 내가 안에서 나온다든가, 『아, 이 상자가 있다는 건 저기에 정통 기사단의 아빌리아가 있는 거야!』라고 생각하게 한 다음, 실제로는 등 뒤에서 접근해간다든가."

"애초에 쓸 경우가 없는데……."

"……우으."

그렇다면 이 상자는 어찌하면 좋은가요? 같은 얼굴로 나를 보지 말아줬으면 좋겠다.

"그건 그렇고, 언니. 나 집을 나왔어요."

"뭐?"

이 아이는 무슨 말을 하는 거람?

"언니도 정통 기사단이 되었을 때 집을 나갔잖아요? 그러니까 나도 나오기로 했어요."

"…………."

내가 집을 나온 것은 그저 집에서 거추장스러운 짐짝 취급을 받는 게 싫었기 때문이지만—— 아빌리아는 부모님에게 사랑을 받았으니, 그럴 필요는 없을 것 같은데.

그보다.

"나는 독립해서 살기 시작했을 때 그런 상자를 준비하거나 하지 않았었는데."

내가 웃자 아빌리아는 또다시 우웃 하고 뺨을 부풀려 보였다.

지금 생각해보면 별것 아닌 추억이다.

아빌리아가 내 상사가 된 것은 그로부터 1년 후의 일이었다.

"내일부터 이 사람이 네 상사다. 잘 따르도록."

그런 말과 함께 데려온 것은 여동생이었다. 마법을 제대로 쓰지 못하는 나는 아무리 노력을 거듭해도 출세 같은 건 멀고도 부질없는 것이란 말인가.

마법 대신에 아무리 검기를 갈고닦아도, 애초에 그것을 피로할 자리가 극단적으로 적은 정통 기사단 내부에서 나는 밥벌레나 다름없었는지도 모른다.

정통 기사단으로부터 너는 아무런 도움이 안 된다는 말을 들은 듯한 기분이 들었다.

"언니——."

걱정스러운 듯 나를 바라보는 아빌리아가 거기에 있었다.

"……괜찮아. 신경 쓰지 마."

그렇게, 나는 거짓말을 하며 그녀의 머리카락을 쓰다듬었다.

사실은 당장이라도 소리치고 싶을 만큼, 속이 뒤틀렸다.

이런 취급을 받고서도 여전히 마법을 제대로 쓰지 못하는 나 자신을 용서할 수 없었다. 그러나 무엇보다도 용서할 수 없었던 것은, 정통 기사단이 나를 못살게 구는 데 여동생을 이용했다는 점이었다.

결국, 그 후로 여동생과의 관계는 소원해지고 말았다.

언제나 멍하고, 어딘가 나사가 풀린 듯한 아빌리아지만, 마법사로서의 재능은 뛰어났기에 정통 기사단 내에서도 금세 인정을 받게 되었다.

무대 위에서 화려하게 활약하는 그녀의 뒤에서 내 존재는 나날이 옅어져 갔다.

여동생이 정통 기사단에서 일하게 된 지 1년이 지났을 무렵에는, 나와 그녀는 얼굴을 마주하는 일도 없게 되었다.

누군가가 그렇게 만든 것이 아니었다. 그렇게 하기로 약속을 했기 때문도 아니었다.

우리는 그저, 서로, 서로의 얼굴을 보는 것이 괴로웠던 것이다. 그래도 끝까지 정통 기사단에 달라붙어 있던 나를 보며, 분명 주변 인간들은 무척이나 기분 상해했을 것이다.

그러나 내가 몸에 걸친 정통 기사단의 제복이 사라져버리면 다음은 아무것도 남지 않는다는 것을 나 스스로 잘 알고 있었기에, 그래서 나는 언제까지고 줄곧, 끈질길 정도로 정통 기사단의 일원으로서 일했다.

아무리 괴로워도 아무렇지 않은 척 가장하며 미소를 만들어 보였다.

그러던 어느 날의 일이었다.

"……으음?"

잡무로 국외에서 보내진 편지 처리를 맡은 일이 있었다. 그렇다고 해도 나라 밖의 세계라는 것에는 전혀 흥미를 느끼고 있지 않았기 때문에 기본적으로는 "개봉하여 필요한 것과 필요 없는 것을 분류하라"는 명령을 받아 그대로 처리할 뿐이었다.

그런데, 그 편지 다발 속에 이상한 것이 섞여 있다는 것을 눈치챘다.

"신앙의 도시 에스트에서 유출된 유해 물질에 의한 피해 보고……? 이게 뭐지?"

그것은 이 근처 나라에 사는 대마녀 루데라인가 뭔가 하는 사람이 보낸 한 통의 편지였다.

요약하면 「그쪽 나라에서는 유해 물질을 방출하고 있다. 그 탓에 우리나라가 괴멸 상태나 다름없다. 웃기지 마. 어떡할 거야?」라는 항의문이었다.

유해 물질―― 그 한 단어가 걸렸다

신앙의 도시 에스트는 기본적으로 폐쇄적인 성질을 가진 탓에 외국과의 트러블은 아주 극단적일 정도로 피하는 경향이 있었다. 유해 물질 같은 걸 유출하거나 하면 당장에 문제가 될 것이다. 이 나라의 경향을 생각하면, 그런 사태를 피하기 위해 몇 번이고 조사를 했을 것이다.

　물론, 이런 조사도 정통 기사단에게 맡겨진 것이지만.

　아무튼 유해 물질이 유출되었다는 것은 간과할 수 없는 문제였다. 나는 곧바로 직속 상사에게 보고했다.

　하지만.

　"……언니, 미안해요. 지금, 그럴 때가 아니에요."

　상사——라고 할까, 여동생이지만——는, 마침 다른 건으로 바빠서 다른 데 신경 쓸 여력이 없다고 했다. 요컨대 공해 조사 같은 걸 하고 있을 여유가 있을 리 없잖아, 라는 것이다. 웃기지 마.

　여동생의 본심이 어떠한지는 알 수 없다. 속으로는 나에게 협력해줄 마음이 있었는지도 모른다.

　실제로 내가 여동생에게 편지를 보여주었을 때, 주변에는 다른 부하들도 있었고.

　"아빌리아 씨는 지금 살인 사건 조사로 바빠." "너처럼 편지나 구분하는 월급 도둑이 아니라고." "한가하네." "쓸데없이 일을 늘리지 말아줄래?"

　그들은 그렇게 비아냥거렸으니까.

　그러니 그녀의 속내가 무엇인지는 알 수 없었다.

　"……알았어. 그럼 다시 편지 구분하러 갈게."

나는 주변 녀석들을 무시하고, 아빌리아에게서 편지를 돌려받
으며 그렇게 말했다.

뭐, 거짓말이지만.

아무도 안 하겠다면 나 혼자서라도 할 셈이었다. 혼자서 조사
하면 될 일이다.

"……미안해요."

가늘게, 속삭이듯이 그저 고개를 숙이고 사죄하는 아빌리아를
무시하듯이 나는 걸음을 옮겼다.

솔직히 말해서 사건 조사는 놀랄 만큼 간단했고, 그럴 마음만
먹으면 나 혼자서도 하루면 여유롭게 끝내버릴 수 있을 만큼 쉬
웠다.

대마녀 루데라 씨라는 사람은 이 나라의 인간들은 공해를 전혀
눈치채지 못하고 유출해버릴 정도의 바보들뿐이라고 머릿속으로
단정 짓고 있었는지, 유해 물질에만 반응하여 색이 바뀌는 신기
하고 편리한 종이를 편지에 동봉해주었던 것이다.

"그러니까, 요컨대 지하 수로를 조사하면 간단히 발생원을 찾
아낼 수 있다는 거네?"

그런고로, 나는 곧바로 신앙의 도시 지하 수로에 잠입했다.

어두컴컴하고 등불이 없으면 한 치 앞조차 보이지 않는 어둠이
었다. 벽도 천장도 전부 검붉은 벽돌로 통일되어 있었다. 내가 걷
는 길 바로 옆에서 생활 배수가 질척질척 흐르고 있었다. 희미한
빛밖에 없어서인지, 아니면 벽돌이 검붉은 색이어서인지, 물은
무척이나 탁한 듯도, 마치 피인 듯도 보였다.

"……으."

얼른 돌아가고 싶었던 나는 서둘러 흐르는 물에 종이를 넣어 색을 살폈다.

"아, 파란색이 됐어."

하얀 종이의 젖은 부분만이 변색되었다. 루데라 씨라는 이가 말하길 "파란색이 되면 거기는 유해 물질로 가득하다는 거니까 잘 부탁합니다"라고 했으니, 아마도 그러하리라.

그리고 지하 수로를 거슬러 올라가며 나는 색을 계속 관찰했다. 계속해서 파란색이었다. 어쩌면 이 나라에서 나오는 물은 전부 유해 물질인 게 아닐까 하는 생각이 들 정도였다.

그러나 현실은 달랐다.

"……어라?"

조사를 시작하고 한 시간 정도 지났을 때였다.

물에 넣은 종이의 색이, 변하지 않았다. 변색되지 않고 그저 젖어서 불은 종이가 내 손에 있었다.

고개를 들어 주변을 둘러보니 가까이에 문이 하나, 있었다.

지하 수로인데. 생활 배수가 흐르는 이런 곳에 사람이 올 리도 없건만.

어라? 하고 생각하며 문 바로 아래로 흐르는 물에 종이를 대 보았다.

색은 파랑으로 변했다.

그러나 그곳보다 상류로 가면 색은 변하지 않았다.

"……진짜로?"

아무래도 이 수상하기 그지없는 문에서 유해 물질이 새어 나오고 있는 것이 틀림없어 보였다.

눈앞에 너무나도 수상한 문이 하나 있었다.

들어가야 할지 말아야 할지, 그 순간 꽤나 고민했다.

그러나 여기 가만히 있어 본들 무얼 어찌하겠는가.

그래서 나는, 망설이고, 멈춰 섰던 직후, 문을 열고 있었다.

어슴푸레한 지하 수로보다도 더욱 깊은, 심연 같은 세계가 입을 벌렸다.

"…………뭐야, 이거……?"

사체. 사체. 그리고 사체와 사체.

그 옆에는 무언가의 연구 자료가 흩어져 있었다. 수상한 약품과 그곳에 있던 사체에서 적출했을 터인 장기가 담긴 유리병.

『불로불사』『영원한 젊음』『끝없는 마력』

마치 꿈속에서나 나올 법한 단어가 나열된 종이 다발이 여기저기에 흩어져 있었다.

뒤늦게 깨달았다. 여기에 썩어 문드러진 냄새가 가득하다는 사실을. 그 사체가, 눈에 익은 마녀의 것이라는 사실을.

나 혼자서는 도저히 어찌할 수 없을 문제에 직면했다는 사실을.

"어머나. ──이런 데 들어오다니."

느른한 목소리가 내 등 뒤에서── 바로 뒤에서 울린 것은 바로 그때였다.

"누구──."

그렇게 내가 뒤를 돌아보려던 때였다.

"그래. 덤으로 당신에게 죄를 조금 뒤집어씌우도록 해볼까──."

거기서 내 의식은 끊어졌다.

나는 그 목소리를 알고 있었다.

장미의 마녀, 엘리미아──.

●　●

언니가 마녀 네 명을 죽이고, 마력을 빼앗았다고 하는 소문은, 그다음 날 단숨에 퍼졌습니다.

사건의 개요는 일레이나 씨가 도서관에서 읽었던 자료대로입니다. 그러나 나는 이상해서 견딜 수가 없었습니다.

정말로 그런 일이 있을 수 있으리라고 생각합니까?

언니는, 내가 아는 한은 검기 솜씨는 그럭저럭 있지만, 그래도 벌레 한 마리 죽이지 못하는 마음 약한 사람입니다. 검 실력은 오히려 주변에 대한 견제일 뿐이었습니다.

게다가── 안 좋게 들릴지도 모르지만, 언니처럼 날붙이로밖에 싸울 수 없는 사람이 과연 마녀를 잇달아 죽일 수 있을까요?

있을 수 없는 일이라고 생각했습니다.

그러나 언니는 궁전에서 재판을 받고, 망각 귀향형에 처해지게 되었습니다.

언니는 물론 처음부터 마지막까지 살인을 부정했습니다. 사람들 앞에서는 좀처럼 울지 않는 언니가, 큰 소리로 울며 내가 아냐, 죽인 건 당신이잖아, 라며 엘리미아 씨를 노려보았습니다.

그러나 그런 그녀에게 마녀 엘리미아는 계속해 살인의 증거를 들이대며 입을 다물게 했습니다.

그 자리에 있던 판사와 재판관들도 엘리미아 씨의 증거를 간단히 인정했고, 망각 귀향형은 그대로 실행에 옮겨졌습니다.

마치 연극 같은 재판이었다고, 지금도 생각합니다.

그 자리에 있던 모두가 언니의 말을 처음부터 공허한 망상이라고 단정 짓고, 귀를 기울이지 않았던 것입니다.

그러나 나는 달랐습니다.

그것이 전부 사실이라고, 마음 어딘가에서 확신하고 있었습니다.

분명 모든 것은 엘리미아가 꾸민 것일 테지요.

증거 같은 건 어찌 되든 상관없습니다. 언니는 분명, 내게 거절당한 후에 혼자서 지하 수로 조사에 나섰을 겁니다.

그리고 거기서 보아서는 안 되는 것을 보고 말았다―― 그래서 이렇게 살인자로 몰렸다. 분명 그런 것일 테죠.

그래서 나는 언니를 구해야만 하는 것입니다.

그리고 그 기회가 찾아오는 것은―― 단두대에 올라, 기억을 되찾았을 때. 그때밖에 없습니다.

내가 사실을 말한 후, 일레이나 씨는 "아, 잠깐 바깥 공기 좀 쐬고 올게요"라며 집에서 나가 소곤소곤 누군가와 이야기하기 시작했습니다.

슬쩍 살펴보니 빗자루와 대화를 하고 있었습니다. 뭔가요? 이 사람. 제정신이 아니거나 뭐 그런 겁니까?

그렇게 생각했는데, 신기하게도 빗자루도 일레이나 씨에게 대구를 하고 있는 것이 아닙니까? 게다가 똑같은 목소리로. 복화술인가요? 역시 제정신이 아니거나 그런 겁니까?

돌아온 일레이나 씨는 내 계획에 협력해주겠다고 말했지만, 내 계획을 듣고는 "하아. 그게 뭡니까? 그런 걸로 언니를 구할 수 있을 리 없지 않습니까? 멍청입니까 바보입니까 무능한 겁니까"라고 말하고 싶은 듯 단번에 부정을 해주었습니다. 젠장.

하지만 이어서.

"엘리미아 씨를 혼쭐내주면 다 해결되는 거 아닌가요?"

라고, 아무렇지 않게 말한지라 깜짝 놀랐습니다.

터무니없는 소리 하지 말아주세요.

"그건 마녀거든요? 그것도, 이 나라에 아주 오래전부터 있던 엄청난 거물이에요. 이길 수 있을 리가 없잖아요?"

나는 고개를 저었습니다.

실제로, 성가시게도 문제는 장미의 마녀 엘리미아 한 사람만이 아니었습니다. 그녀 주변에는 늘 그녀의 입김이 닿은 정통 기사단원들이 지키고 있었던 것입니다.

그녀와 직접 대치한다는 것은 그들 전부를 적으로 돌린다는 뜻이나 마찬가지입니다.

"그러니까 나는, 언니를 구출하는 것만을 최우선으로 생각한 건데요."

그러나 일레이나 씨는 여전히 "엘리미아 씨를 실각시켜버리죠"라고 말했습니다.

"애초에 암네시아 씨의 처형을 무사히 피한다고 해도, 이 나라에서 무사히 도망칠 수 있으리라는 보증은 어디에도 없잖아요?"

그녀는 알 수 없는 자신으로 가득했습니다.

그리고.

"작전을 결행하기 위해 필요한 건 하나뿐이에요."

검지를 세우며 그렇게 말했습니다.

"한 가지, 가르쳐줬으면 하는 게 있는데요――."

그것만 알면, 다음은 흐름대로.

라고 했습니다.

그리고 우리는 언니를 구출하기 위한 작전을 궁리하고 또 궁리한 다음 잠자리에 들었습니다.

그날은 오랜만에 잘 잘 수 있었습니다.

언니를 구할 수 있을지도 모르잖아요?

"제가 당신 방을 청소해드렸기 때문 아닐까요?"

"…………."

○

『여러분! 드디어 이날이 찾아왔습니다!』

그 자리에 놓여 있던 거울 수정 너머에서는 희희낙락하며 암네시아 씨의 처형을 집행하려는 국민들의 너무나도 밝은 모습이 비춰지고 있었습니다.

광장에 설치된 단두대로 오르는 계단을 향해서, 이유도 모른 채 혼란스러워하며 한 걸음씩 내디디는 암네시아 씨를 향해 온갖 욕설이 쏟아졌습니다. 그것은 마치 환성과도 같았습니다.

이윽고 그녀가 걸음을 옮겨 계단 꼭대기에 이르렀을 때, 그때 기억은 원래대로 돌아오고 말 테지요.

"슬슬 시간이 됐네."

회의장에서 홀로 거울 수정을 바라보고 있던 엘리미아 씨는 무겁게 몸을 일으키고 지팡이를 들었습니다.

그리고 걸음을 옮기려다.

"어디 가시려는 건가요?"

제 말에 멈춰 섰습니다.

방 한쪽에서 갑자기 나타난 제 모습에 그녀는 살짝 놀랐지만, 그러나 갑자기 적의를 드러내거나 하지는 않은 채, 그저.

"대체 언제부터 거기에 있었던 거지?"

그렇게 반응할 뿐이었습니다.

"당신이 지루해하며 앉아 있던 무렵부터요."

"……나는 이 방에 온 순간부터 줄곧 앉아 있었는데?"

"그러니까 즉, 처음부터 여기에 있었다고 말한 겁니다."

쥐 모습을 하고 있었으니 눈치채지 못했을 테지만.

"숨어 있다니, 악취미네."

"죄 없는 소녀에게 누명을 씌우는 건 악취미가 아닌가요?"

"혹시 암네시아를 말하는 거야?"

거울 수정을 바라보며 엘리미아 씨는 어찌 되든 상관없다는 듯이 "당신은 이 계집애가 사람을 죽이지 않았다고 말하고 싶은 거야?"라며 고개를 갸웃거렸습니다.

"그녀는 그런 짓을 할 인간이 아닙니다."

"기억을 잃은 암네시아밖에 모르는 주제에, 잘도 그런 말을 하는구나."

"기억이 없어도 사람의 본질적인 부분은 변하지 않을 테니까요."

제가 아는 암네시아 씨는 설령 자신이 누구인지도 알지 못한다 해도, 그래도 자신보다 남을 우선해버리는 사람이고, 어리광쟁이에, 약하고, 그리고 자신의 약함을 잘 아는, 하지만 남들에게는 그것을 보이지 않으려고 애써 밝게 행동하며, 괴로운 일을 자기 혼자 짊어지려 드는, 어쩌면 조금은 덜렁쇠에, 나쁘게 말하자면 그냥 바보지만, 그래도 어찌할 수 없는 상황에 처했을 때는 남을 상처 입히지 않는 선택을 할 수 있는 멋진 사람입니다.

그런 그녀가 사리사욕을 위해 마력을 흡수하는 묘한 장치를 몰래 만들고, 거기에 더해 마녀를 네 명이나 죽였다니.

그런 일이 가능할 리가 없지 않습니까?

"……당신은 오늘, 광장에서 암네시아 씨의 목을 치는 역할을 맡고 있다지요?"

그녀는 "맞아"라며 고개를 끄덕였습니다.

"내가 마지막으로 남은 마녀니까—— 당연하잖아? 살해당한 동포들을 위해, 원한을 풀어줘야만 해."

그렇게, 여전히 맥빠진 말투로 이야기하는 그녀의 앞길을 저는 막아섰습니다.

"안타깝지만, 그렇게는 안 될 겁니다."

그리고 이렇게 이어 말했습니다.

"외람되지만, 당신을 방해하도록 하겠습니다."

저는 지팡이를 꺼내 들었습니다.

제가 무엇을 하려는 것인지 이해하지 못한 듯 엘리미아 씨는 눈을 동그랗게 부릅뜨더니, 이어 "흐응" 하고 코웃음을 쳤습니다.

"어차피 당신은 암네시아 편을 들 거라고 생각했어."

그리 말하며 그녀는 지팡이를 꺼내고 걸음을 옮겼습니다——마치 제가 앞길을 막아서고 있다는 사실을 전혀 신경 쓰지 않는 듯이.

"이 나라에 왔을 때부터 쭉, 그 계집애를 꽤 걱정했었잖아? 대체 어떻게 알았지? 내가 암네시아에게 죄를 뒤집어씌웠다고 누구한테 들은 걸까? 혹시 본인에게?"

"대답할 의무는 없습니다."

솔직하게 대답하면 저에게 알려준 사람도 저랑 같이 전부 죽일 셈이잖아요?

"……뭐, 딱히 어찌 됐든 상관없어."

그리고 엘리미아 씨는 제 앞에 멈춰 섰습니다.

저를 내려다보는 것은 냉정하고 감정이 보이지 않는 눈동자였습니다.

"나는 네 상대나 하고 있을 만큼 한가하지 않단다. 지금부터 절대 취소할 수 없는 일이 있어. 거기서 비켜주겠어?"

"그럼 힘으로 물러나게 해보는 건 어떨까요?"

"…………"

"물론, 그리 간단히 물러나진 않을 겁니다. 저는 당신과 같은 마녀니까요. 최악의 경우라도 무승부까지는 끌고 갈 생각입니다. 어쩌면 제가 이겨버릴지도 모르겠네요."

"…………."

그녀는 기가 막힌다는 듯 탄식을 한 번 했습니다.

"유감이야. 그 어린 나이에 마녀가 되었으니, 꽤 성실하고 우수할 줄 알았는데── 너는 어찌할 도리도 없는 바보로구나."

"그렇게 보이나요?"

"그러니까 범죄자 편을 드는 거겠지?"

이 상황에서도 암네시아 씨가 대죄인이고, 자신이 정의라고 하는 설정을 무너뜨리지 않는 그녀는 손가락을 딱 울렸습니다.

"……지금 한 이야기 중에 하나 정정하도록 할게."

그 직후, 이 방의 여기저기에서 마법사가── 정통 기사단의 제복을 입은 녀석들이 나타났습니다.

줄곧 숨어 있었던 것인가요? ──대체 언제부터?

"여기서 어제 처음 만났을 때부터, 너는 분명 나에게 이를 드러낼 거라고 생각했어. 그게 너, 암네시아를 무척이나 신뢰하고 있는 것 같았거든."

그런 식으로 보였을까요? 저는 가능한 한 덤덤한 척을 할 셈이었는데요.

"너, 매복을 당한 거야."

그녀는 여기서 처음으로 정말 유쾌한 듯 웃었습니다.

"반드시 내가 있는 곳으로 올 줄 알았어── 어차피 나도 마녀니까, 일대일이라면 이길 수 있을 거라고 판단했겠지? 하지만 이 상황이라면 어떨까?"

눈에 보이는 모든 곳에 하얀 제복.

후드를 깊게 눌러써서 성별조차 불명인 자들이 지팡이를 들고 서 저를 포위하고 있었습니다.

한 걸음이라도 움직이면 바로 벌집이 될 것 같을 만큼 위압감이 넘쳤습니다.

아아, 그렇군요── 그래서 그렇게나 잘난 듯이 장황하게 이야기할 수 있었던 거군요.

그래서 언제까지고 본심을 이야기하지 않고 암네시아 씨가 범죄자라는 연기를 계속했던 거군요.

과연, 그렇군요.

"──그래서요?"

저는 지팡이로 바닥을 톡 두드렸습니다.

직후에 그곳부터 얼음이 퍼져나가 실내 전체를 뒤덮었습니다. 마치 언젠가 어딘가의 도시처럼, 제 눈에 보이는 모든 곳이 하얗게, 물들었습니다.

하얀 제복을 몸에 두른 녀석들 위로 흰색을 덧칠해갔습니다.

저와 그리고 엘리미아 씨를 제외하고.

그 이외에는 모든 것이 남김없이 새하얬습니다.

놀라 입을 벌린 그녀에게 저는 탄식을 돌려주었습니다. 새하얀 숨결이 연기처럼 둥실 퍼져나가는 중에 저는 그저, 눈앞의 마녀를 노려보았습니다.

"처음부터 쭉 일대일이잖아요? 주변이 안 보이시나요?"

혹시 젊어 보이게 꾸미지 않으면 안 될 만큼 나이를 드신 탓에 시력이 약해지신 겁니까? 돋보기를 추천합니다.

●

나는 그때, 모든 것을 기억해냈다.

지하 수로에서 보았던 것도. 그 후 엘리미아에게 누명을 뒤집어쓰게 된 것도. 결국 아무도 내 이야기를 들어주지 않았던 것도. 아무도 구해주지 않았던 것을. 결국 이 나라에서 쫓겨나고 말았던 것을. 그 후로 매일 같이 기억을 잃어갔던 것을.

자신이 누구인지도 모른 채 방황했던 날들을. 내일이 오는 것이 무서워서, 잠들지 못하는 나날을 보냈던 것을. 그런데도 잠들어 버려서, 자신이 누구인지를 찾으며 일기를 쓰면서 걸었던 것을.

일레이나 씨와 만났던 것을.

고향으로 향해 가면 분명 무언가를 알 수 있으리라는 희망을 이야기하면서, 그녀를 데리고 여기까지 와버리고 말았던 것을.

"아…… 아아아…… 아아……!"

전부, 전부 전부 전부 전부 전부─── 기억났다.

나는 암네시아이고, 정통 기사단의 일원이고, 여동생이 있고, 나는 나는 나는───.

전부 생각났다.

그리고 나는 커다란 기요틴 앞에서 손발을 묶인 채 그저 멍하니 있었다.

머리가 깨질 것처럼 아픈 건, 머리가 갑자기 쏟아지고 솟아오른 기억들에 혼란을 느끼고 있기 때문인지, 아니면 눈 아래의 시야를 가득 메운 인파들의 환성 탓인지.

알 수 없었다.

"자아, 암네시아의 기억이 돌아왔습니다! 그럼 그녀의 목을 자릅시다!"

마치 축제의 왁자지껄함 같았다.

사회자로서 내 옆에 서 있던 것은 이 나라의 관리. 이렇게나 즐거워 보이는 표정을 띠고 있는 건 처음 보았다.

"자, 잠깐——."

기다려.

그렇게 말을 꺼냈지만, 민중들의 말이 되지 못한 말이 그것을 가로막았다.

"그것참—— 사실은 엘리미아 님이 와주셨으면 했는데…… 아무래도 그녀는 오늘 늦잠을 잔 모양입니다. 대역에게 맡기도록 할까요?"

대역.

대체 누가—— 그렇게, 마치 남 일처럼 주변을 둘러보았다. 직후에 여기저기에서 하나의 이름이 들려왔다.

아빌리아.

내, 여동생.

"아빌리아! 아빌리아는 어디에 있습니까? 대죄인이 된 이 여자를 당신 손으로 끝내 버립시다!"

사회자인 관리는 목소리를 높이며 민중을 내려다보았다.

그러나 여동생은 나타나지 않았다.

마치 애태우듯이, 그녀의 모습은 보이지 않았다.

그러나 곧이어, 광장을 가득 메운 민중의 일부가 갈라졌다. 인파 속에서 하나의 상자가 나타났다.

딱 사람 한 명이 들어갈 수 있을 만한 작은 상자.

그 정체는 누구나가 알고 있었다.

"오오, 아빌리아! 그런 데 있었나!"

정통 기사단에 들어간 그 날부터 바보처럼 그것을 뒤집어쓰고 행동하고, "이것만 있으면 정체를 들키지 않아" 같은 말을 했었지.

관리는 단두대에서 내려가더니 잔걸음 쳐 상자로 다가갔다.

"정말이지── 자네는 연출에 아주 공을 들이는군."

흐뭇한 기색이기까지 했다.

지금부터 한 사람의 목을 치려 하는 중이라고는 도저히 생각할 수 없을 만큼.

"자, 죄인을 끝낼 시간이야."

그리고 관리는 상자를 들어 올렸다

"──?"

거기에는 아무도 없었다.

여동생은커녕, 사람의 모습 따위는 전혀 보이지 않았다.

빈 상자.

"──이야아아아아아아아아아아아압!"

모두가 상자 안에 아빌리아가 없다는 사실을 인식한 순간이었다.

처음에는 목소리만이 울렸고, 뒤늦게 그녀가 다른 곳에서 솟아나왔다는 사실을 깨달았다.

그 순간 나는 하늘 위였지만.

"앗, 잠깐── 뭐야? 무슨 일이 일어난──."

"언니는 잠자코 꼭 잡고 있으세요. 그러다 떨어져요."

그렇게.

도시를 내려다보는 나에게 그녀는 그저 앞만을 바라보며 말했다. 빗자루에 오른 채로 지팡이를 조작해 내 손발에 묶인 밧줄을 풀었다.

스륵, 매듭이 풀리더니 그물처럼 얽힌 도시에 빨려들듯이 떨어져 갔다.

"아빌리아──."

나는 빗자루에 매달렸다.

"이 나라의 모든 사람들이 언니를 믿지 않는다 해도, 나는 언니를 믿어요. 줄곧, 줄곧, 이 순간만을 기다렸어요."

그녀는 그제야 이쪽을 바라보았다.

"상자가 나설 차례, 있었죠?"

아빌리아는 장난스럽게 웃음 짓고 있었다.

○

얼음투성이가 된 방에는 검이, 창이, 무기라고 부를 수 있는 온
갖 것들이 굴러다니고 있었습니다.

그저 굴러다닐 뿐, 꽂히는 일은 없었습니다. 어느 정도의 위력
을 싣고 날아오든, 얼마나 많은 수를 이루어 떨어지든, 그것은 모
두 같은 꼴이 되었습니다.

제가 만들어낸 얼음은 녹지 않는 얼음입니다.

마을을 뒤덮었던 것을 흉내 내어 만들었습니다.

하지만.

"……동료의 목숨은 신경 쓰지 않는군요."

저는 방 한쪽에서 자신과는 상관없는 일이라는 듯한 표정을 짓
고 있는 엘리미아 씨를 바라보았습니다. 그녀는 "뭐, 그렇지"라
며 웃음을 흘렸습니다.

"싸움이 끝나면 너에게 모든 죄를 뒤집어씌울 셈이니까. 아무
리 지독한 짓을 해도 관계없어—— 그렇다고는 해도, 기우로 끝
난 모양이지만."

"…………."

"그보다, 대체 어떻게 내가 암네시아에게 죄를 뒤집어씌웠다는
걸 안 걸까? 앞으로의 참고가 되도록 가르쳐줄래?"

엘리미아 씨의 지팡이에서 불길이 뿜어져 나왔습니다.

"비밀이에요."

주르르륵, 마치 모든 것을 불태우려는 듯 덮쳐드는 그것을 저
는 이 방과 마찬가지로 얼음으로 바꾸었습니다.

눈앞에 얼음으로 된 벽이 세워졌습니다.

"한번 맞춰볼까?"

가로막힌 시계 끝이 움직였습니다.

좌르르 하고 무수한 창이 날아든 것은 그 직후의 일이었습니다. 제 의식이 그쪽을 향했을 때는 이미 눈앞까지 닥쳐든 상태였습니다.

"할 수 있다면, 해보시죠."

뭐, 전부 쳐서 떨어뜨렸지만요.

얼음으로 만들어진 벽에서 휙 튀어나온 저에게 엘리미아 씨는 마치 그곳으로 올 줄 알았던 것처럼 마법을 걸었습니다.

"……윽!"

과중력.

그런 마법이 있었고, 그녀가 이 타이밍에 건 것이 바로 그것이었습니다. 마치 몸 전체에 위에서부터 누름돌을 얹어놓은 듯한 아픔이 저를 덮쳤습니다.

"아아── 드디어 잡았네."

무척이나 시시하다는 듯이 중얼거린 그녀는 천천히 걸음을 내디뎠습니다. 또각, 또각──하고 그녀의 힐이 얼음을 울렸습니다.

"내 계획을 너에게 가르쳐준 건 아빌리아 아냐? 그 암네시아의 여동생인."

"…………."

정답입니다.

허나, 어쩐지 긍정할 마음도 들지 않았기 때문에 저는 입을 다물었습니다.

"그 여동생, 뒤에서 몰래몰래 움직였나 보던데—— 암네시아가 처형될 이 타이밍에 행동을 벌인 것도 전혀 이상할 것 없겠지."

"…………."

견디기 힘든 무게에 버티면서, 그 자리에 무릎을 꿇으면서, 저는 목소리를 짜냈습니다.

"……거기까지 알고 있으면서, 당신, 은, 어째서—— 그녀를 내버려 둔 거죠?"

"당연히 경계할 필요 없는 자에게 일부러 관심을 둘 만큼 내가 한가하지 않기 때문이겠지?"

여기저기 개의치 않고 상자를 쓰고 다니는, 엉뚱함을 그림으로 그린 듯한 여자아이를 상대로 정색하고 나설 정도는 아니라는 말씀이로군요.

과연.

일리 있습니다. 안타깝게도.

"게다가 있지, 이 나라의 바보 같은 놈들은 나를 진심으로 신뢰하고 있거든. 이제 와서 저 여동생이 무엇을 하든 미래는 바뀌지 않아. 암네시아는 별문제 없이 처벌받고, 나는 지금까지 그대로 영원한 젊음의 연구를 계속하겠지."

이 시점에 이르러 묘하게 말이 많아진 그녀는 계속해서 미끄러지듯이 술술 제멋대로 이야기하기 시작했습니다.

승리를 확신한 것일까요? 저를 이겼다고 생각하는 것일까요?

……그렇다고 해도 저는 지금, 무게 탓에 절찬 꼼짝도 못 하는 상황입니다만.

그녀는 제 눈앞에 웅크려 앉아 제 뺨을 살며시 쓰다듬었습니다.

"네 피부, 깨끗하네. 부러워. ……뭔가 특별한 관리라도 하고 있어?"

"…………."

"어머, 노려보다니. 싫다. 무서워 무서워."

"……어째서 암네시아 씨에게 죄를 뒤집어씌운 겁니까?"

제 뺨에 닿은 손이 멈추었습니다.

"내가 젊음을 위해서 마녀 넷을 죽였다는 사실이 밝혀지면, 내 신뢰가 땅에 떨어질 거 아냐? 그 정도도 모르는 거야?"

"…………."

"알아? 마녀의 피는 영원한 젊음의 원천이 된다고 해."

그래서, 죽였거든? 하고, 그녀는 태연한 모습으로 이야기했습니다.

"……그것 때문에 네 명이나 죽인 건가요?"

"너 같은 아이는 알 수 없을 테지. 젊음은 무엇과도 바꿀 수 없는 무기야. 나이를 먹을수록, 하루가 지날수록, 반짝임이 사라져 가는 게 얼마나 무서운지 몰라서 그런 말을 할 수 있는 거야."

"……설령 그렇다고 해도 사람을 죽이면서까지 젊음을 유지하고 싶다는 생각은 안 해요."

"그런 말을 할 수 있는 것도 지금뿐이란다."

혹시 화나게 해버린 걸까요?

그녀의 말투는 지금까지와 전혀 다르게 날카롭고 차갑게 바뀌었습니다.

기분 탓인지 제게 걸린 중력도 더욱 무게가 더한 듯 느껴졌습니다.

"당신이 그런 식으로 종알종알 말할 수 있는 것도, 지금뿐이에요."

제가 그렇게 답한들 지금의 그녀는 단순히 센 척하는 거라고만 생각했을 테지요.

"언제까지 그렇게 센 척을 할 수 있을까?"

하고.

그녀가 의기양양한 표정을 지은, 바로 그 순간이었습니다.

회의장 문이 기세 좋게 열리고, 셀 수 없을 정도의 정통 기사단 병사들이 쏟아져 들어왔습니다. 저벅저벅, 얼음을 짓밟은 그들은 전부 손에 지팡이를 들고 있었습니다.

"…………."

갑작스러운 침입자들을 보고도 엘리미아 씨는 의외로 냉정했습니다.

낯빛을 휙 바꾸고, 그녀는 "어머나. 어떻게 된 걸까? 혹시 나한테 가세하러 와준 거야? 하지만 이제 괜찮아. 암네시아와 한편이 된 어리석은 자는 내가 잡았거든" 하며 간사한 목소리로 이야기했습니다.

그러나 병사들은 아무런 답도 하지 않았습니다.

그저 주변을 둘러쌀 뿐입니다.

저를——이 아니라, 엘리미아 씨를.

"……당신들, 대체 무슨 짓이야?"

병사들의 지팡이는 전부 엘리미아 씨를 향하고 있었습니다.

"……조금 전의 말은 어떻게 된 거지?"

누군가가 말했습니다.

"당신은 자신이 무얼 했는지, 아는 건가?"

"……?"

모르는 모양입니다. 그런 얼굴을 하고 있습니다.

"당신을 네 명의 마녀를 살해한 혐의로 구속한다."

그리고 정통 기사단의 병사들의 지팡이에서 희푸른 빛이 뿜어져 나왔습니다.

"무슨———."

그것이 그녀의 움직임을 봉쇄하기까지 시간은 걸리지 않았습니다. 눈을 동그랗게 뜬 그녀의 팔다리는 사방팔방에서 날아든 빛의 그물에 완전히 자유를 빼앗겼고, 쥐고 있던 지팡이는 달캉 하는 소리를 내면서 떨어졌습니다.

"……하아."

그제서야 저도 겨우 자유를 되찾았습니다.

엄청나게 어깨가 결리는 기분입니다. 일어서서, 어깨를 빙글 돌려보니 뻐근한 통증이 징징 울렸습니다.

"당신…… 대체…… 대체 무슨 짓을———."

마치 과중력에 짓눌려 있는 것처럼 목소리를 짜내면서, 그녀는 저를 올려다보았습니다.

방금 전과는 완전히 상황이 반대입니다.

"저는 배웠을 뿐입니다."

그리고 저는 모든 내막을 밝히기 위해 지팡이로 통 하고 지면을 두드렸습니다.

직후, 방을 뒤덮었던 얼음이 전부 흐릿하게 사라져갔고, 그 자리에서 시간이 멈춰져 있던 엘리미아 씨의 부하들이 해방되었습니다.

상황을 잘 알지 못하는 그들은 머리 위에 "?"를 몇 개나 띄우면서 주변을 둘러보았습니다. 엘리미아 씨가 아까 날렸던 마법도 동시에 움직이기 시작했기 때문에, 이것은 물을 뿌려 꺼버렸습니다.

제가 얼린 것은 이 방 하나. 그리고, 이 자리에 있던 방해꾼들. 저 자신과 엘리미아 씨는 얼리지 않았습니다.

그리고, 거울 수정도.

——저는 배웠을 뿐입니다. 거울 수정을 다루는 법을. 아빌리아 씨에게.

"자백하느라 수고하셨습니다."

툭, 그녀의 어깨에 손을 올리며 저는 만면에 미소를 지어드렸습니다.

○

얼음에 휩싸인 한 방 안에서 거울 수정이 작동하고 있다는 것은 꿈에도 모른 채, 종알종알 자신의 입으로 모든 것을 밝혀버린 엘리미아 씨는 말할 것도 없이 제대로 재판을 받게 되었습니다.

앞으로 그녀에게 어떠한 벌이 내려질지는—— 그녀가 어찌 될지는 제 알 바가 아닙니다.

저는 여행자이고, 한 나라에서 오랫동안 머무는 것은 성격에 맞지 않습니다.

누명이라는 사실이 밝혀진 암네시아 씨는 모든 죄를 벗고 자유의 몸이 되었습니다.

하지만 이 나라와 그리고 엘리미아 씨에게 당했던 일들로 인해 그녀가 받은 마음의 상처는 그리 간단히 치유될 수 있는 것이 아닙니다.

설령 국가가 직접 사죄를 한다고 해도, 그것은 마찬가지입니다.

대죄인에서 불쌍한 소녀로 뒤바뀐 암네시아 씨를, 신앙의 도시 에스트는 어찌 대하면 좋을지 방법을 알지 못했습니다.

그녀를 싫어하는 것도 아니고, 그렇다고 불쌍히 여기는 것도 아니고, 나라의 사람들은 그저 멀리서 그녀를 관찰했습니다. 그런 날이 며칠이고 계속되었습니다.

이윽고 신앙의 도시는 그녀의 바람을 무엇이든 들어주겠다고 약속했습니다.

바람을 들어주는 것만으로는 부족하겠지만, 이라는 말도 덧붙이면서.

"……그래. 뭐든 들어주는 거구나. 흐음."

의회장에 모인 어른들 앞에서 그녀는 으음, 하고 신음하면서 손을 뺨에 대고 생각했습니다.

평생 불편 없이 살 수 있도록 국가가 보조를 해도 좋다. 앞으로는 차별적 대우를 받지 않도록 하는 것도 좋다. 어떤 것이든, 당신의 바람을 이뤄주겠다.

국가는 그렇게 말했습니다.

이윽고 그녀는 "그렇구나" 하고 중얼거리더니.

"그럼, 하나만 부탁해도 될까?"

그리고 웃었습니다.

꽃이 핀 것처럼 아름답게.

그다음 날에 신앙의 도시 에스트를 떠났습니다. 더는 이 나라에는 용건이 없었고, 애초에 비밀주의인 것치고는 그다지 재미있는 것도 없었기 때문입니다.

푸른 평원은 며칠 전과 아무런 변화도 없는 모습을 저희들에게 보여주었습니다.

──저희들.

"……괜찮은 건가요? 그런 소원으로."

저는 옆에 선 암네시아 씨를 바라보았습니다.

그녀는 끄덕 고개를 끄덕이더니 "하지만, 이게 좋잖아?"라고 말했습니다.

그녀의 바람은 단 하나뿐.

저와 암네시아 씨. 그리고 여동생 아빌리아 씨의 기억을 지우지 않은 채 신앙의 도시 에스트에서 내보내 줄 것.

그것뿐이었습니다.

"뭐, 저는 득을 봤지만요……."

기억을 잃지 않은 덕분에 저는 신앙의 도시 에스트의 내부 사정을 다 알게 되었습니다.

덕분에 좋은 장사를 할 수 있을 것 같습니다. ……거울 수정 같은 걸 만들어 팔면 꽤 돈이 될 것 같은 기분이 듭니다.

결국, 암네시아 씨는 나라를 떠나기로 했습니다.

여행자로서 방황하던 때의 기억이 행복한 것들뿐이었다고 생각했기 때문일까요? 아니면 신앙의 도시 에스트에서의 기억이 괴롭고 슬픈 것들뿐이었기 때문일까요?

"……딱히, 나는 이 나라를 원망하거나 하지 않아."

그녀는 커다란 벽을 눈부신 듯이 올려다보았습니다.

"분명 내가 제대로 마법을 쓸 수 있고, 그런 상황에서 나 같은 아이가 있었다면, 분명 나도 이 나라의 많은 사람들처럼 행동해 버렸을지도 몰라."

그 아이가 마녀를 네 명이나 죽이고 공해를 뿌렸다는 그런 말을 들었다면, 분명 그대로 믿어버렸을지도 몰라──라고 그녀는 말을 덧붙였습니다.

사람은 표면상의 정보밖에 알지 못하니까요.

그러니, 그래서 어쩔 수 없다고, 그녀는 포기한 듯 말했습니다.

"뭐, 괴롭고 슬픈 추억 같은 건 얼른 잊어버리는 게 제일이야. 나, 지금까지 그렇게 살아왔으니까. 그러니까 이렇게 여유로울 수 있는 거거든?"

그렇게 자랑하듯 말한 그녀의 얼굴은, 어딘가 시원해하는 것처럼 보였습니다.

"게다가 있지── 나, 기억을 잃었던 동안에, 여러 사람들에게 폐를 끼치고, 그리고 걱정도 끼쳐서…… 사과해야만 하는 사람이 잔뜩 있거든. 그러니까, 기억을 가진 채 다시 한번 밖에 나가고 싶었어."

"…………."

"그리고 나서 새로운 고향을 찾는 것도 좋을지 모르겠다!"

"…………."

"그런데."

제가 침묵을 유지하고 있는 중에 아빌리아 씨가 옆에서 끼어들었습니다. 약간 뺨을 부풀리고 있습니다.

"언니, 저도 따라가도 되는 건가요?"

"어? 응. 그게, 빗자루가 있는 편이 이동하기 편하니까."

"……너무해."

"……노, 농담이야…… 풀 죽지 마……."

어두운 그림자를 드리운 아빌리아 씨의 모습에 당황하는 암네시아 씨.

이 두 사람이라면 분명 나름대로 즐거운 여행길이 되리라는 예감이 들었습니다.

분명 앞으로, 무슨 일 있어도, 두 사람이라면 괜찮을 테지요.

"……저기, 일레이나 씨."

문득 암네시아 씨가 이쪽을 돌아보았습니다.

"앞으로, 일레이나 씨는 어떡할 거야?"

"변함없이 여행을 계속할 겁니다만."

여행자니까요.

"……그럼, 여기서 작별이네."

"…………."

저는 답하지 않았습니다.

그녀는 제 말을 기다리지 않았습니다.

"저기, 일레이나 씨. 내가 새로운 고향을 발견하면, 그때는, 반드시 편지를 보낼 테니까, 괜찮으면 만나러 와주지 않을래? 분명 멋진 곳에서 살면서, 멋진 생활을 하고 있어서, 일레이나 씨가 부러워하게 만들고 말 테니까."

그리고 말했습니다.

"그러니까, 그때까지는 작별이네."

이제 두 번 다시 만나지 못하는 게 아니다.

분명 또 만날 테니 슬프지 않다.

그렇게 말하고 싶은 것일 테죠── 그렇게, 제가 받아들이고 싶을 뿐인지도 모릅니다.

"……그러네요."

저는 고개를 끄덕였습니다.

"…………."

"…………."

아주 짧은 몇 초의 침묵이 영원처럼 느껴졌습니다. 길고, 길게, 우리는 서로를 마주 보았고, 산들바람이 우리를 재촉하듯 뺨을 간질였습니다.

이별이 다가왔습니다.

"…………."

암네시아 씨는 여기서 키득 웃었습니다. 아주 조금, 부끄러운 듯이.

"사실은, 이런 장면에서 뭔가 선물을 하는 게 좋겠지?"

"……딱히 필요 없습니다."

제 말투는 조금 뾰족해져 있을지도 모르겠습니다.

"하지만, 미안해. 나, 지금, 아무것도 가진 게 없어서."

그러니까——라고.

그녀는, 거기서, 저를 끌어안았습니다.

꽈아악, 제 감촉을 확인하듯이, 등에 팔을 두르고 강하고 강하게, 포옹했습니다.

"……또인가요?"

"싫어?"

"……딱히요."

네, 네, 하고 어쩔 수 없다는 듯이 저는 그녀의 등에 팔을 둘렀습니다. 힐끗 시선을 암네시아 씨 뒤쪽으로 보내자, "……치사해"라며 중얼거리는 아빌리아 씨가 있었습니다.

치사하다니, 뭐가 말이죠?

아빌리아 씨의 질투가 그녀의 귀에도 들렸는지, 암네시아 씨는 제 귓가에서 웃음을 터뜨렸습니다.

그리고.

"아무도 믿어주지 않았던 나를, 믿어주려 해서, 고마워."

그녀는 말했습니다.

"나랑 함께 여기까지 와줘서, 고마워."

"네."

신경 쓰지 마십시오.

"나를 도와줘서, 고마워."

"……네."

"나랑 친구가 되어줘서, 고마워."

"…………네."

"좋아해."

"네——에?"

무슨 말을 하는 겁니까?

제가 당황한 틈에 그녀는 제게서 떨어져 "그럼, 그만 갈게"라며 등을 돌렸습니다.

하얗고 아름다운 머리카락 사이로 새빨개진 귀가 보였습니다.

가슴께가 뜨거운 건, 분명 그녀의 체온이 남아 있기 때문일 테죠.

제 얼굴이 뜨거운 건, 분명 그녀의 숨결이 닿았기 때문일 테죠.

"저기, 일레이나 씨."

그녀는 제게 등을 돌린 채 말했습니다.

"나, 당신을, 잊지 않을 거야."

아주 조금 떨리는 목소리로.

그래서 저도 그녀에게 등을 돌리며 답했습니다.

"저도 잊지 않겠어요. 당신들을."

하늘에 뜬 한 줄기 구름은 지면을 기는 길 바로 위를 흘러가고 있었습니다.

구불거리며 뻗은 길 주변은 전부 풀꽃으로 덮여 있었고, 어디

에서나 부는 시원한 바람은 이삭을 쓰다듬고 흔들었습니다. 멀리로 시냇물이 느긋하게 흘러가는 것이 보였습니다.

　살랑살랑 시원한 음색이 퍼져가는 듯한 경관이었습니다.

　그리고 우리는 천천히 나아갔습니다.

　각자의 여행길을.

후기

　3월 모일. 편집자 M씨에게서 전화가 왔습니다.

　"죠우기 군, 리리엘(주석:『리리엘과 기도의 나라』의 약칭. 2017년 3월 15일에 GA문고에서 발행. 일러스트레이터인 아즈루 씨를 기용하여 『마녀의 여행』의 정통 속편으로서 판매된 작품. 일레이나 씨도 나옵니다! 사주세요!) 나왔잖아? 그 덕분에 『마녀의 여행』 팔리고 있어. 롱셀러야. 그리고 전 권 증쇄할 건데. 4권 낼래?"

　나는 울었다. 네? 4권 내도 괜찮은 건가요? 정말인가요? 롱셀러? 진짜인가요?

　이것도 저것도 약 1년에 걸쳐서 계속 증쇄하거나 전권 증쇄하거나 해주신 덕분이며, 요컨대 발매한 지 한참이 지나서도 구입해주신 여러분 덕분입니다. 이렇게 4권 후기를 쓸 수 있게 된 것이 얼마나 기쁜지를 이야기하기에는 약 두 페이지로는 너무나도 부족했기 때문에, 이번에는 편집자님께 억지를 부려 후기 증량판으로 보내드립니다.

　그런고로. 다시 인사드리겠습니다. 시라이시 죠우기입니다. 처음 뵙겠습니다. 오랜만입니다.

　3권을 간행한 지 반년 이상의 시간이 흘렀습니다. 이런저런 일이 있었습니다. 무슨 일이 있었는지 구체적인 예를 들 수 있을 만큼 이것저것 기억하고 있지는 않지만요. 본 작품에 관해 이야기하자면 증쇄와 『이 라이트노벨이 대단해』에 랭크인 하는 등, 기쁜

일들만 계속 일어났던 것 같다고 느끼고 있습니다. 하지만 중단이 거의 결정된 후였기 때문에 어찌할 수 없는 슬픔만이 쏟아져 내렸습니다. 아직 계속하고 싶었는데 계속할 수 없었던 안타까움이란. 하지만 서두에서 이야기했던 것처럼 리리엘을 출간하면서 간행 재개라는 흐름이 되었습니다. 감사하기 그지없습니다. 줄곧 오랫동안 기도해온 바람이 이루어진 기분입니다. 하지만 아직 끝내고 싶지 않으니 더욱 힘내겠습니다.

4권은 시간의 흐름과 망각을 테마로 한 이야기가 많았습니다. 언제나 쓰고 있는 기분입니다만, 이번에는 특히 깁니다. 암네시아의 이야기만으로 문고 한 권 분량은 되지 않을까 싶을 수준입니다.

이런 이야기를 쓰게 된 것은 어쩌면 지금까지의 일레이나의 여행을 잊지 말아주시길 바라는 마음이 작용했기 때문인지도 모릅니다. 본래라면 다 들킨 복선 등등을 복수해야 했을지도 모르지만, 그래도 쓰고 싶은 이야기가 암네시아의 이야기였기 때문에 이런 구성이 되었습니다. 열심히 썼더니 시리즈 중 가장 긴 이야기가 되어 있었습니다. 설마 이렇게나 길어질 줄은…….

그런 것치고는 전체적인 이야기 수와 페이지 수가 적어졌다는 사실을 눈치채셨으리라 생각합니다. 이건 변명입니다만, 단순히 리리엘을 간행한 후에 4권 이야기가 들어온지라 평소보다 급한 마음으로 썼기 때문입니다. 이 페이스를 아무렇지 않게 유지하고 있는 작가분들, 진짜 대단합니다……. 이번에는 유예가 없었기 때문에 매일 책만 썼습니다만, 오랜만에 쓰고는 버리고의 반복이었습니다. 하지만 즐거웠습니다. 초심으로 돌아간 기분이었습니다. kindle에서 쓰던 무렵에도 매일 책만 쓰고는 버리고 했지…… 그런 생각을 절절히 했습니다. 사회인이 되어 바쁘게 보내는 사이 소중한 것을 잊고 있었던 기분입니다.

그나저나, 이번에는 후기 증량판인지라 다음 페이지부터 스포일러가 섞인 각 이야기의 코멘트가 되겠습니다. 후기와 삽화를 먼저 즐기는 파인 분들은 두 페이지 정도를 넘기고 읽으시는 게 좋을지도 모르겠습니다.

●제1장『망각의 도시』

아즈루 씨의 너무나도 멋진 표지에 맞춘 내용입니다. 아즈루 씨와 만났을 때 "4권 표지는 폐허입니다"라고 들었기 때문에, "아자, 어두운 이야기로 하자"라며 우울한 이야기를 썼습니다만, 완성된 일러스트가 너무나도 산뜻한 폐허였던지라, 쓰레기통에 던져넣었습니다.

●제2장『허구의 마녀』

커피 맛을 잘 모르겠어. 깊이란 뭐지? 산미란 뭐지? 나는 드립 커피와 캔 커피의 차이 정도밖에 모르겠어. 등등을 쓰며 캔 커피를 마시는 휴일 오후.

●제3장『편식』

점포 특전 SS를 다시 쓴 이야기입니다. 그러고 보니 4권은 사야 씨의 등장이 극단적으로 적은 걸, 싶어서 억지로 집어넣었습니다. 참고로 버섯은 저도 싫어합니다. 균이잖아!

●제4장『사과 살인 사건』

말캉말캉하면서, 백설 공주의 그림 형제 동화판을 바탕으로 한 탐정물로서 썼습니다. 왕자님이 네크로필리아라는 것도 원작 리스펙트입니다. 왕자님 위험해. 어찌 되든 상관없지만, 4권 너무 많이 토하는걸.

●제5장『형편없는 이야기』

말의 중의성을 이용해 상대를 괴롭힐 뿐인 형편없는 이야기입니다. 속 시커먼 일레이나.

●제6장『수몰 구획』

환경에 순응하지 못하는 자부터 시대에 뒤쳐져 망해간다고 합니다. 기원전부터 그랬다고 하죠. 가혹한 환경에도 순응해버리면 그 나름대로 즐겁게 살아갈 수 있을지도 모릅니다.

●제7장『망각 기행 암네시아』

암네시아와 만나는 이야기입니다. 신앙의 도시 에스트에 흥미가 있다고 말하면서도 실제로는 암네시아가 신경 쓰여 견딜 수 없는 일레이나였습니다. 여담입니다만, 암네시아는 그리스어로 "기억 상실"을 의미하는 단어에서 따온 것입니다. 그럼 어째서 그리스어인가? 멋있기 때문입니다.

●제8장『용자와 비룡과 산 제물과』

4권 맨 마지막에 쓴 이야기입니다. 원고가 다 갖춰졌을 때, 암네시아의 이야기가 하나같이 너무 무겁다는 것을 깨달았기 때문에 이런 이야기가 되었습니다. 가벼운 이야기를 넣지 않으면 암네시아에게 위안이 될 부분이 너무 없어 괴로웠던지라. 여담입니다만, 숙소에 놓여 있던 일기의 의미를 눈치챈 당신은 어른입니다.

● 제9장 『도시는 얼음에 뒤덮이고』

은근슬쩍 빗자루 씨가 등장한 시리어스한 이야기입니다. 아무리 괴로워도 결단하지 않으면 앞으로 나아갈 수 없었던 것은 암네시아도 루데라도 마찬가지였다고 생각합니다.

● 제10장 『망각 귀향 암네시아』

시리즈 간행 재개의 결말로, 마무리는 1권을 의식했습니다. 마지막 한 마디가 1권과는 다른 의미를 품고 있는 듯 느껴졌다면 좋겠습니다. 지금까지 하루를 반복하며 여행을 하던 암네시아는 앞으로 긍정적으로 여행을 해나가게 됩니다. 기억에 얽힌 이야기는 모두 어두운 것들뿐이었던지라, 조금 긍정적이 될 수 있는 이야기도 있었으면 좋겠다고 생각했고, 이런 이야기가 되었습니다. 쓰고 나니 엄청나게 길어졌습니다. 여담입니다만 아빌리아는 그리스어로 "내일"을 의미하는 단어에서 따온 것입니다. 그럼 어째서 그리스어인가? 멋있기 때문입니다.

이상, 각 이야기의 코멘트였습니다. 덧붙이자면, 암네시아의 머리카락이 흰 이유는 아즈루 씨의 하얀 계열 머리카락 여자아이 일러스트가 어휘력을 잃어버릴 수준으로 귀여웠기 때문에, 이때다 싶을 때의 비밀 병기로서 간직해두고 있었기 때문입니다. 3권으로 중단이 거의 결정되었던 때에는 "어이 어이, 비밀인 채로 끝나버리는 거야?" 하고 걱정했는데, 무사히 4권을 낼 수 있어서 다행입니다. 정말로. 아니 진짜 정말로.

그럼 감사 인사를.

아즈루 님.

언제나 너무나도 귀여운 일러스트를 그려주셔서 감사드립니다! 암네시아 씨 너무 귀엽습니다. 그리고 일레이나 씨의 새 의상도 너무 귀엽습니다. 여담입니다만, 수상식에서 아즈루 씨와 이야기한 다음에 『진격의 거인』 애니메이션을 보고 원작을 전권 샀습니다. 역시 사와노 히로유키 씨, 신이라고 생각합니다.

담당 M님.

언제나 고맙습니다. 이번에도 억지를 부려 길게 후기를 써서 죄송합니다. 하지만 5권도 나온다면 또 길게 후기를 쓰고 싶습니다. 메일로는 언제나 엄청나게 쌀쌀맞은 태도를 취하고 있습니다만, 원고를 칭찬해주실 때면 스마트폰을 꼭 쥐고서 덩실거립니다. 츤데레입니다.

그리고 이 작품을 구입해주신 여러분.

정말로 정말로 감사드립니다! 다시 다음 이야기를 쓸 수 있게 되어 정말로 기쁩니다. 4권으로 끝나지 않도록 앞으로도 더욱 노력하겠사오니, 부디 잘 부탁드립니다.

그럼, 다음 권에서 만날 수 있기를 기도하면서 후기를 마치겠습니다. 그럼 이만!

[마녀의 여행 4]

2022년 10월 30일 1판 6쇄 발행

저   자 시라이시 죠우기
일 러 스 트 아즈루
옮 긴 이 이신
발 행 인 유재옥
본 부 장 조병권
담당편집 정영길
편 집 1 팀 김준균 김혜연 박소연
편 집 2 팀 정영길 조찬희 박치우 정지원
편 집 3 팀 오준영 곽혜민 이해빈
미   술 김보라 박민솔
라이츠담당 맹미영 이승희 이윤서
디 지 털 박상섭 김지연
발 행 처 ㈜소미미디어
인쇄제작처 코리아피앤피
등   록 제2015-000008호
주   소 서울 마포구 토정로 222, 403호(신수동, 한국출판콘텐츠센터)
판   매 ㈜소미미디어
마 케 팅 한민지 최정연 박종욱 최원석
물   류 허석용
전   화 편집부 (070)4164-3962, 3963 기획실 (02)567-3388
          판매 및 마케팅 (070)4165-6888, Fax (02)322-7665

ISBN 979-11-6389-518-3
ISBN 979-11-5710-752-0 (세트)